Winters Delight

Lea Böttcher
Band I

Lea Böttcher

WINTERS DELIGHT

Weihnachtsroman

Bibliografische Information der Deutschen Nationalbibliothek:
Die Deutsche Nationalbibliothek verzeichnet diese Publikation in der Deutschen Nationalbibliografie; detaillierte bibliografische Daten sind im Internet über http://dnb.dnb.de abrufbar.

Lektorat: Lektorat Engelsfeder
Buchdesign und Buchsatz: LAB Buchdesign

Verlag: BoD · Books on Demand GmbH,
In de Tarpen 42, 22848 Norderstedt
Druck: Libri Plureos GmbH, Friedensallee 273, 22763 Hamburg
ISBN: 978-3-7693-0963-8

In der Stille der Weihnachtsnacht liegt die Kraft
des Neubeginns und die Magie der Vergebung,
die uns lehrt, mit offenem Herzen in die
Zukunft zu blicken.

Kapitel 1
Ella

Die Dunkelheit im Raum schien noch undurchdringlich, als mein Wecker um drei Uhr morgens schrillte. Meine Augenlider waren verklebt und fühlten sich an wie Blei. Mit einem tiefen Gähnen streckte ich meine steifen Gliedmaßen und schleppte mich aus dem Bett. Am liebsten würde ich mich nochmal umdrehen. Ich schlurfte über den Boden, dabei kroch die Kälte der Fliesen durch die Socken. Kein Wunder, der Stoff war so dünn wie Pergamentpapier. Ich rieb mir die Augen und tapste zum Spiegel, der an meinem Kleiderschrank hing. Mein Mondgesicht war von der Nacht völlig zerknautscht. Ich begutachtete meine Sommersprossen, die sich über meine schneeweiße Haut sprenkelten. Sie bedeckten die Arme, den Hals und tanzten über die Wangen und Nase. Wie kleine,

zufällig verstreute Pinseltupfer. Sie waren ein Teil von mir, so wie meine feuerroten Locken. Sie ließen sich kaum bändigen und führten oft ihr Eigenleben. Ich seufzte leise und zog mich an. Ich schlüpfte in eine bequeme Jeans und in ein weiches T-Shirt, das farblich zu meiner Lieblingsschürze passte, die ich in der Konditorei anziehen würde. Die mit den vielen bunten Cupcakes drauf. Die Haare band ich mir zu einem lockeren Dutt zusammen, in der Hoffnung, es würde für den Tag in Form bleiben. Meistens genoss ich die Stille in meiner kleinen Wohnung, allerdings erinnerte sie mich an meine Einsamkeit. Ich schlurfte ins Badezimmer und spritzte mir eiskaltes Wasser ins Gesicht. Hoffentlich würde das helfen, meine verklebten Augenlider zu öffnen. Ich schnappte mir meinen Schlüsselbund vom Küchentisch und verließ mein warmes Nest. Draußen empfing mich die Dunkelheit des frühen Morgens. Ich stieg in meinen alten Ford Pinto.

«Mist», fluchte ich beim Starten des Motors. Die Scheiben waren völlig vereist und ich hatte nicht die Zeit, sie zu kratzen. Hastig stieg ich wieder aus und schabte das Eis von den Fenstern.

«So was Blödes!»

Ich rollte mit den Augen. Die Kälte stach wie tausend Nadeln in meine Finger ein und ich hatte meine Handschuhe in der Wohnung gelassen. Als ich endlich losfahren konnte, war auf den Straßen New York Citys fast nichts los. Es tuckerten nur ein paar Autos und Taxis vor mir her. Die frühe Uhrzeit war ein Vorteil. Ich umging die Rushhour. Meine Konditorei Winters Delight lag einige Straßen von meiner Wohnung entfernt. Ein kleiner Laden, der mit Weihnachtsbeleuchtung überladen war. Im Schaufenster tummelte sich der Weihnachtmann mit seinen Wichteln. Sie bauten einen Schneemann. In das gemütliche Ambiente habe ich jahrelang viel Liebe gesteckt. Meine Familie und Freunde rieten mir ab, meine Konditorei Winters Delight zu nennen. Ihrer Meinung nach würde der Name im Sommer keine Kunden anziehen. Ich bewies ihnen das Gegenteil. Mein Geschäft boomte das ganze Jahr über! Zur Winterzeit gingen zwar mehr Aufträge für Weihnachtsgebäck und Plätzchen ein, dafür erstickte ich im Sommer an Vorbereitungen für Hochzeitstorten oder Cupcakes für vornehme Gartenpartys. Die Straßenlaternen warfen ihr Licht auf den Gehweg und ließen die Schneeflocken, die leise zu Boden tanzten, in einem sanften Glühen erscheinen. Ich schloss die Tür auf und trat ein. Sofort wurde ich umhüllt von der kühlen Stille des ruhenden Ladens. Ich ließ meine Tasche auf einen Stuhl fallen und schaltete das Licht ein. Die Lampen durchfluteten den Raum mit ihrem Licht. Ich schlenderte zur Rückseite des Ladens, wo sich die Küche und Backstube befand. Zuerst kochte ich mir einen starken Kaffee, ohne den war ich nicht zu gebrauchen. Während er durchlief, zog ich meine Schürze fest und schaltete die Öfen ein. Als das erledigt war, bereitete ich die verschiedenen Teige vor. Das war das tägliche Morgenritual. Das rhythmische Klappern meiner Arbeit füllte bald den Raum und vertrieb den Schlaf aus meinen Gliedern. Die Zeit verging wie im Flug, als ich in meiner Backkunst versunken war. Bald waren die ersten Ladungen Gebäck im Ofen und der Duft von frischem Brot und süßen Teigwaren erfüllte den Raum. Gegen sechs Uhr hörte ich Fegegeräusche vor dem Laden. Es war Mr. Peterson, der ältere Herr von nebenan, der jeden Morgen seinen Spaziergang machte und dabei freundlicherweise den Gehweg vor meiner Konditorei von Schnee und Schmutz befreite.

«Guten Morgen, Mr. Peterson!», rief ich ihm durch das geöffnete Fenster zu.

«Und ob es ein guter Morgen ist», antwortete er mit einem Lächeln im Gesicht. «Es riecht himmlisch hier drinnen!»

Ich lächelte zurück und winkte ihm zu, bevor ich mich wieder meiner Arbeit widmete. Ich packte eine kleine Papiertüte mit einem Bagel, ein paar Plätzchen und einem warmen Croissant, das ich direkt vom Blech nahm. Ich stellte die Tüte wie jeden Morgen an das geöffnete Fenster. Wenn er von seinem Spaziergang zurückkam, würde er die Tüte mitnehmen. Ich hörte, wie sich die Hintertür öffnete, dann standen Emily und Caleb mit geröteten Wangen vor mir.

«Guten Morgen», bibberten sie gleichzeitig. Es war mir wie immer ein Rätsel, wie sie das hinbekamen, beinahe jeden Morgen exakt zur selben Zeit zu erscheinen.

«Guten Morgen», erwiderte ich grinsend.

Emily arbeitete seit einigen Jahren für mich. Sie übernahm am Vormittag den Verkauf an der Theke und half gelegentlich in der Küche aus. Jeden Morgen belegte sie Sandwiches oder Bagels. Sie nahm sich einen frischen Bagel vom Blech und biss herzhaft hinein. Ein verschmitztes Grinsen erhellte ihr Gesicht. Caleb zog sich um und wusch sich die Hände. Er ist mir richtig ans Herz gewachsen. Vor einigen Wochen stand er in meiner Konditorei und wollte backen und Torten dekorieren. Er schmiss die Universität. Seine Eltern hatten ihn kurz nach seinem Schulabschluss auf die Uni geschickt, damit er etwas vernünftiges studierte. Seine Liebe galt immer dem Backen. Er dekorierte mit Herzblut Cupcakes und Torten. Deswegen gab ich ihm eine Chance bei mir. Er bereicherte mit seiner lustigen und liebevollen Art nicht nur mein kleines Team, sondern auch sämtliche Kunden, die täglich ins Winters Delight kamen. Die beiden waren nicht nur Mitarbeiter, sondern gute Freunde geworden. Wir teilten die harte Arbeit und das frühe Aufstehen. Wir waren ein eingespieltes Team. Emily schmückte die Vitrine, Caleb hingegen rührte den Teig für unsere berühmten Winter Cupcakes zusammen. Ich widmete mich dem Feinschliff meiner Hochzeitstorte, die heute abgeholt werden sollte. Die zarten Zuckersterne darauf hatten Stunden in Anspruch genommen und ich konnte es kaum erwarten, das Gesicht der Braut zu sehen, wenn sie ihre Torte sah. Die Zeit verging wie im Flug und bald kündigte das Klingeln der Ladentür den ersten Kunden des Tages an. Es war Mrs. Brown, eine Stammkundin. Sie bestellte jeden Morgen auf dem Weg zur Arbeit einen Kaffee und ein Stück von dem frischen Kuchen bei uns. Ihr Lächeln war ansteckend und sie hatte immer ein freundliches Wort für uns übrig.

«Guten Morgen! Wie immer euer bester Kaffee und ein Stück von diesem köstlichen Apfelkuchen bitte», sagte sie mit einem strahlenden Lächeln.

«Kommt sofort», antwortete Emily und machte sich daran, die Bestellung zusammenzustellen. Während Emily Mrs. Brown bediente, half ich Caleb, der bereits die ersten Cupcake-Förmchen mit

Teig befüllte. Heute kämpften wir mit einer außerordentlichen Herausforderung. Wir hatten eine Großbestellung für ein Schulevent erhalten. Bis Mittag sollten hundert Weihnachtscupcakes fertig sein.

«Okay, Caleb, wir müssen uns beeilen», sagte ich und griff nach einer weiteren Schüssel. «Wir brauchen eine gute Strategie, um alles rechtzeitig fertigzustellen.»

Caleb nickte und schaltete den Mixer ein.

«Ich kümmere mich um die Schokoladen- und Vanillecupcakes, wenn du die Lebkuchenvariante übernimmst», rief er über den Lärm hinweg.

«Perfekt», rief ich und zeigte mit den Daumen nach oben, da ich mir nicht sicher war, ob er mich verstanden hatte. Ich maß die richtigen Gewürze ab. Der Duft von Zimt und Nelken mischte sich bald mit dem süßen Aroma der Vanille aus Calebs Rührschüssel. Wir gossen Teig in Förmchen, bestückten Bleche und jonglierten mit den Backzeiten der verschiedenen Öfen. Zwischendurch schaute ich immer wieder auf die Uhr. Zeit war heute unser größter Gegner. Nachdem die ersten Ladungen Cupcakes gebacken waren, fingen wir sofort mit der Dekoration an. Ich hatte im Vorfeld Muster entworfen. Kleine Zucker-Schneemänner, Tannenbäume und Sterne sollten unsere Cupcakes zieren. Caleb konnte die Muster schnell umsetzen und seine Hände flogen über die süßen Kunstwerke.

«Sieh mal!», rief er und hielt mir einen Cupcake mit einem perfekt modellierten Zucker-Rentier hin.

«Wow, das ist ja fantastisch!», lobte ich ihn. «Du hast Talent.»

Caleb grinste breit und setzte seine Arbeit fort. Währenddessen kamen immer mehr Kunden in den Laden, angelockt vom Duft unserer Backwaren. Als alle Cupcakes fertig dekoriert waren, schnauften wir tief durch. Sie strahlten wie ein Regenbogen und ihr Duft ließ uns das Wasser im Mund zusammenlaufen. Als wir dachten, wir könnten kurz durchatmen, klingelte das Telefon. Die Schulleiterin war dran. Sie wollte wissen, ob alles nach Plan lief.

«Ja», antwortete ich, dabei ließ ich meinen Blick über die Kreationen schweifen. «Die Cupcakes sind bereit für das Fest.»

Mit einem Lächeln legte ich auf. Zusammen mit Caleb packte ich die Cupcakes vorsichtig in die großen Transportboxen. Noch ehe ich mich umsehen konnte, war der Vormittag um und der Schulbus stand vor der Tür. Gemeinsam luden wir die Boxen ein und winkten dem Fahrer hinterher.

«Das haben wir gut gemacht.»

Caleb seufzte zufrieden.

«Ja», stimmte ich zu und guckte auf unsere leere Küche. «Jetzt können wir uns kurz entspannen. Bis zur nächsten Bestellung.»

Wir lachten schallend und gönnten uns eine wohlverdiente Pause bei einer Tasse Kaffee. Es waren sogar ein paar Cupcakes übrig geblieben, die nicht lange überlebten.

Kapitel 2
Miles

Ich öffnete die Augen und das sanfte Morgenlicht begrüßte mich. Es fiel durch die bodentiefen Fenster meines Penthouse, was in Manhattan lag. Ich streckte mich ausgiebig und genoss für einen Moment die Stille. Ich schlüpfte in die Hausschuhe und schlenderte zur Küche. Dort schaltete ich den Kaffeevollautomaten ein. Das vertraute Brummen der Maschine und der aromatische Duft frisch gemahlenen Kaffees erfüllten den Raum. Ich nahm mein Handy und startete über die Musikanlage einen Business-Podcast. Während der Espresso in meine Tasse floss, griff ich nach einer Schale und bereitete mir ein kleines, gesundes Frühstück zu. Griechischer Joghurt mit frischen Beeren und ein paar Nüssen. Mit meiner dampfenden Tasse Kaffee und der Schüssel in der Hand ließ ich mich auf den Stuhl am Küchentresen nieder. Vor mir schimmerten die Lichter der

New Yorker Skyline. Die Wolkenkratzer ragten majestätisch in den langsam heller werdenden Himmel. Das Tageslicht spiegelte sich in ihnen wider. Ich klappte den Laptop auf. Das leise Summen des Geräts vermischte sich mit dem entfernten Rauschen der Stadt. Mein Kalender war wie üblich überfüllt, aber ich hatte mir angeeignet, Herausforderungen mit Ruhe anzugehen. Beim Essen checkte ich meine E-Mails. Die dringenden Anfragen meiner Geschäftspartner beantworte ich umgehend, dann leitete ich Aufgaben an mein Assistenzteam weiter. Ich erwartete, dass diese mit größter Präzision erledigt werden. Nachdem ich die letzten Aufgaben abgehakt hatte, erhob ich mich von meinem Stuhl und trat ans Fenster. Mein Blick wanderte über die belebten Straßen und die vertrauten Gebäude der Stadt. Eine Wärme durchströmte mich, als ich die pulsierende Energie dieses Ortes in mich aufnahm – mein Zuhause. Heute würde wieder ein langer Tag werden, aber das war jetzt unwichtig. Mein morgendliches Workout stand im Fokus. Fitness war für mich nicht nur eine Frage der Gesundheit. Ich brauchte es wie die Luft zum Atmen. Es half mir bei der Klärung meiner Gedanken. Ich zog die Trainingskleidung an und machte mich bereit für eine intensive Session im privaten Fitnessstudio des Gebäudes. Mit jedem Gewicht, das ich hob und jeder

Bewegung, die ich ausführte, fühlte ich, wie die Kraft zu mir kam. Ich war bereit für alles, was kommen sollte. Nach dem Training brauste ich mich ab und zog meinen Anzug an. Ich trat aus dem Gebäude und die Kälte des Dezembers empfing mich sofort. Instinktiv zog ich meinen Mantel enger und stellte den Kragen hoch, um mich gegen den beißenden Wind zu schützen. Meine Atemwolken bildeten kleine Nebelschwaden in der frostigen Morgenluft. Mit einer routinierten Handbewegung rief ich mir ein Taxi heran. Da ich für den Abend ein wichtiges Meeting hatte und wir uns in einer Lounge treffen würden, hatte ich mein Auto in der Tiefgarage stehen lassen. Es wäre zu stressig abends durch den Stadtverkehr zu fahren. Ich musste nicht lange warten, bis eins neben mir hielt. Zu dieser Stunde fuhren die Taxis wie Ameisen durch die Straßen. Ich stieg hinten ein.

«Harrington Group an der Madison Avenue», gab ich dem Fahrer durch die Trennscheibe bekannt und lehnte mich dann zurück, als das Taxi sich in den Verkehr einfädelte. Während wir durch die Straßen fuhren, beobachtete ich die Stadt, die zum Leben erwachte. Menschen eilten mit dampfenden Bechern in den Händen zur Arbeit, Geschäfte öffneten ihre Türen und überall blinkten die Lichter der Weihnachtsdekorationen.

Wie jedes Jahr waren sie völlig überladen. Genervt verdrehte ich die Augen. Ich nutzte die Fahrtzeit, um E-Mails auf meinem Smartphone zu beantworten und den Tag gedanklich durchzugehen. Ich hatte wichtige Meetings vor mir und wollte sicherstellen, dass alles reibungslos verlief. Das Taxi bog in die Madison Avenue ein und hielt bei der Harrington Group, einem imposanten Bürokomplex, was in den Himmel ragte. Ich bezahlte den Fahrer und bedankte mich. Mit hastigen Schritten betrat ich das Gebäude, bereit für einen weiteren produktiven Tag. Die Mitarbeiter am Empfang grüßten mich sofort, nachdem sie mich gesehen hatten.

«Guten Morgen, Mr. Harrington!», riefen sie fast im Chor. Ich nickte und lächelte.

«Guten Morgen! Ich wünsche Ihnen einen angenehmen Tag.»

Plötzlich stoppte ich abrupt. Wo kam auf einmal dieser gigantische Weihnachtsbaum her? Ich war mir sicher, dass der Baum hier am Freitag noch nicht gestanden hatte. Mit hochgezogener Augenbraue musterte ich ihn. Verärgerung kochte in mir hoch. Wer hatte das veranlasst? Die Dekoration war völlig übertrieben und das blendende Glitzern der vielen Kugeln erinnerten mich an den nervigen Weihnachtskitschfilm, den ich in die dunkelsten Winkel meiner Wohnung verbannt habe. Dieser Baum wirkte in dem sonst modernen und eher kühlen Foyer völlig fehl am Platz. Trotzdem schluckte ich meinen Ärger hinunter. Ich kniff die Brauen zusammen und sah die amüsierten Blicke meiner Mitarbeiter. Diese Schlingel hatten sich wohl einen Spaß erlaubt. Der Aufzug führte mich ins oberste Stockwerk. Die Türen öffneten sich und ich trat hinaus in die Vorräume zu meinem Büro. Normalerweise ging es hier zu wie in einem Bienenstock. Die Telefone klingelten ununterbrochen und es wurde ständig auf den Tastaturen herumgeklappert. Meine Assistenten eilten hin und her, um die Arbeit zu meiner vollsten Zufriedenheit zu erledigen. Doch heute war alles anders. Ich ging durch den Flur und meine Stirn runzelte sich verwirrt. Die Gänge waren leer. Kein freundliches Nicken und kein flüchtiges Lächeln begegnete mir. Nur das leise Echo meiner Schritte hallte auf dem polierten Marmorboden wider. Ich hatte erwartet, dass mein Assistenzteam wie üblich an ihren Schreibtischen sitzen würde, bereit, den Tag zu beginnen und die anstehenden Herausforderungen anzugehen. Ich murmelte ihre Namen in den Raum, keine Antwort kam zurück. Mein Herzschlag beschleunigte sich. Was war hier los? Es war nicht ihre Art, einfach nicht zur Arbeit zu erscheinen. Ich schlich mich zu meinem Büro am Ende des Ganges. Die schwere Holztür stand einen Spalt offen. Mit einem leichten Druck öffnete ich sie und betrat den Raum. Auch hier herrschte gespenstische Ruhe. Ich ließ mich in meinen Ledersessel fallen und griff nach dem Laptop in meiner Tasche. Irgendetwas musste passiert sein. Vielleicht eine Notfallbesprechung oder ein Problem, das eine Evakuierung erforderte? Schweiß perlte an meiner Stirn.

«Was zur Hölle?», rief ich, nachdem ich den Computer hochgefahren hatte und das E-Mail-Postfach geöffnet hatte. Eine neue Nachricht von meiner leitenden Assistentin Megan Beyers war eingegangen. Ich klickte auf die Mail und las die Betreffzeile:

Dringend: Gesamtes Assistenzteam krank.

Mein Brustkorb zog sich zusammen. Megans Worte auf dem Bildschirm beschleunigten meinen Puls. Sie schrieb, dass das gesamte Assistenzteam der Geschäftsleitung, einschließlich ihr, an einem schweren Virus erkrankt sei. Sie entschuldigte sich vielmals und betonte, dass niemand in der Lage sein würde, zur Arbeit zu kommen. Und das für mindestens zwei Wochen. Ich lehnte mich zurück und rieb mir die Schläfen. Das Timing hätte kaum ungünstiger sein können. Wir hatten eine wichtige Woche vor uns, die mit Meetings, Präsentationen und Deadlines vollgepackt war. Ohne mein Team fühlte ich mich wie ein Kapitän ohne

Mannschaft inmitten eines Sturms auf dem Meer. Ein tiefer Seufzer entwich mir und ich überlegte fieberhaft, wie wir diese Situation bewältigen könnten. Zuerst musste ich sicherstellen, dass es allen gut ging und sie die notwendige medizinische Versorgung erhielten. Gesundheit ging vor. Ich tippte eine Antwort an Megan, in der ich ihr gute Besserung wünschte und sie bat, das Team wissen zu lassen, dass sie sich auskurieren sollten. Dann arbeitete ich einen Notfallplan aus. Ich durchforstete meine Kontakte innerhalb des Unternehmens nach möglichen Assistenten und überlegte, welche Aufgaben ich übernehmen oder an andere Teammitglieder delegieren konnte. Kaum hatte ich meine E-Mail an Megan abgeschickt, flatterte ihre Antwort in das Postfach. Ich öffnete die Mail und erstarrte. Eine Liste von Aufgaben erstreckte sich über den Bildschirm. Sie waren alle mit meinem Namen versehen. Es wirkte, als würden sie mich direkt anstarren. Wie sollte ich das alles alleine bewältigen? Ganz oben auf der Liste prangte in fett gedruckten Buchstaben:

Planung der alljährlichen Firmenweihnachtsfeier

Ein Seufzer entwich mir. Weihnachten, dieses Fest der Liebe und Freude, das andere Menschen zu schätzen schienen, war für mich nichts weiter als ein rotes Tuch. Die Vorstellung, eine Feier ausrichten zu müssen, die meinen persönlichen Grinch-Gefühlen diametral entgegenstand, ließ mich innerlich erstarren. Ich hasste Weihnachten. Allein wegen der kommerziellen Seite sollte man es verbieten! Viel abstoßender war jedoch diese widerlich aufgesetze Fröhlichkeit und das zwanghafte Getue der ach so tollen besinnlichen Zeit. Und nun sollte ich eine Veranstaltung planen, die all das verkörperte? Die Ironie dieser Situation hätte mir ein bitteres Lächeln entlocken können, wäre ich nicht frustriert gewesen. Mit dem Kiefer mahlend ging ich die Liste durch. Ich musste Catering-Optionen prüfen, Dekorationen auswählen und Einladungen verschicken. Jeder Klick fühlte sich an wie ein Schritt tiefer in einen Abgrund aus Tannenzweigen und Glühweinduft. Trotz meiner Abneigung wusste ich, dass es meine Pflicht war. Das Unternehmen verließ sich auf mich und ich konnte meine Mitarbeiter nicht im Stich lassen. Die Harrington Group organisiert Jahr für Jahr ein großes Weihnachtsevent für alle Mitarbeiter und geladene Gäste wie Politiker, Geschäftspartner und Prominente. Schon mein Großvater, der Gründer der Harrington Group, richtete dieses Event aus. Ich hielt es für unmöglich, dass weder er, noch mein eigener Vater, jemals die Organisation im Alleingang durchgeführt hatten.

Kapitel 3
Ella

Ein Blick auf die Uhr verriet mir, dass es später Nachmittag war und ich mich beeilen musste, um alle Bestellungen rechtzeitig fertigzustellen. Ich hatte die letzten Teige für das Wintergebäck zusammengerührt. Die Küche duftete nach Zimt und Kardamom und ein Hauch von frisch gebackenen Plätzchen lag in der Luft. Die Herausforderung des Tages war eine spezielle Bestellung für ein Fest im Altenheim. Sie hatten eine verschiedene Auswahl an Plätzchen angefordert. Lebkuchenmänner, Spekulatius, Vanillekipferl und sogar ein Stollen war dabei. Ich legte großen Wert darauf, dass jedes Stück perfekt wurde, denn ich wusste, wie sich die Bewohnerinnen und Bewohner darauf freuten. Während ich die Lebkuchenmänner mit Zuckerguss verzierte, dachte ich daran, wie die Gesichter der alten Menschen aufleuchten würden, wenn sie die süßen Figuren

sähen würden. Ich lächelte bei dem Gedanken und gab mir noch mehr Mühe bei den Details. Jetzt waren die Stollen dran. Ich formte sie zu traditionalen Laiben und bestreute jeden mit Puderzucker. Es sah aus, wie eine zarte Schicht frisch gefallener Schnee. Nun widmete ich mich den Vanillekipferl. Ich rollte den Teig in kleine Halbmonde aus und tauchte sie nach dem Backen in Vanillezucker. Zuletzt machte ich mich an den Spekulatius. Mit festem Druck presste ich den Teig in die geschnitzten Holzformen, um die klassischen Bilder zu prägen. Fünfzehn Minuten später waren sie goldbraun gebacken und ich legte sie auf ein Kuchenrost zum Abkühlen. Caleb unterstütze mich tatkräftig. Während unserer Arbeit unterhielten wir uns gelegentlich und sangen zu den Weihnachtsliedern mit, die aus einer Bluetooth-Box drang. Ich atme tief durch. Unser Werk konnte sich sehen lassen. Es waren über zwanzig Tabletts voller Winterköstlichkeiten, die bereit für das Fest im Altenheim waren.

«So, das hätten wir erledigt», äußerte ich, nachdem ich die großen Boxen im Auto verstaut hatte. Bei dem Heim angekommen, quetschte ich mich in die nächste Parklücke.

«Schön, dass Sie da sind. Unsere Bewohner haben sich schon so sehr auf die Plätzchen gefreut», begrüßte mich die Heimleitung und half

mir beim Verteilen der Boxen im Gemeinschafts-
raum. Es erfüllte mich mit Freude in die strahlenden Gesichter der alten Leute zu sehen. Das war
für mich das schönste Geschenk. Wie auf Schwin-
gen fuhr ich in die Konditorei zurück. Nun aber
Tempo! Der nächste Termin mit einer Kundin
stand an. Sie wollte eine aufwändige Bestellung für
Heiligabend. Mein Magen grummelte. Ich hatte
noch nichts zwischen die Zähne bekommen.
Emily hatte den Laden blitzblank geputzt, als ich
das Winters Delight betrat. Das tat sie immer,
bevor sie ihre Schicht beendete. Der Boden glänzte unter den warmen Lichtern und die Glasvitri-
nen waren so sauber, dass sie unsichtbar wirkten.
Ich schlenderte durch den Verkaufsraum und
steuerte auf den Pausenraum zu. Dort fand ich
Caleb vor, der gemütlich an einem Tisch saß und
in ein belegtes Brötchen biss. Er schaute kurz auf
und nickte mir zu.

«Hey Ella», begrüßte er mich mit vollem Mund.
«Emily hat ganze Arbeit geleistet, oder? Man
könnte hier vom Boden essen.»

Ich lächelte und setzte mich ihm gegenüber. «Ja,
beeindruckend. Ich hoffe, sie hat sich nicht über-
arbeitet.»

Caleb zuckte mit den Schultern und wischte sich
Krümel vom Mundwinkel.

«Sie sagte, es würde ihr helfen, sich zu entspannen. Jeder hat seine eigene Art von Meditation.»

Ich beobachtete ihn einen Moment lang, wie er genüsslich sein Brötchen aß und dabei abwesend aus dem Fenster guckte.

«Du solltest was essen», äußerte Caleb und deutete auf den Korb mit den Brötchen neben ihm.

«Du hast Recht», erwiderte ich und griff nach einem Brötchen. «Das ist das Richtige nach dem ganzen Trubel heute.»

Die Teile, die am Vormittag nicht verkauft wurden, stellte ich meinen Mitarbeitern kostenfrei zur Verfügung. Dreimal in der Woche kam jemand vom Obdachlosenheim und nahm die Reste mit. Nachdem ich meine Pause mit Caleb beendet hatte, stand ich auf und streckte mich kurz. Der Blick auf die Uhr verriet mir, dass es höchste Zeit war, mich auf den Termin mit meiner Kundin vorzubereiten. Caleb nickte mir zu und bereitete frischen Tee und Kaffee zu. Ich schritt in mein Büro und schloss die Tür hinter mir. Ich atmete tief durch, dann setzte mich an meinen Schreibtisch. Mein Blick fiel auf die Unterlagen, die ich für das Treffen vorbereitet hatte. Alles musste perfekt sein. Sie war eine unserer größeren Kundinnen und ihre Zufriedenheit hatte oberste Priorität. Sie bestellte seit Gründung von Winters Delight. Nicht nur zu Weihnachten, sondern zu allen möglichen Feiertagen wie Ostern oder Thanksgiving. Auch zum Sonntagskaffee bestellt sie oft Torten bei uns. Ich öffnete meinen Laptop und rief ihre Kundenakte auf. Ich prägte mir die wichtigsten Punkte ein und überlegte mir Vorschläge, wie wir ihre aktuellen Wünsche am besten umsetzen könnten. Vielleicht würde diesmal eine Bratapfel-Zimt-Torte gut passen oder Lebkuchensterne. Das leise Klirren des Geschirrs und das Summen des Wasserkochers erklangen aus der Küche. Caleb wusste immer, welches Getränk die Stammkunden bevorzugten. Ich stand auf und richtete das Büro für das Meeting her. Mein iPad mit meinem digitalen Notizblock durfte nie fehlen.

«Die Getränke sind fertig», äußerte Caleb und stellte das Tablett mit den dampfenden Kannen ab. Dazu reichte er ein paar Kekse. Das war unser hauseigener Service.

«Danke, Caleb.» Ich lächelte. «Das sieht perfekt aus.»

Er nickte kurz und verließ dann wieder das Büro.

«Es war mir eine Freude, Ihre Wünsche zu besprechen, Gabriela», sagte ich mit einem Lächeln und hoffte, dass sie mir meine Erschöpfung nicht anmerkte. Wir hatten bis zum späten Nachmittag darüber debattiert, wie wir alle

Sonderwünsche von Mrs. Henderson unterbringen können. Es wird nicht einfach werden, ihre Ideen in ein stimmiges Konzept zu packen.

«Ich bin überzeugt, dass Ihre Party ein unvergessliches Ereignis wird.»

Gabriela schmunzelte und schüttelte meine Hand kräftig.

«Danke, Ella», sagte sie herzlich. «Ich weiß Ihre Geduld und Ihr Engagement zu schätzen. Ich kann es kaum erwarten, zu sehen, wie alles zusammenkommt. Sie und ihr perfektes Team sind wie jedes Jahr herzlich eingeladen.»

Ich bedankte mich. Obwohl Gabriela wusste, dass ich immer ablehnte, sprach sie jedes Mal eine Einladung aus. Meine Eltern, die einen eigenen kleinen Supermarkt außerhalb von New York City hatten, haben mir immer eingetrichtert, keine persönliche Beziehung zu Kunden aufzubauen. Daher schlug ich jede Einladung von Kunden zu Events höflich aus. Mir machte es nicht aus. Ich hatte eh keine Zeit für Partys. Nachdem wir uns verabschiedet hatten, packte ich meine Unterlagen zusammen und ließ mich einen Moment in den Stuhl zurückfallen. Die untergehende Dezembersonne tauchte mein Büro in ein warmes Licht. Die Weihnachtsbeleuchtung funkelte in der Dämmerung und ich merkte, wie die Anspannung von mir abfiel. Gabriela war eine anspruchsvolle Kundin gewesen, aber ich liebte Herausforderungen. Sie machten meinen Job spannend und abwechslungsreich. Bis Heiligabend waren es ein paar Wochen. So hatte ich einige Tage Zeit, alles zu ordnen und mir einen Plan zurechtzulegen, ehe ich Gabriela einlud, um ihr Probeexemplare zu präsentieren. Als ich die Backstube betrat, holte Caleb Plätzchen aus dem Ofen. Die Hitze schlug mir entgegen und vermischte sich mit dem süßen Duft von frisch gebackenem Gebäck, der die Luft erfüllte. Ich konnte nicht anders, als tief einzuatmen und das Aroma zu genießen. Einige der Plätzchen lagen fertig verziert auf einem Backblech bereit, kunstvoll mit Zuckerguss und Streuseln versehen. Sie waren ein Fest für die Augen und ich wusste, dass sie am nächsten Tag in der Vitrine des Ladens ebenso eine Freude für den Gaumen unserer Kunden sein würden. Er bemerkte mich und lächelte breit.

«Ah, Ella! Komm her und sieh dir diese Prachtstücke an», rief er mir zu, während er ein weiteres Blech aus dem Ofen zog. Seine Wangen waren von der Hitze des Backofens gerötet und seine Augen funkelten vor Stolz. Ich trat näher heran und bewunderte die gleichmäßige Bräunung der Plätzchen.

«Sie sehen perfekt aus», sagte ich und Caleb legte die Kekse auf ein Kuchengitter.

«Willst du eines probieren?», bot Caleb an, während er mit einem schelmischen Grinsen ein verziertes Exemplar hochhielt.

Ich gluckste und nickte.

«Das ist doch eine rhetorische Frage.»

Geschickt nahm ich das Plätzchen zwischen meine Finger und biss hinein. Der Geschmack von Butter, Zucker und einem Hauch Vanille breitete sich auf meiner Zunge aus. Ich musste echt drauf achten, dass ich nicht immer zu viel naschte. Fast jede Woche musste ich meine Schürzen weiter schnüren. Schnell schob ich den Gedanken beiseite und spülte meinen Mund mit einem Schluck Wasser aus. Wir arbeiteten eine Weile Seite an Seite, füllten Bleche mit Teigportionen und tauschten Ideen für neue Rezepte aus. Es war spät geworden. In der gemütlichen Atmosphäre der Backstube verging die Zeit wie im Flug. Ich sah Caleb an, der sich die Stirn abwischte und ein erschöpftes Lächeln aufsetzte.

«Du hast heute den Löwenanteil geschafft», sagte ich. «Geh nachhause und erhol dich. Ich mach hier den Rest.»

Er wollte protestieren, aber ich duldete keine Widerworte. Nur zögerlich packte Caleb seine Sachen zusammen und verabschiedete sich dann. Ich griff zu meinen Kopfhörern und wählte meine Lieblingsplaylist aus. Die Musik durchströmte meine Ohren und ich schrubbte die Backstube im Rhythmus der treibenden Beats. Jede Oberfläche wurde von mir akribisch gereinigt. Ich räumte die Arbeitsplatten auf, wischte Mehlreste und Teigklumpen weg und polierte jede Edelstahlfläche, bis sie glänzte. Das Putzen war wie eine Meditation für mich, immer mehr verlor ich mich in den Klängen der Musik. Damit hatte ich etwas mit Emily gemeinsam. Ehe ich mich versah, war alles blitzeblank. Ich zog meine Kopfhörer ab und ließ mich für einen Moment auf einen der Stühle fallen. Die Anstrengung des Tages lag hinter mir und ich fühlte mich zufrieden mit dem, was ich erreicht hatte. Doch das Blinken des Telefons unterbrach die Ruhe. Es stand auf der Arbeitsfläche und zeigte mir einen verpassten Anruf an. Wie konnte das sein? Ich hatte nichts gehört. Ach ja, die Musik. Ich hätte sie leiser stellen müssen. Neugierig trat ich näher und hob den Hörer ab, um festzustellen, dass die Nummer anonym war. Ein leichtes Gefühl der Enttäuschung mischte sich mit meiner Verwirrung. Wer könnte das gewesen sein? Und was, wenn es wichtig war? Ich überlegte kurz, ob es eine Möglichkeit gab herauszufinden, wer angerufen hatte, aber ohne sichtbare Nummer stand ich vor einem Rätsel. Mit einem Seufzer legte ich den Hörer wieder auf die Station und starrte einen Moment auf das stille Telefon.

Wer immer es war, wenn es wichtig wäre, würden sie morgen noch einmal anrufen. Ich schüttelte den Kopf, um die kleine Wolke der Unsicherheit zu vertreiben. Mit einer frischen Tasse Kaffee betrat ich das Büro. Draußen war es mittlerweile stockfinster. Ein Seufzer entwich mir. Die Papierstapel türmten sich auf meinem Schreibtisch und warteten drauf, bearbeitet zu werden. Mein Computer summte leise vor sich hin, als ich ihn aus dem Ruhezustand weckte. Die Liste der E-Mails in meinem Posteingang schien seit dem Morgen gewachsen zu sein, aber ich beschloss, mich zunächst auf den Papierkram zu konzentrieren. Wie ein Maulwurf wühlte ich mich durch die Dokumente. Rechnungen, Berichte und gekritzelte Rezeptideen lagen überall verteilt. Ich stempelte und sortierte alles sorgfältig in die jeweiligen Ordner. Nach zwei Stunden hatte ich den letzten Bericht abgeheftet und die Anspannung fiel von meinen Schultern. Mit einem tiefen Atemzug genoss ich die Stille, die sich über das Büro gelegt hatte. Meine Gedanken, die in meinem Kopf herumwirbelten, kamen endlich zur Ruhe. Doch plötzlich riss mich ein Klopfen an der Ladentür aus meinen Gedanken. Ich zuckte zusammen. Wer könnte das sein? Ich war mir sicher, dass ich das «Geschlossen»-Schild gut sichtbar aufgehängt hatte. Das Klopfen wiederholte sich, diesmal war es dringlicher. Ich stand langsam auf, strich mein Shirt glatt und ging mit zögernden Schritten zur Tür.

Kapitel 4
Miles

Eine Aufgabenliste, die wie ein Zementblock vor mir lag, starrte mich an. Meine gesunden Mitarbeiter waren genug ausgelastet, so dass ich den Löwenanteil alleine stemmen musste. Einige kleinere Aufgaben hatte ich delegiert, aber nun stand ich vor einer größeren Hürde. Die Planung der alljährlichen Weihnachtsfeier. Ich wusste, dass keiner meiner Mitarbeiter für diese Aufgabe geeignet war. Es war Megans Domäne gewesen, meine Assistentin, die mit ihrer Expertise und ihrem Organisationstalent jedes Jahr für ein unvergessliches Fest sorgte. Doch dann kam diese Erkrankung dazwischen. Megan sollte sich dieses Jahr komplett alleine um die Organisation kümmern. In den letzten acht Jahren hatte sich meine Frau, seit Kurzem Ex-Frau, Juliana mit um die Organisation zahlreicher Events gekümmert. Ich schlenderte zu Megans Schreibtisch und schnappt mir die Mappe

für die Planung. Ich nahm den Stapel heraus und ging ihn durch. Eine Location bot sich schnell an. Das Foyer unseres Gebäudes bot den perfekten Rahmen. Doch beim Catering gab es Herausforderungen. Die Hauptspeisen mussten bestellt werden und das Catering für Desserts war nicht finalisiert. Zu meinem Glück standen auf zwei Listen Firmen, die lieferten. Megans Liste mit potenziellen Cateringfirmen und Bäckereien lag neben dem Veranstaltungsplan. Ich studierte jede Option, wohlwissend, dass meine Entscheidung den Erfolg des Abends maßgeblich beeinflussen würde. Einige Firmen auf der Liste waren mit Anmerkungen versehen: «ausgebucht» oder «überlastet.» Das machte meine Aufgabe nicht leichter. Ich ging systematisch vor. Ich rief jede Firma an, um Verfügbarkeit und Menüoptionen zu besprechen. Bei jedem Gespräch notierte ich sorgfältig alle Details. Die meisten Firmen waren ausgebucht. Es war Anfang Dezember. Unsere Weihnachtsfeier sollte Mitte des Monats stattfinden. Auf Grund meiner Scheidung mit Julianna ging alles drunter und drüber, so dass Megan nicht mehr auf die Kontakte meiner Exfrau zugreifen konnte und sich alles nach hinten zog. Ich hatte Megans Notizen sorgfältig geprüft und war dabei auf eine Konditorei für Süßspeisen gestoßen, die sie als «besonders vielversprechend» beschrieben hatte.

Sie hatte erwähnt, dass sie einige Male an dem Laden vorbeigegangen war, jedoch nie die Gelegenheit gehabt hatte, dort einzukehren. Die Neugierde hatte mich gepackt und ich beschloss, das Winters Delight anzurufen. Es war siebzehn Uhr, als ich mein Handy in die Hand nahm und die Nummer wählte. Ich seufzte. Auch nach mehreren Versuchen hörte ich nur das Tuten des Freizeichens. Möglicherweise hatten sie geschlossen oder waren einfach zu beschäftigt, um ans Telefon zu gehen. Da ich einen Termin in der Gegend hatte, fasste ich den Entschluss, früher loszugehen und persönlich bei der Konditorei vorbeizuschauen. Ich wollte mir ein Bild von dem Ort machen, der Megan beeindruckt hatte. Ich verließ das Büro und machte mich auf den Weg zur Konditorei. Die Straßen waren belebt. Menschen eilten an mir vorbei, einige auf dem Heimweg von der Arbeit, andere auf dem Weg zu einem entspannten Abendessen oder Treffen mit Freunden. Ich schlängelte mich durch die Menschenmassen, die sich wie ein bunter Strom durch die Straßen New Yorks bewegten. Die Luft war erfüllt von einem Gemisch aus Abgasen und dem süßen Duft gebrannter Mandeln, der aus den kleinen Holzbuden am Straßenrand aufstieg. Auf den Straßen stauten sich die Autos dicht an dicht. Wahrscheinlich ist es am schlausten zu Fuß zu Winters Delight zu gehen, dachte ich. Die bunten Weihnachtslichter, die sich an den Geschäften tummelten, stachen mir ins Auge. Sie blinkten in den unterschiedlichsten Farben und ich musste meinen Würgereiz unterdrücken. Als ich vor der Konditorei Winters Delight stand, spürte ich, wie die Galle meine Speiseröhre hoch wanderte. Hatte der Weihnachtsmann hier sein Hauptquartier? Oder war die Ladenbesitzerin heimlich mit ihm verheiratet? Es musste so sein, anders konnte ich mir diese übertriebene Dekoration nicht erklären. Von überall her schlängelten sich Girlanden durch und die Lichter blinkten in einem aggressiven Rhythmus. Über dem Eingang prangte der Name Winters Delight, dessen Lichter genau entgegengesetzt zum Takt der Weihnachtslichter leuchteten. Beim Anblick des Schaufensters rollten sich meine Fußnägel hoch. Es sah aus wie ein überwucherter Märchenwald aus Tannenzweigen, Schneemännern und Rentieren. Es lagen sogar Weihnachtsbaumkugeln herum. Die Innenbeleuchtung war abgeschaltet und es war keine Menschenseele zu sehen. Nur durch das Seitenfenster war etwas Licht zu sehen. Es schien durch die Lamellen der Jalousie. Mit gestrafften Schultern ging ich zur Tür und klopfte gegen die Scheibe. Ich hoffte darauf, dass meine Vermutung stimmt und noch irgendwer vor Ort war, der meine Anwesenheit bemerken würde. Der Gedanke daran, wieder unverrichteter Dinge gehen zu müssen, zerschlug meine Hoffnung, meinen Mitarbeitern ein schönes Weihnachtsfest zu organisieren, in tausend Teile. Während ich wartete, betrachtete ich den Laden noch einmal von außen. Trotz des grellen Lichterspiels zog mich der Laden in seinen Bann. Ich konnte mich überhaupt nicht dagegen wehren. Die Backsteinfassade des Gebäudes gab dem Laden einen rustikalen Charme. Mein geschultes Auge erkannte sofort, dass das Gebäude baufällig war. An den Rändern der Tür waren starke Risse im Putz zu erkennen. Ich hörte Schritte von innen näherkommen und richtete meine Augen wieder auf die Tür vor mir. Sie öffnete sich zögerlich und eine Frau guckte mich verwundert an. In den wilden Locken konnte ich kleine Teigreste erkennen. Ihre moosgrünen Iriden, umgeben von dunklen Augenringen, zeugten von langen Stunden und harter Arbeit. Ihr weißes Shirt war ebenso wie ihr Haar mit Teigresten verklebt und auf ihrer dunklen Jeans zeichneten sich ein paar Mehlreste ab. Für einen Moment stand sie einfach da und musterte mich mit einem fragenden Blick.

«Entschuldigung», sprach ich zögerlich, «ich hatte gehofft, jemanden anzutreffen. Ich weiß, es ist spät, aber ich bin auf dem Weg zu einem Termin und wollte kurz vorbeischauen. Ich habe telefonisch niemanden erreicht.»

Ihre Haltung entspannte sich ein wenig und ein müdes Lächeln huschte über ihr Gesicht.

«Für gewöhnlich haben wir um diese Zeit geschlossen», antwortete sie mit einer Stimme, die der Wärme eines Backofens glich. «Aber ich bin dabei aufzuräumen. Was kann ich für Sie tun?»

«Ich brauche dringend ein Catering für die Weihnachtsfeier meiner Firma», erklärte ich ihr. Hoffnung und Verzweiflung vermischten sich in meiner Stimme. «Und ehrlich gesagt, das Winters Delight ist meine letzte Chance, dieses Event zu retten.»

Ihre Augen weiteten sich bei meinen Worten und ich konnte sehen, wie sie die Situation abwog. Ihr war anzusehen, dass sie einen langen Tag hinter sich hatte, trotzdem leuchteten ihre Augen auf.

«Das klingt nach einer ziemlichen Herausforderung», sagte sie und tippte an ihrem Kinn herum. Eine widerspenstige Locke hatte sich in ihr Gesicht verirrt, die sie mit einer Handbewegung nach hinten strich. «Wie groß ist Ihre Firma denn? Und wann soll diese Feier stattfinden?»

Ich nannte ihr die Anzahl der Mitarbeiter und das Datum der Feier, das bedrohlich nahe bevorstand. Sie schien die Zahlen im Kopf zu überschlagen.

«Wir sind zwar klein», begann sie langsam zu sprechen, «Aber wir haben längst größere Aufträge bewältigt. Ich müsste das nochmal kalkulieren, aber ich denke, wir bekommen das hin.»

Die Last fiel von meinen Schultern, wie zehn Pfund Blei.

«Das wäre fantastisch», antwortete ich und lächelte, obwohl ich innerlich vor Erleichterung heulte. «Sie würden mir aus der Patsche helfen.»

Kapitel 5
Ella

Während ich die Zahlen im Kopf kalkulierte, musterte ich den Mann. Er hatte kurze braune Haare und Schokoladensoufflé Augen, die trotz der späten Stunde wach und aufmerksam wirkten. Sein Gesicht war von einem klassischen Drei-Tage-Bart umrahmt, der ihm ein markantes Aussehen verlieh. Unter seinem grauen Mantel lugte ein dunkler Anzug mit Krawatte hervor. Er wirkte wie jemand, der Wert auf sein Äußeres legte. Wahrscheinlich war das Erscheinungsbild in seinem Beruf wichtig. An seiner Seite hing eine lederne Umhängetasche, die vermutlich wichtige Dokumente oder einen Laptop enthielt. Es war eine Herausforderung, so kurzfristig einen solchen Auftrag zu stemmen. Besonders in der hektischen Vorweihnachtszeit. Aber ich liebte Herausforderungen und wollte diesem Mann helfen.

Es ging mir nicht nur ums Geld. Er tat mit leid und war auf unsere Hilfe angewiesen.

«Okay», sagte ich und teilte ihm meine Entscheidung mit. «Ich denke, wir können das schaffen. Aber wir müssen schnell handeln und festlegen, was Sie benötigen.»

«Selbstverständlich», erwiderte er. «Ich bin für jede Unterstützung dankbar.»

«Ich habe noch einigen Papierkram auf meinem Schreibtisch liegen. Kommen sie am besten morgen früh vorbei, da können wir alles in Ruhe besprechen», sagte ich.

«Ich verstehe», sagte er und schaute kurz auf seine Uhr. «Das passt mir gut. Ich habe heute Abend einen Termin wahrzunehmen.»

Ich verschwand kurz im Laden und holte das iPad, auf dem der Organizer gespeichert war.

«Wie sieht Ihr morgiger Tag aus?», fragte ich ihn, während ich durch meinen Kalender scrollte, um einen geeigneten Zeitpunkt zu finden. Er zog sein Smartphone aus der Manteltasche und überprüfte seinen Terminkalender.

«Ich könnte morgen Vormittag gegen 10 Uhr hier sein», schlug er vor.

«10 Uhr ist ideal», bestätigte ich und tippte den Termin in mein iPad ein. «Dann haben wir genug Zeit, um alle Details zu klären.»

Er lächelte. «Perfekt. Vielen Dank für Ihre Flexibilität.»

Bevor er sich endgültig abwandte, hielt ich ihn auf.

«Entschuldigen Sie. Ich bräuchte Ihren Namen sowie Ihre Telefonnummer und E-Mail-Adresse, um Ihnen eine Terminbestätigung zukommen zu lassen.»

Er drehte sich wieder zu mir um und ein Lächeln umspielte seine Lippen.

«Logisch, das ist sinnvoll. Mein Name ist Miles Harrington», stellte er sich vor und tippte etwas in sein Smartphone.

Ich nickte und wartete, während er seine Kontaktdaten weitergab. Er diktierte mir seine Telefonnummer und dann seine E-Mail-Adresse, die ich sorgfältig in mein iPad eintippte.

«Und ich bin Ella Jennings», stellte ich mich im Gegenzug vor und streckte ihm meine Hand hinüber. «Die Inhaberin von Winters Delight.»

Er schüttelte meine Hand mit einem festen Druck.

«Freut mich, Ms. Jennings. Ich bin beeindruckt von Ihrer Bereitschaft, spontan zu helfen.»

Ein Schmunzeln erhellte mein Gesicht.

«Es ist mir ein Vergnügen, Mr. Harrington. Wir sind hier, um solche Herausforderungen zu meistern.»

44

Ich schicke ihm eine Terminbestätigung zu. Er überprüfte sein Smartphone, nickte zufrieden und bedankte sich nochmal.

«Perfekt, es hat alles geklappt», sagte er und verabschiedete sich. «Bis morgen dann.»

«Bis morgen», bestätigte ich und sah ihm nach, wie er in der Dunkelheit verschwand. Als die Tür hinter Mr. Harrington ins Schloss fiel, spürte ich, wie mich die Nervosität überkam und sich mein Pulsschlag erhöhte. Mein Kalender war vollkommen überfüllt und ich wusste nicht, wie ich diesen zusätzlichen Auftrag unterbringen sollte. Aber ich war fest entschlossen, sie anzunehmen. Mit einem letzten Blick auf mein iPad schaltete ich das Gerät aus und schloss den Laden endgültig, um nachhause zu fahren. Ich zog meine Jacke über und griff nach meiner Tasche. Der Schlüsselbund klimperte in der Hand, als ich die Konditorei durch den Hintereingang verließ. Ich verschloss die Tür und zog fest zu, bis das vertraute Klicken des Riegels zu hören war. Draußen hatte der Schnee New York in seine weißen Decken gehüllt und die Straßenlaternen warfen ihren Goldschimmer auf ihn. Der Gehweg war schmierig und rutschig geworden. Ich setzte behutsam einen Fuß vor Fuß den anderen, um heil zu meinem Auto zu gelangen. Die kalte Luft biss mir in die Wangen und ich zog den Schal enger um den Hals. Jeder

Atemzug bildete kleine Wölkchen vor meinem Mund. Als ich das Auto erreichte, schüttelte ich den Schnee von den Schultern und setzte mich hinein. Ich ließ den Motor an und wartete einen Moment, bis die Heizung die erste Kälte vertrieben hatte. Vorsichtig, wie eine Schildkröte, setzte ich den Wagen in Bewegung. Gut darauf bedacht, die Kontrolle auf den glatten Straßen nicht zu verlieren.

Die Stille meiner Wohnung empfing mich und ich lehnte mich kurz gegen die Tür. Ich hängte meine Jacke auf und stellte die Tasche ab. Im Wohnzimmer dominierte statt Weihnachtsbeleuchtung nur Leere. Das Winters Delight verlangte mir alles ab, so dass ich nie die Zeit hatte, meine Vorliebe für Weihnachten in meinen eigenen vier Wänden zu bringen. Ich sah mich um und ein kleiner Stich der Wehmut durchfuhr mich. Die Ecken des Wohnzimmers blieben dunkel und ungeschmückt, dabei wünschte ich mir so sehr, dass dort Lichterketten schimmern würden. Ein bitteres Lachen entglitt mir. Es war ironisch, dass ich den ganzen Tag damit verbrachte, anderen Menschen eine Freude mit Leckereien zu bereiten, während mein eigenes Zuhause leer von jener festlichen Besinnlichkeit blieb. Mit einem Ächzen ließ ich mich auf das Sofa fallen und zog meine

Schuhe aus. Vielleicht konnte ich an einem freien Tag ein wenig Zeit finden, um zumindest ein paar Kerzen aufzustellen oder eine Lichterkette aufzuhängen. Ein bisschen Dekoration würde helfen, auch mein Heim in eine kleine Oase der Besinnlichkeit zu verwandeln. Mein Magen machte sich mit einem Knurren bemerkbar. Ich rutschte von der Couch und schlurfte in die Küche, in der Hoffnung, dort etwas Essbares zu finden. Meine Finger umklammerten den Griff und ich zog die Tür auf. Ich wühlte im Kühlschrank herum und schob einige Behälter zur Seite. Der Nudelsalat, den ich vor ein paar Tagen zubereitet hatte, fiel mir ins Auge. Ich holte eine Gabel aus der Schublade und setzte mich wieder auf das Sofa. Der Tag hatte mich so geschlaucht, dass ich keine Lust hatte, mir einen Teller zu holen. Ich aß direkt aus der Dose. Der Salat war kühl und erfrischend, genau das Richtige, um Kraft zu tanken. Während ich aß, ließ ich meine Gedanken schweifen. Ich dachte an die bevorstehenden Aufgaben im Laden. Die Frage, die am meisten in meinem Kopf herumschwirrte, war: Wie sollte ich Miles Harringtons Auftrag am besten umsetzen? Nachdem ich aufgegessen hatte, stellte ich die leere Dose auf den kleinen Couchtisch vor mir ab und lehnte mich zurück. Mein Körper entspannte sich langsam. Das Gefühl der Sättigung ließ mich träge werden. Mit einem Strecken erhob ich mich. Ich ging ins Badezimmer, drehte den Wasserhahn auf und wartete einen Moment, bis der Dampf unter der Tür hervorquoll. Mit einem tiefen Seufzer entledigte ich mich meiner Kleidung und trat unter das heiße Wasser. Meine Schultern sanken herab und ein leises Stöhnen entwich meinen Lippen, als die Anspannung aus meinen Muskeln wich. Ich griff nach meinem Lieblingsshampoo mit dem Duft nach Vanille und Mandel. Mit geschlossenen Augen arbeitete ich das Shampoo in meine Locken ein. Dabei stießen meine Finger immer wieder auf kleine, klebrige Klumpen. Trotz des warmen Wassers und des Schaums blieben die Teigreste hartnäckig zwischen den Strähnen hängen. Mit Mühe kratzte ich sie heraus. Es war fast meditativ, diese kleinen Überbleibsel des Tages aus meinem Haar zu entfernen und damit symbolisch den Stress abzuwaschen. Als mein Haar endlich glatt und frei von jeglichen Rückständen war, verteilte ich den Conditioner sorgfältig und lehnte meinen Kopf gegen die kühlen Fliesen. Das Wasser plätscherte sanft über meine Haut. Ich wickelte mich in ein flauschiges Handtuch und trat aus der Duschkabine. Der Spiegel war beschlagen und verbarg mein Spiegelbild vor mir. Ich wischte mit der Hand darüber. Meine Haut war von der Wärme gerötet und meine Haare hingen in Strähnen herunter. Ich zog meinen bequemsten Pyjama an und belohnte mich mit meiner Skincare-Routine. Jetzt fühlte ich mich bereit fürs Bett. Obwohl mich die Wärme der Decke umhüllte, fand ich nicht in den Schlaf. Mein Geist war chaotisch. Die Gedanken an den kommenden Tag ließen mich nicht los. Mit einem resignierenden Seufzer griff ich nach dem iPad, das auf meinem Nachttisch lag. Ich entsperrte das Gerät und öffnete den digitalen Kalender, um mir noch einmal die Aufgaben und Termine für den morgigen Tag zu verinnerlichen. Das grelle Licht ließ meine Augen zusammenkneifen. Ich scrollte durch die Liste der Bestellungen, die ich vorbereiten musste und überprüfte die Zeitfenster für Lieferungen und Abholungen. Da war der große Auftrag von Mrs. Schneider, die immer ihre Plätzchen genau so gebacken haben wollte, wie sie es von ihrer Großmutter kannte. Sie war einer unsere schwierigsten Kundinnen, denn bei der kleinsten Abweichung reklamierte sie die Bestellung. Dann gab es noch die Sonderbestellung für das Weihnachtsessen des örtlichen Schwimmteams einer Schule. Wir sollten hundert Macarons für sie backen, eines der kompliziertesten Gebäcke weltweit. Nur ein Fehler beim Abwiegen der Zutaten entscheidet über Erfolg oder Misserfolg. Ich tippte Anmerkungen in mein digitales Notizbuch, setzte Erinnerungen und markierte die wichtigsten Punkte. Es beruhigte mich, alles geordnet zu sehen. Das Gefühl von Kontrolle inmitten des weihnachtlichen Trubels gab mir Sicherheit. Nachdem ich alles durchgegangen war, legte ich das iPad beiseite. Ich atmete tief durch und versuchte, meinen Geist zur Ruhe zu bringen. Mit geschlossenen Augen konzentrierte ich mich auf meinen Atem – ein- und ausatmen – und ließ langsam alle Gedanken an Arbeit und Verpflichtungen los. Schließlich fand ich den Weg in einen friedlichen Schlaf, getragen von dem Wissen um einen gut organisierten nächsten Tag.

Kapitel 6
Miles

Mein Herzschlag war im Einklang mit dem schnellen Takt meiner Schritte. Ich hastete durch die belebten Straßen der City. Die Uhr tickte unerbittlich gegen mich und ich verfluchte jede rote Ampel, die mich auf meinem Weg zur Lounge aufhielt. Als ich endlich ankam, war meine Stirn von einer dünnen Schicht Schweiß bedeckt. Ich ließ meinen Blick kreisen und suchte meinen potenziellen Geschäftspartner. Trotz der vielen Menschenmassen fand ich ihn sofort. Er stand lässig an der Bar und hatte ein Wasserglas in der Hand. Seine Augen erinnerten an einen Wachhund und beobachteten die Umgebung. Trotzdem war seine Körperhaltung entspannt.

«Mr. Harrington», rief er, als er mich erblickte. Seine Stimme war eine Mischung aus Autorität und Gelassenheit.

«Mr. Smith», grüßte ich mit einem Kopfnicken zurück und meine Mundwinkel erhoben sich zu einem leichten Lächeln. Ich näherte mich der Bar und gab dem Barkeeper ein Zeichen, dass ich ebenfalls ein Wasser bestellte. Während er mir einschenkte, tauschte ich mit Mr. Smith ein paar Höflichkeiten aus. Wir schnappten uns unsere Gläser und wählten einen freien Tisch in einer stillen Ecke. Diese Art von lockeren Treffen bot eine ausgezeichnete Gelegenheit, sich auf neutraler Ebene zu begegnen, ohne gleich in die Tiefe geschäftlicher Planungen einzutauchen. Wir setzten uns und ließen unsere Blicke kurz über die anderen Gäste schweifen, bevor wir unser Gespräch begannen. Es ging um allgemeine Marktbedingungen, persönliche Interessen und Visionen für die Zukunft der Stadtentwicklung. Themen, die genug Raum für Interpretation ließen und uns ermöglichten, ein Gefühl füreinander zu entwickeln. Ich schätzte diese Art des Kennenlernens sehr. Es baute eine Grundlage des Vertrauens und des gegenseitigen Verständnisses auf, bevor man sich den konkreteren Aspekten einer möglichen Zusammenarbeit widmete. Ich ließ die angenehme Atmosphäre auf mich wirken. Mr. Smith war ein Mann von Welt und seine Einsichten in die Geschäftswelt waren ebenso scharfsinnig wie interessant. Ich hoffte inständig, ihn für unser neuestes

Projekt zu gewinnen. Eine Entwicklung, die nicht nur für meine Firma, sondern auch für die Gemeinde außerhalb der Stadt von großer Bedeutung sein würde.

«Stellen Sie sich New Horizons Community Village vor», sagte ich und lehnte mich leicht nach vorne. «Ein speziell für einkommensschwache Familien konzipiertes Gebiet, das nicht nur Wohnraum bietet, sondern auch echte Chancen zur Verbesserung ihrer Lebensumstände.»

Er hob interessiert eine Augenbraue.

«Was genau macht dieses Projekt so unverwechselbar?»

«Es geht weit über die Bereitstellung von Wohnraum hinaus», erklärte ich. «Wir bieten energieeffiziente Wohnungen an, die die Betriebskosten minimieren. Doch das Herzstück ist unser Bildungs- und Betreuungszentrum. Hier erhalten Bewohner Zugang zu Nachhilfeprogrammen und Berufsausbildungskursen. Alles darauf ausgelegt, ihnen neue Perspektiven zu eröffnen.»

Er nickte langsam, seine Finger trommelten leise auf die Tischplatte.

«Und wie fördern Sie die Gemeinschaft innerhalb des Projekts?»

«Wir haben Gemeinschaftsgärten geplant», fuhr ich fort, «die nicht nur frische Lebensmittel liefern, sondern auch als Lernorte für nachhaltige

Landwirtschaft dienen. Zudem wird es ein Gesundheitszentrum geben, das grundlegende medizinische Versorgung bietet. Alles mit dem Ziel, die Lebensqualität der Bewohner zu verbessern.»

Sein Interesse schien geweckt zu sein. «Wie sieht es mit der Finanzierung aus?»

Ich lächelte leicht.

«Wir haben bereits einige Fördermittel gesichert und arbeiten eng mit lokalen Organisationen zusammen. Mit Ihrer Unterstützung könnten wir das Projekt schneller realisieren und noch mehr Familien erreichen.»

Er lehnte sich zurück und betrachtete mich einen Moment lang schweigend.

«Das klingt nach einem Projekt mit echtem Potenzial.» Trotz meiner Bemühungen mich auf das Gespräch konzentrieren, wanderten meine Gedanken zu Ella Jennings, der Geschäftsführerin des Winters Delight. Es hatte so angenehm nach Plätzchen gerochen. Selbst ich als Weihnachtsmuffel konnte mich diesem Charme nicht widersetzten. Ich dachte an die restliche Planung unserer Firmenweihnachtsfeier. Es gab noch viel zu tun. Das Catering musste bestätigt werden, die Dekoration finalisiert und die Unterhaltung organisiert werden. Mr. Smith hob sein Glas für einen weiteren Schluck und riss mich damit aus meinen Grübeleien.

«Die Stadtentwicklung ist ein interessantes Feld», sagte er und kräuselte die Stirn. «Es geht darum, Visionen Realität werden zu lassen.»

Ich nickte und fand wieder in das Gespräch zurück. «Genau das ist es», erwiderte ich mit neuem Elan. «Und mit dem richtigen Partner können wir etwas Nachhaltiges schaffen, das Generationen überdauert.»

Mr. Smith lehnte sich zurück und ein nachdenklicher Ausdruck huschte über sein Gesicht.

«Wie wäre es, wenn wir diesen Abend mit einem Glas Whisky abrunden?», schlug er vor, während seine Augen die Auswahl an Flaschen hinter der Bar musterten.

Ich zögerte einen Moment und mein Blick fiel auf meine Uhr. Der Zeiger hatte bereits eine späte Stunde erreicht und die Müdigkeit von einem langen, harten Arbeitstag machte sich in meinen Knochen bemerkbar. Ich musste früh aufstehen, um die Planung für die Weihnachtsfeier weiterzuführen und den normalen Geschäftsbetrieb zu gewährleisten. Doch dieser Moment war wichtig. Nicht nur für das Projekt, sondern auch für die Beziehung zu Mr. Smith. Ein vorzeitiges Ende des Abends könnte er als Desinteresse oder gar Unhöflichkeit auslegen. Ich hatte keine andere Wahl. Mit einem leichten Seufzer der Resignation lächelte ich und nickte.

«Ein Glas Whisky klingt gut», sagte ich und versuchte, meine Stimme so enthusiastisch wie möglich klingen zu lassen. «Eine ausgezeichnete Idee zum Abschluss unseres Treffens.»

Mr. Smiths Gesicht hellte sich auf und er winkte den Kellner heran. Während wir auf unsere Bestellung warteten, nutzte ich die Gelegenheit, das Gespräch wieder auf das Projekt zu lenken und einige Schlüsselpunkte anzusprechen, die mir besonders am Herzen lagen. Als der Whisky serviert wurde – ein Single Malt mit einem reichen Bouquet – hoben wir unsere Gläser in einer stillen Anerkennung unserer potenziellen Partnerschaft. Ich nahm einen kleinen Schluck und ließ den warmen Geschmack über meine Zunge rollen. Die nächsten Minuten verbrachten wir damit, über weniger geschäftliche Themen zu sprechen und einfach den Moment zu genießen. Als wir uns schließlich erhoben und unsere Verabschiedung aussprachen, fühlte ich mich trotz meiner Erschöpfung zufrieden mit dem Verlauf des Abends.

«Danke für Ihre Zeit heute Abend», sagte Mr. Smith mit einem festen Händedruck.

«Das Vergnügen ist ganz meinerseits», antwortete ich aufrichtig.

Ich stand noch einen Moment vor der Lounge und atmete tief durch. Die kühle Nachtluft füllte meine Lungen. Mr. Smith hatte versprochen, sich innerhalb der nächsten zwei Tage zu melden, um einen weiteren Termin zu vereinbaren. Ich beobachtete ihn, wie er die Straße überquerte und auf seinen Wagen zuging. Hoffentlich kommt er heil nachhause. Der Whiskey war ziemlich stark. Doch ich schob den Gedanken schnell beiseite. Es war ja nur ein kleiner Schluck gewesen. Sicherlich nicht genug, um seine Fahrtüchtigkeit ernsthaft zu beeinträchtigen. Plötzlich drehte sich der Gehweg vor meinen Augen. Meine Beine fühlten sich an, als würden sie auf weichen Sand laufen. Eine wohlige Schwere legte sich über meinen Kopf und ein sanftes Summen erfüllte meine Gedanken. Das Sandwich, was ich zu Mittag gegessen hatte, war meine einzige Grundlage gewesen und der Whiskey schien schneller zu wirken als üblich. Ich schloss kurz die Augen und genoss den Moment der Stille nach dem lebhaften Gespräch mit Mr. Smith. Es war ein produktiver Abend gewesen, aber jetzt freute ich mich darauf, nachhause zu kommen und mich auszuruhen. Mit einem letzten Blick auf Mr. Smiths Auto, das in die Nacht davonfuhr, drehte ich mich um und machte mich auf den Weg zu meiner eigenen Wohnung. Ich streckte meine Hand aus und winkte ein vorbeifahrendes Taxi heran. Der Wagen hielt mit einem sanften Quietschen direkt neben mir an und ich stieg hinten ein.

«641 Fifth Avenue, bitte», sagte ich zum Taxifahrer, während ich mich auf den bequemen Rücksitz fallen ließ. Die Fahrt durch das abendliche New York hatte etwas Beruhigendes. Ich lehnte meinen Kopf gegen das Fenster und beobachtete skeptisch die funkelnden Lichter der Stadt, die an mir vorbeizogen. Die Straßen waren zu dieser Stunde weniger belebt und wir kamen zügig voran. Meine Wohnung lag direkt gegenüber der majestätischen St. Patrick's Cathedral, einem Wahrzeichen mitten in Manhattan. Als das Taxi vor dem prächtigen Gebäudekomplex anhielt, bezahlte ich den Fahrer mit einem großzügigen Trinkgeld. Die Stille in dieser späten Stunde legte sich über die Stadt und vertrieb die geschäftigste Hektik des Tages. Ich schaute ein letztes Mal kurz zur Kathedrale hinüber und bewunderte ihre beleuchteten Türme, bevor ich mich dem Eingang meines Wohngebäudes zuwandte. Der Portier nickte mir zu, als ich durch die drehbare Glastür trat.

«Guten Abend, Mr. Harrington», begrüßte er mich mit seiner tiefen Stimme.

«Guten Abend, Frank», erwiderte ich und zog meine bleiernen Mundwinkel hoch. Jeder Schritt Richtung Aufzug fühlte sich an wie Beton. Der Tag hatte seine Spuren hinterlassen. Verhandlungen mit potenziellen Investoren waren immer anstrengend, aber auch aufregend. Jetzt freute ich mich nur noch darauf, in mein Bett zu sinken und den Schlaf nachzuholen. Kälte empfing mich, als ich die Wohnung betrat, und erinnerte mich daran, wie einsam ich war. Ich ließ meine Schlüssel auf den Beistelltisch fallen. Das vertraute Summen vertrieb die Einsamkeit etwas. Während ich auf mein Essen wartete, schlenderte ich ins Ankleidezimmer und ließ den Anzug sorgfältig von meinem Körper gleiten. Ich wollte ihn demnächst in die Reinigung bringen. Dann schlüpfte ich in ein bequemes Shirt und Shorts. Zuletzt griff ich nach einem Paar gestrickter Socken, die meine Oma mir vor Jahren geschenkt hatte. Sie waren warm und gemütlich und trugen das unverkennbare Skandimuster, dass sie immer für ihre Strickwaren verwendete. Ein Lächeln stahl sich auf mein Gesicht bei dem Gedanken an sie. Das Ping der Mikrowelle rief mich in die Küche zurück. Ich entnahm die dampfenden Makkaroni, die in ihrer Käsesoße vor sich hin klebten. Mein Gewissen meldete sich. Sie waren keine gute Wahl für ein gesundes Abendessen. Aber sie würde ihren Zweck erfüllen, meinen knurrenden Magen zu beruhigen, bevor ich schlafen ging. Ich setzte mich und ließ meinen Blick in das Esszimmer schweifen. Es war dunkel und leer. Seitdem ich das Penthouse gekauft hatte, hatte nie jemand in diesem Zimmer gesessen. Nur die Lichter der Stadt konnten meinen Kummer etwas vertreiben. Sie funkelten wie Sterne am Boden und erinnerten mich daran, wie weit ich gekommen war. Ich liebte diesen Anblick, doch war ich fast vollkommen alleine. Wenn ich ihn doch nur mit jemanden teilen könnte. Freunde hatten sich im Laufe der Jahre abgewandt, da ich keine Zeit für sie hatte. Der einzige Tag im Jahr, an dem meine gesamte Familie zusammenkam, war Weihnachten. Ausgerechnet die Zeit, die ich am meisten verabscheute. Seufzend checke ich noch einmal meine E-Mails und den Terminkalender für morgen. Jetzt endlich war ich bereit fürs Bett und schlurfte ins Schlafzimmer. Dort versank ich in einen traumlosen Schlaf.

Kapitel 7
Ella

Umgeben von hupenden Autos und genervten Gesichtern hinter den Lenkrädern, saß ich in meinem Wagen und starrte auf den Stau, der sich wie eine Schlange vor mir her schlängelte. Die blinkenden Warnlichter der Fahrzeuge schienen im Takt meines beschleunigten Herzschlags zu pulsieren. Das Klingeln des Weckers hatte mich aus meinem tiefen Schlaf geholt, aber die warmen Decken waren viel verlockender, so dass ich mich wieder in sie hineinkuschelte – ich war viel zu spät aufgestanden. Ein Fehler, den ich nun bitter bereute. Meine Hände umklammerten das Lenkrad, als ob ich damit die Zeit zurückdrehen könnte. Die Minuten verstrichen gnadenlos, während ich inmitten des endlosen Stroms aus Metall und Asphalt festsaß. Meine Finger trommelten unaufhörlich auf das Lenkrad und ein unangenehmes Kribbeln breitete sich in meinem Magen aus. Durch

meinen Körper kroch eine ungeduldige Schlange und schnürte mir die Kehle zu. Ich warf einen Blick auf die Uhr am Armaturenbrett und stöhnte genervt auf. Jede Sekunde kam mir vor wie eine kleine Ewigkeit. Mein Kopf ratterte. Auf meinem Terminkalender standen zehn Bestellungen und drei Meetings. Der Kuchen und die Brötchen für den täglichen Verkauf musste noch gebacken werden. Hoffentlich waren Caleb und Emily bereits da und hatten schon ohne mich begonnen. Ich versuchte, mich zu beruhigen, tief durchzuatmen und nach Lösungen zu suchen. Vielleicht sollte ich anrufen und Bescheid geben? Oder wäre es besser, umzudrehen und öffentliche Verkehrsmittel zu nehmen? Nein, das würde noch länger dauern.

Einige Zeit später lenkte ich mein Auto in die Parklücke hinter meiner Konditorei. Es war dieselbe, die ich immer wählte. Ein Blick durch das Fenster verriet mir, dass meine Mitarbeiter schon eifrig den Teig kneteten und die Torten verzierten. Caleb holte gerade die ersten Croissants aus dem Ofen. Ein Lächeln schlich sich auf meine Lippen. Der Duft von frischem Brot und süßen Keksen lag schon in der Luft und versprach einen weiteren erfolgreichen Tag. Ich schloss die Autotür hinter mir und eilte zur Eingangstür. Als ich den

Laden betrat, begrüßte mich die wohlige Wärme des Backofens und das Klappern von Geschirr. Emily stand hinter der Theke und belegte Sandwiches. Zwischendurch schaffte sie es immer mal wieder, einen Kaffee aufzusetzen. Ihr Multitaskingtalent beeindruckte mich jeden Tag aufs Neue.

«Guten Morgen!», rief ich ihnen zu und hängte meine Jacke an den Haken neben der Tür. «Tut mir leid. Ich habe verschlafen. Mein Bett war einfach noch zu warm.»

«Morgen, Ella!», antworteten Emily und Caleb im Chor, ihre Arbeit führten sie weiter fort.

«Wer bist du? Und was hast du mit unserer Ella gemacht? Seit wann verschläfst du?», fragte Caleb grinsend und ich hörte Emily glucksen. Ich ging in die kleine Umkleide, um meine Schürze anzulegen.

«Frag nicht», murmelte ich und schüttelte den Kopf. «Ich kann es mir selbst nicht erklären», fügte ich hinzu und war dankbar für mein Team. Alles schien reibungslos zu laufen. Caleb hatte das Gebäck perfekt goldbraun gebacken und Emily hatte die Thekenauslage bereits reichlich bestückt. Genauso, wie unsere Stammkunden es liebten. In einer halben Stunde würden wir den Laden für die Laufkundschaft öffnen.

«Ich habe im Kalender gesehen, dass noch ein Meeting für heute um 10 Uhr eingetragen wurde. Habe ich den gestern übersehen oder kam der noch spontan rein?», fragte mich Caleb und deutete auf das iPad, dass an einem Ladekabel auf einem kleinen Tisch stand. Mit großen Augen schaute ich ihn an. Plötzlich dämmerte es mir. Ich erzählte Caleb knapp von Mr. Harrington.

«Er hat sich auf den Weg gemacht, weil du nicht mehr an das Telefon gegangen bist? Es gibt zahlreiche Bäckereien und Konditoreien. Irgendeine wäre sicher erreichbar gewesen», rief Caleb und sein Mund war weit aufgerissen. Ich zuckte mit den Schultern.

«Er sagte mir, dass er einen Termin in der Gegend hatte. Daher bot es sich an», erwiderte ich.

«Schaffen wir diese zusätzliche Bestellung denn noch? Wir sind eigentlich ausgebucht. Du nimmst seit Wochen keine neuen Aufträge mehr an», sprach Caleb eine Spur leiser. Mit zögerlichem Blick schaute ich ihn an.

«Wir sind auch ausgebucht. Aber dieser Auftrag könnte sehr lukrativ für uns werden. Es ist ein wichtiges Unternehmen und wenn Winters Delight damit in Verbindung gebracht wird, könnte sich das positiv auf uns auswirken», erwiderte ich. Caleb nickte und wendet sich wieder seinen verzierten Plätzchen zu. Der Laden füllte sich mit den ersten Kunden. Sie nickten mir zu oder wechselten ein paar freundliche Worte mit mir, während sie ihre Bestellungen bei Emily aufgaben und ich die Auslage mit weihnachtlichen Cupcakes bestückte.

Ich stand in der Küche, umgeben von dem süßen Duft frisch gebackenen Kuchen und knuspriger Kekse. Meine Hände waren bedeckt mit einem feinen Film aus Mehl und ich konnte noch die Wärme des Ofens auf meiner Haut spüren. Ich hatte einige Bestellungen fertiggestellt und begann, sie sorgfältig zu verpacken. Zuerst nahm ich die Brownies. Ich setzte sie in eine Pappform und verschloss die Transportbox.

«Puh, das wäre geschafft», äußerte ich und strich mir eine Strähne aus dem Gesicht. Danach wendete ich mich der Torte zu. Es handelte sich um eine Kokosnuss-Beeren-Torte, verziert mit zarten Zuckerschneeblumen und feinen Spitzenmustern aus Royal Icing. Schweißperlen bildeten sich auf meiner Stirn, als ich sie in die Kuchentransportbox platzierte. Wenn sie mir aus der Hand rutschen würde, wären zwei Tage Arbeit umsonst gewesen. Mit einem hüpfenden Herzen klebte ich das Etikett des Bestellers auf die Box. Nachdem alle Backwaren sicher verstaut waren, überprüfte ich die Bestelllisten und ordnete jede Box ihrem

Lieferauftrag zu. Einige Kunden würden ihre Bestellungen selbst abholen kommen, für andere war ein Lieferant zuständig und einige Kunden belieferte ich persönlich. Ich schrieb kurze Notizen für die Lieferungen und legte sie zu den jeweiligen Boxen. Ich wandte mich an Emily und lächelte sie an.

«Emily, könntest du bitte frischen Kaffee und Tee aufkochen und ihn dann in mein Büro bringen? Ich habe um 10 Uhr ein Meeting mit Mr. Harrington für einen neuen Auftrag. Danke», sagte ich. Sie nickte eifrig und machte sich ans Werk. Ich ging zurück in die Küche, zog die dreckige Schürze aus und warf sie in den Wäschekorb. Ein Seufzer kam mir über die Lippen. Heute Nachmittag musste ich wieder eine Maschine anschmeißen. Uns gingen langsam die sauberen Schürzen aus. Dabei hatte ich vor zwei Tagen Wäsche gewaschen. Ich schlenderte zum Waschbecken und wusch die Hände gründlich. In der Küche lag ein Tablett, auf dem sich bunte Süßigkeiten tummelten. Es lagen klassische Weihnachtsplätzchen mit Zuckerguss und Streuseln dort, aber auch feine Schokoladentrüffel, die auf der Zunge zerschmolzen. Natürlich fehlten auch unsere eleganten Petit Fours nicht, die mit ihren filigranen Verzierungen kleine Kunstwerke bildeten. Die waren der Renner auf jeder Party. Es war mir wichtig, eine breite

Palette an Geschmacksrichtungen und Formen zu präsentieren, um Mr. Harrington für sein Firmenweihnachtsfest zu inspirieren. Als ich dem Tablett den letzten Feinschliff gegeben hatte, überprüfte ich noch einmal alles. Die Anordnung sollte perfekt sein, schließlich wollte ich nicht nur mit Geschmack, sondern auch mit Präsentation punkten. Ich stellte sicher, dass die Farben harmonierten und die größeren Stücke nicht die kleineren verdeckten. Emily hatte bereits den Kaffee mit Milch und Zucker auf dem Tisch abgestellt. Um kurz vor 10 Uhr hörte ich, wie ein Mann Emily ansprach. Mr. Harrington. Ich hastete aus meinem Büro und lief in den Verkaufsraum. Dort stand der Mann vom Vorabend. Braune kurze Haare, gepflegter Drei-Tage-Bart und einen teuer aussehenden dunkelblauen Anzug.

«Guten Morgen, Mr. Harrington. Es ist mir ein Vergnügen, Sie heute hier zu haben», sagte ich und reichte ihm meine Hand. Mr. Harrington lächelte mich steif an. Mit hochgezogenen Augenbrauen ließ er seinen Blick über die Weihnachtsdeko huschen.

«Guten Morgen Ms. Jennings. Danke für den kurzfristigen Termin. Ich wollte mich nochmal für meinen kleinen spontanen Übergriff von gestern Abend entschuldigen», sagte er mit warmer Stimme. Ich winkte ab.

«Macht doch nichts. Zum Glück war ich ja noch hier», erwiderte ich und führte ihn durch den Verkaufsraum zu einer Tür, die in den hinteren Bereich führte. Wir erreichten mein Büro und ich öffnete die Tür für ihn.

«Bitte, nach Ihnen», sagte ich und ließ ihn eintreten. Ich wies auf einen der bequemen Stühle an einem runden Tisch hin. «Machen Sie es sich bequem.»

Nachdem er Platz genommen hatte, ging ich zur Kaffeekanne in der Ecke des Raumes. «Darf ich Ihnen eine Tasse Kaffee anbieten?», fragte ich über meine Schulter hinweg.

«Das wäre wunderbar, danke», antwortete Mr. Harrington mit einem zustimmenden Nicken. Er zog seinen Mantel und seinen Schal aus und hängte sie über die Stuhllehne. Ich goss den Kaffee in zwei Tassen.

«Zucker, Milch oder beides?», erkundigte ich mich.

«Nur schwarz», sagte er und nahm die dampfende Tasse entgegen. Dabei fiel mir ein Slogan ein, den ich irgendwo schon einmal gehört hatte. Nur Psychopathen tranken ihren Kaffee schwarz. Ich unterdrückte ein Schaudern und wischte diesen albernen Gedanken schnell beiseite. Ich selbst bediente mich an reichlich Zucker und Milch. Wäre ich jetzt alleine, würde ich auch noch eine Ladung

Karamell oder Haselnusssirup hinterherkippen. Vor Kunden war es mir unangenehm, meinen übermäßigen Zuckerkonsum preiszugeben. Ich setzte mich ihm gegenüber und genoss den Kaffeeduft, der den Raum erfüllte.

«Ich habe bereits einige Süßwaren aus unserem Sortiment ausgewählt. Sie dürfen sehr gerne probieren, während wir Ihre Wünsche und Anforderungen für das Weihnachtsmenü besprechen. Vielleicht ist ja sogar eines dabei, das Sie für das Menü bestellen wollen», sagte ich und wies auf das Tablet zwischen uns. Dankend nickte Mr. Harrington, beachtete das Gebäck aber nicht weiter, sondern nahm einen Schluck von seinem Kaffee. Staunend sah ich zu, wie er über die Bitterkeit des schwarzen Gebräus nicht einmal mit der Wimper zuckte. Ich senkte den Blick und nahm mir das iPad zur Hand und öffnete einen neuen Ordner und ein Dokument. Dann wandte mich ihm wieder zu. Mr. Harrington erwiderte meinen Blick. Mein Puls stieg vor Aufregung in die Höhe. Werden wir seine Anforderungen erfüllen können?

Kapitel 8
Miles

M ein Blick verlor sich in den Ms. Jennings Augen. Sie bohrten sich in mich, ihre Brauen hoben sich leicht und ein kaum wahrnehmbares Seufzen entwich ihren Lippen. Die Spannung in der Luft war greifbar, doch mein Verstand schien wie eingefroren, unfähig zu erfassen, was sie von mir erwartete.

«Mr. Harrington?» Die Stimme klang gedämpft, als würde sie durch Wasser dringen. Ich blinzelte heftig und versuchte, den Nebel in meinem Kopf zu vertreiben. «Entschuldigung», murmelte ich.

«Könnten Sie das bitte wiederholen?»

Meine Stimme flirrte. Die Hitze kroch von meinen Wangen bis zu den Ohren und mein Blick huschte nervös durch den Raum, auf der Suche nach einem Ankerpunkt.

«Für wie viele Personen genau, planen Sie die Firmenweihnachtsfeier?», fragte sie mich und hielt

den Kopf schräg. Ich räusperte mich leicht, um meine Gedanken zu ordnen, und berichtete ihr dann von der Größe unseres Unternehmens.

«Also, wir planen das Dessert für unsere Weihnachtsfeier», stammelte ich, darum bemüht, meine Stimme fest und klar klingen zu lassen. «Wir haben insgesamt 105 Mitarbeiter in der Firma und für die Feier werden zusätzlich etwa 40 speziell geladene Gäste erwartet.»

Sie hörte aufmerksam zu, während ich weiter ins Detail ging.

«Das bedeutet, wir müssen sicherstellen, dass genug Auswahl vorhanden ist, um jeden Geschmack zu treffen und gleichzeitig eine festliche Atmosphäre zu schaffen.» Ich spürte, wie ich langsam wieder in meinen professionellen Modus zurückfand und die anfängliche Verwirrung ablegte. «Wir möchten etwas Besonderes bieten», fuhr ich fort. «Etwas, das sowohl die Tradition als auch die Einzigartigkeit unseres Unternehmens widerspiegelt.» Ich sah sie direkt an, diesmal ohne von ihren Augen abgelenkt zu werden.

Ms. Jennings nickte verständlich und machte sich Notizen. «Haben Sie bereits bestimmte Vorstellungen oder Themen im Kopf?», fragte sie interessiert. Bei ihr hatte ich das Gefühl, dass sie ein angenehmer Geschäftspartner sein wird. Bei der Vorstellung, eine Auswahl treffen zu müssen, schnürte sich meine Kehle zu. Ich hatte von Weihnachtsgebäck absolut keine Ahnung. Ich kannte mich mit Zahlen und Geschäftsstrategien aus, aber wenn es um kulinarische Feinheiten ging, war ich auf verlorenem Posten.

«Um ehrlich zu sein, Ms. Jennings», gestand ich mit einem Lächeln, das meine Verlegenheit überspielen sollte, «ist Weihnachtsgebäck nicht mein Fachgebiet. Ich vertraue da voll und ganz auf Ihre Expertise.»

Ella schaute mich einen Moment lang an und ihr Mundwinkel hob sich zu einem Lächeln.

«Keine Sorge, Mr. Harrington», beruhigte sie mich. «Sie können sich auf mich verlassen, schließlich ist das mein Fachgebiet. Ich werde sicherstellen, dass Ihre Gäste eine wunderbare Auswahl haben werden, die sowohl traditionell als auch kreativ ist.»

Ich atmete erleichtert auf.

«Das ist großartig zu hören. Ich bin froh, dass Sie den kulinarischen Teil übernehmen können.» Es war beruhigend zu wissen, dass jemand mit so viel Kompetenz und Leidenschaft für das Thema verantwortlich war.

«Für die Cupcakes dachte ich an eine Auswahl mit winterlichen Gewürzen. Zimt, Nelken, Muskatnuss», begann sie und ihre Augen leuchteten bei der Vorstellung. «Wir könnten sie mit einem cremigem Frosting toppen und kleine Marzipanfiguren daraufsetzen, wie Tannenbäume oder Schneeflocken.»

Ich nickte mechanisch. Meinen Mitarbeitern und den anderen Gästen würde das gefallen. Ich konnte mir beim besten Willen nicht vorstellen, wie das alles auf einen kleinen Cupcake passen sollte, ohne herunterzufallen.

«Und dann gibt es noch die Torten», fuhr Ms. Jennings fort. «Ich dachte an eine klassische Winterbeerentartelette, die ist sehr beliebt bei den Gästen. Dann noch eine Bratapfeltorte mit einer Füllung aus Äpfeln, Rosinen und Zimt, die würde das Thema Weihnachten perfekt einfangen. Und natürlich dürfen unsere Schokoladen-Eclair mit unserer beliebten Orangenfüllung nicht fehlen.»

Ihre Ausführungen klangen überzeugend. Auch wenn ich zu neunundneunzigprozentiger Wahrscheinlichkeit keines dieser beschriebenen Desserts anrühren würde. Viel zu süß und weihnachtlich. Ich unterdrückte ein Schaudern, aber meine Mitarbeiter werden sie mit Sicherheit mögen.

«Für die Plätzchen können wir verschiedene Formen und Größen anbieten», schlug Ella weiter vor. «Schneeflockenplätzchen und Gewürzkuchen-Würfel. Ideal für Ihre Gäste zum Mitnehmen.»

Ich war dankbar für Ellas Fachwissen.

«Das klingt fantastisch», sagte ich. «Ich bin wirklich beeindruckt von Ihren Ideen und freue mich darauf, zu sehen, wie alles zusammenkommt.»

Ella strahlte über beide Backen.

«Es wird ein Fest für alle Sinne», versicherte sie mir. Ihre Begeisterung war ansteckend und ich konnte mir lebhaft vorstellen, wie unsere Firmenweihnachtsfeier dank ihrer kulinarischen Kreationen unvergesslich werden würde. Während sie sprach, tauchte ich in eine Welt aus Lebkuchenmännern, Stollen und Pfeffernüssen ein. Obwohl mich die Details ihrer Erzählungen nicht sonderlich interessierten, genoss ich es, ihr zuzuhören und ihre Leidenschaft zu beobachten. Als das Meeting endete, ließ ich einen tiefen Atemzug entweichen und spürte, wie die Anspannung von meinen Schultern abfiel. Ms. Jennings hatte nicht nur ein tiefes Verständnis für das Thema gezeigt, sondern auch eine Begeisterung entfacht, die ansteckend wirkte. Mit ihrer Hilfe würde unsere Firmenweihnachtsfeier sicherlich ein Erfolg werden. Nachdem wir die Details der Desserts geklärt hatten, sah Ms. Jennings mich voller Neugier an.

«Erzählen Sie mir mehr über Ihre Firma, Mr. Harrington», sagte sie und lehnte sich leicht nach vorne. Meine Kehle fühlte sich plötzlich trocken an und ich schluckte schwer. Ein leises Räuspern entkam mir, bevor ich die ersten Worte fand.

«Unsere Firma verwandelt alte, verfallene Gebäude in strahlende Schmuckstücke und erweckt leere Grundstücke mit neuen Bauprojekten zum Leben», sagte ich, während ein Lächeln über mein Gesicht huschte. «Wir sind die Architekten hinter den Kulissen, die dafür sorgen, dass jedes Detail stimmt.»

Der Gedanke an unsere bisherigen Erfolge ließ meine Brust vor Stolz anschwellen.

«Mein Großvater hat das Unternehmen gegründet», fuhr ich fort. «Er hatte eine Vision von qualitativ hochwertigen Wohn- und Geschäftsräumen, die nicht nur funktional sind, sondern ästhetisch ansprechend sind. Als mein Vater das Unternehmen übernahm, wurden wir nachhaltiger.»

Ich machte eine kurze Pause, als ich an meinen Vater dachte und wie viel ich von ihm gelernt hatte. Ich bewunderte ihn, wie er sich gegen meinen Großvater durchgesetzt hatte. Er sorgte dafür, dass die Firma und unsere Bauprojekte nachhaltiger und effizienter wurden.

«Als er in den Vorruhestand ging, übernahm ich den Standort hier in New York», sagte ich. «Zuvor war ich bei meinem ältesten Bruder in Nashville beschäftigt, um zu lernen, wie der gesamte Unternehmensablauf vonstattengeht. Nichtsdestotrotz hat mir niemand gesagt, wie gigantisch der Unterschied von einer kleinen Niederlassung in

Nashville zu dem großen Hauptsitz in New York ist. Mein Bruder hat die Niederlassung dort selbst gegründet», erklärte ich. «Meine Geschwister führen die Unternehmen in anderen Städten.»

Ella lächelte sanft.

«Das klingt nach einer großen Verantwortung», bemerkte sie. «Aber auch sehr erfüllend.»

Ich nickte zustimmend.

«Es ist definitiv beides. Jedes Projekt bringt seine eigenen Herausforderungen mit sich, aber es gibt nichts Befriedigenderes als ein erfolgreich abgeschlossenes Bauvorhaben. Besonders mit dem Wissen, dass es das Lebensumfeld vieler Menschen verbessert.»

Ella nickte.

«An welchen Standorten ist das Unternehmen sonst vertreten, außer in New York City und Nashville?», fragte sie mich.

«Meine einzige Schwester hat zusammen mit ihrem Partner einen Standort in Los Angeles. Er hat ungefähr die gleiche Größe, wie der in New York. Zwei meiner Brüder sind in Denver und New Orleans. Ebenfalls relative große Unternehmen», erklärte ich.

Ms. Jennings Stirn legte sich in tiefe Falten, als sie den Kopf leicht zur Seite neigte.

«Wenn es so große bestehende Unternehmen gibt, wieso hat Ihr ältester Bruder dann einen eigenen kleinen Standort in Nashville gegründet?», fragte sie mich lächelnd. «Selbstverständlich nur, wenn Sie darauf antworten möchten», fügte sie hastig hinzu.

«Er hat an der Knoxville Universität in Tennessee Architektur studiert. Dort hat er seine heutige Frau kennengelernt. Sie kommt von dort und wollte nicht wegziehen. Also ist mein Bruder ebenfalls geblieben», antworte ich freundlich.

«Das klingt wunderbar», flüsterte Ms. Jennings. «Haben Sie noch weitere Geschwister?»

Ich lachte auf.

«Nur noch der Jüngste, der in zwei Jahren die Highschool abschließen wird. Er möchte ebenfalls an die Universität in Knoxville gehen. Er hat eine enge Bindung zu unserem ältesten Bruder», erklärte ich. «Aber sonst habe ich keine Geschwister. Fünf müssen reichen», sagte ich. Ms. Jennings schmunzelte.

«Haben Sie Geschwister?», fragte ich sie im Gegenzug. Sie schüttelte den Kopf und seufzte.

«Leider nicht. Ich habe mir immer welche gewünscht. Selbst meine Eltern sind Einzelkinder. Ich habe nicht mal Cousins oder Cousinen und meine Großeltern sind schon lange verstorben», sagte sie mit einem wehmütigen Blick. Nachdem ich ihr mein Beileid bekundet hatte, kamen wir wieder aufs Geschäftliche zu sprechen.

«Das weitere Vorgehen ist ganz einfach», erklärte sie mit einer klaren, professionellen Stimme. «Ich werde Ihnen eine Auftragsbestätigung per E-Mail zukommen lassen. Sobald Sie diese erhalten haben, bitte ich Sie, sie unmittelbar zu unterzeichnen und zurückzusenden.»

Ich erwiderte ihre Anweisung mit einem Nicken.

«Nachdem ich Ihre unterzeichnete Bestätigung erhalten habe», fuhr sie fort, «werde ich das Angebot fertigstellen und Ihnen eine detaillierte Auflistung der besprochenen Desserts zusenden. Darin enthalten sind die genauen Mengen und Preise sowie alle weiteren relevanten Informationen.»

«Klingt gut», sagte ich tief durchatmend, während ich mich in meinem Stuhl zurücklehnte. Die klare Struktur des Plans nahm mir eine Last von den Schultern. «Ich werde nach unserem Gespräch sofort mein E-Mail-Postfach im Auge behalten und dafür sorgen, dass alles zügig erledigt wird.»

Ms. Jennings lächelte zufrieden.

«Perfekt», antwortete sie. «Sobald das Angebot bei Ihnen ist und Sie es genehmigt haben, können wir mit der genauen Planung beginnen. Wir möchten sicherstellen, dass alles rechtzeitig fertig ist und Ihren Erwartungen entspricht.»

Ich stand auf und reichte ihr die Hand. «Vielen Dank für Ihre Hilfe und Professionalität, Ms. Jennings», sagte ich aufrichtig. «Ich bin wirklich beeindruckt von Ihrer Arbeit und freue mich darauf, das Ergebnis zu sehen.»

Sie erwiderte den Händedruck fest.

«Es ist mir ein Vergnügen, Mr. Harrington», entgegnete sie. «Sie werden nicht enttäuscht sein.»

Mit diesem beruhigenden Gedanken verließ ich die Konditorei von Ms. Jennings und machte mich auf den Weg in mein Bürogebäude. Es war noch viel zu erledigen. Auf dem Weg zu meinem Auto checkte ich meine Mails. Ich hoffte, dass sich eine der Dekorateure oder Cateringfirmen für die Hauptspeise bei mir gemeldet hatten. Vergeblich. Niemand hat auf meine gestrigen Mails reagiert. Wahrscheinlich musste ich am Ende noch selbst kochen und die Empfangshalle dekorieren. Ich schüttelte mich bei dem Gedanken. Ich stieg in mein Fahrzeug und strich liebevoll über das Leder des Lenkrads von meinem Range Rover Sport. Dann schaltete ich die Heizung an und ließ das Auto kurz warm werden. Mein Handy verband sich automatisch mit der Freisprechanlage und ich spielte den letzten Podcast ab, den ich mir auf dem Weg hierher angehört hatte. Ein Businesspodcast. Keiner hatte einen Notfallplan parat, für eine Weihnachtsfeierplanung im Alleingang, falls das ganze Assistenzteam entschied, von einem mutierenden Virus befallen zu werden. Wenn es darauf ankam, war man immer alleingelassen.

Kapitel 9
Ella

Nachdem ich Mr. Harrington verabschiedet hatte, lächelte ich Emily zu. Sie legte frische Brötchen in die Auslage und schaute mich neugierig an.

«Das war ein gutes Gespräch», sagte ich zu ihr. Sie nickte daraufhin. Ich betrat wieder mein Büro und ließ die Tür ins Schloss fallen. Die Luft war noch von der intensiven Diskussion aufgeladen und ein zufriedenes Grinsen huschte über mein Gesicht. Mit einem Fingerwisch sortierte ich die Dokumente auf dem iPad, während mein Blick auf die benutzten Tassen auf dem Tisch fiel. Ich stand auf und räumte sie zusammen mit den Tellern ab. Meine Stirn kräuselte sich. Mr. Harrington hatte nichts vom Gebäck probiert. Komisch, sonst stürzten sich die Kunden sofort auf die Teller. Schulterzuckend brachte ich das Geschirr in die Küche nebenan und spülte es ab. Dann kehrte

ich an meinen Schreibtisch zurück und öffnete meinen Laptop, um die Auftragsbestätigung für Mr. Harrington vorzubereiten. Es war wichtig, dass er diese schnell erhielt. Wir durften keine Zeit verlieren. Beim Tippen der Mail dachte ich darüber nach, wie professionell und engagiert Mr. Harrington wirkte. Seine hohen Ansprüche machten ihn zu einem idealen Kunden. Jemand, der Qualität schätzte und bereit war, dafür zu investieren. Bevor ich die E-Mail absendete, überprüfte ich sie noch einmal sorgfältig auf Fehler. Zufrieden klickte ich auf «Senden» und lehnte mich dann zurück. Jetzt lag es an ihm, den nächsten Schritt zu machen. Ich nahm mir einen Moment Zeit zum Durchatmen und ließ meine Gedanken schweifen. Es musste eine Möglichkeit geben, mehr über seine Firma zu erfahren. So könnte ich besser verstehen, welche Erwartungen und Bedürfnisse die Harrington Group hatte. So öffnete ich meinen Browser und tippte den Namen seiner Firma in die Google-Suchleiste ein. Ich klickte auf den Link, der zu seiner Webseite führe. Die Seite war professionell gestaltet, mit klaren Linien und einer modernen Ästhetik. Ich scrollte durch die verschiedenen Abschnitte und las über ihre Mission, ihre Geschichte und die Dienstleistungen, die das Unternehmen anbietet. Sie hatten ein beeindruckendes Portfolio von Kunden und Projekten.

Offenbar waren sie einer der Besten in ihrer Branche. Die Website hatte sogar einen eigenen Blog. Ich überflog einige Beiträge und sah immer wieder Bilder von Mr. Harrington, wie er wichtigen Leuten die Hände schüttelte. Einige kannte ich aus dem Fernsehen oder ich hatte sie auf Social Media gesehen. Ich konnte mir vorstellen, dass eine Weihnachtsfeier für solch ein Unternehmen kein einfaches Event war, sondern eine Gelegenheit, ihre Erfolge zu feiern und ihre Mitarbeiter zu würdigen. Die Blogartikel seiner Geschwister waren genauso beeindruckend. Möglicherweise würden auf dieser Feier wichtige Personen sein, wie auf diesen Bildern. Eine Gänsehaut lief mir über den Arm. Das durfte ich nicht vermasseln. Ich klickte weiter durch die Seite und stieß auf einen Abschnitt über das Team der Geschäftsleistung. Dort fand ich ein weiteres Foto von Mr. Harrington zusammen mit einer kurzen Biografie. Er hat an der George Town University Construction Management und Business Administration studiert. Außerdem hatte er einige Kurse in Finance Real Estate besucht. Kein Wunder also, dass er so organisiert und zielorientiert war. Ich scrollte mich ein wenig weiter durch seine Biografie und fand heraus, dass er vierunddreißig Jahre alt war. Je mehr ich las, desto klarer wurde mir, wie wichtig es war, dass alles perfekt lief. Ich schaute mir das Foto nochmal genauer an. Er strahlte. Es wirkte so, als wäre das Bild spontan entstanden. Neben ihm stand eine blonde Frau mit endlos langen Beinen. Sie hatte sich bei ihm untergehakt. Eifrig kritzelte ich einige Notizen über die Firma in mein digitales Notizbuch, bevor ich den Browser schloss. Es war an der Zeit, das Angebot für die Desserts zu finalisieren. Während ich daran arbeitete, hatte ich immer die Information von der Homepage vor Augen. Sie halfen mir dabei, die Entwürfe zu gestalten. Alles musste stimmig sein. Als ich schließlich das Angebot fertiggestellt hatte, überprüfte ich es noch einmal gründlich und speicherte es ab. Mit einem Klick schickte ich das Dokument an Mr. Harrington und lehnte mich zufrieden zurück. Das Knurren meines Magens erinnerte mich daran, dass es Mittag war. Ich hatte noch nichts gegessen. Doch bevor ich mich um mein Mittagessen kümmerte, schaute nochmal auf mein iPad und überprüfte den Tagesplan. Die meisten Bestellungen waren entweder schon fertig oder in den letzten Zügen der Vorbereitung. Ich legte das iPad beiseite und schlenderte zur Garderobe, um meine Lieblingsschürze anzuziehen. In der Küche bearbeitete Caleb eine Bestellung.

«Hey Caleb», sagte ich lächelnd beim Näherkommen. «Bei welchem Auftrag bist du gerade?»

84

Caleb schaute von seinem Arbeitsplatz auf und erwiderte mein Lächeln.

«Ich arbeite an der Bestellung für das Charlotte's Chapter House. Charlotte hat eine Mischung aus verschiedenen Brötchen und Kuchenstücke bestellt. Heute Abend ist in ihrer Buchhandlung eine Signierstunde.»

Ich nickte anerkennend. «Das klingt gut. Wie läuft es bisher?»

«Alles läuft nach Plan», antwortete er. «Ich habe ebenfalls Tickets für die Signierstunde. Daher würde ich die Sachen zu Charlotte mitnehmen. Ich fahre nur kurz nachhause und ziehe mich dann um. Die Speisen lasse ich wenige Minuten im Auto», fügte er hinzu.

«Perfekt», sagte ich. «Vielen Dank dafür. Wenn du Hilfe brauchst, lass es mich wissen.»

Caleb nickte und wandte sich wieder seiner Arbeit zu. Charlotte war eine der ersten Kundinnen des Winters Delight und ist zu einer guten Freundin von mir geworden. Sie besitzt eine bescheidene Buchhandlung in Greenwich Village. Sie ist Verlegerin und Autorin. Wenn einer ihrer Autorenschützlinge Signierstunden gab, bestellte sie immer bei Winters Delight. Ich ging weiter durch die Küche und überprüfte die anderen Stationen. Nachdem ich sichergestellt hatte, dass alles reibungslos lief, packte ich selbst mit an. Ich schnappte mir ein paar Zutaten und bereitete einige der kleineren Bestellungen vor. Es tat gut, wieder aktiv in der Küche zu sein. Es erinnerte mich daran, warum ich diesen Job und meine Konditorei so liebte. Beim Kneten des Teigs dachte ich darüber nach, wie wichtig Teamarbeit in unserem Geschäft war. Jeder hier spielte eine entscheidende Rolle dabei, unsere Kunden glücklich zu machen. Von der Vorbereitung bis zur Auslieferung. Der Uhrzeiger rückte immer näher in Richtung Mittag. Caleb kam zu mir herüber und wischte sich die Hände an seiner Schürze ab.

«Ella, ich gehe jetzt in die Mittagspause. Ich nehme mir etwas von den Resten aus der Auslage.»

Ich stimmte zu.

«Klar, Caleb. Lass es dir schmecken.»

Er bedankte sich und verschwand in Richtung Pausenraum. Nun kam Emily zu mir.

«Der Verkaufsraum ist sauber und alles ist aufgefüllt. Ich mache jetzt Feierabend.»

«Danke, Emily», antwortete ich. «Genieß deinen Nachmittag!»

Nachdem sie gegangen war, erinnerte mich mein knurrender Magen erneut daran, dass ich noch kein Mittagessen gehabt hatte. Aber ich schob den Gedanken beiseite und verzierte die kleinen Cupcakes vor mir. Sie erhielten ein hellblaues Topping. Die Farbe erinnerte mich an einen klaren Winterhimmel und passte perfekt zu unserem aktuellen Thema für die Saison. Mit ruhiger Hand spritzte ich das Topping auf jeden einzelnen Cupcake und achtete darauf, dass sie alle gleichmäßig und ansprechend aussahen. Während ich arbeitete, summte ich ein Lied vor mich hin. Als ich den letzten Cupcake verziert hatte, trat ich einen Schritt zurück und betrachtete mein Werk. Sie wirkten wie Eiskristalle aus Azur, fast zu schön zum Essen. Ein Schmunzeln huschte über mein Gesicht. Doch dann meldete sich mein Magen wieder lautstark zu Wort. Ich konnte es nicht länger ignorieren. Es war Zeit für eine Pause. Ich legte meine Spritztüte beiseite und ging in den Pausenraum.

Gähnend erhob ich mich. Ich hätte noch ewig mit Caleb quatschen können, aber es gab zwei Aufträge, die wir bis zum Ende des Tages fertigstellen mussten. Die Törtchen für den Kindergarten würden morgen Vormittag abgeholt werden und die Torte für eine Winterhochzeit musste ich am selben Abend ausliefern. Ich begann damit, die letzten Details an den Törtchen zu vervollständigen. Sie waren mit bunten Streuseln und fröhlichen Rentieren dekoriert. Die Kinder werden sich bestimmt darüber freuen. Caleb half mir dabei, sicherzustellen, dass jede Törtchenbox ordentlich verpackt war und nichts verrutschen konnte.

«Die sehen irre aus», sagte Caleb bewundernd, als er eine der Boxen schloss.

«Danke», antwortete ich lächelnd. «Ich hoffe, die Kinder werden sie lieben.»

Wir wandten uns der Hochzeitstorte zu. Sie war ein wahres Kunstwerk. Drei Ebenen mit zarten Schneeflockendetails und einem Hauch von Glitzer, der sie wie frisch gefallenen Schnee aussehen ließ. Ich hatte unzählige Stunden in diese Torte investiert und wollte sicherstellen, dass sie perfekt war. Caleb half mir, die Torte in eine sichere Transportbox zu stellen. Unsere Bewegungen waren perfekt aufeinander abgestimmt, jeder Handgriff musste sitzen.

«Okay, langsam», murmelte ich, während wir die oberste Ebene der Torte an ihren Platz setzten. Caleb nickte ruhig.

«Alles klar», flüsterte er. «Fast geschafft.»

Als die Torte sicher in der Box stand, ließ ich einen tiefen Atemzug entweichen und wischte den Schweiß von meiner Stirn.

«Erledigt. Danke dir», sagte ich zufrieden und klopfte Caleb auf die Schulter.

«Kein Problem», erwiderte er lächelnd. «Ich bin sicher, das Brautpaar wird begeistert sein.»

Ich nickte zustimmend und überprüfte die letzten Details.

«Ich werde losfahren», sagte ich zu Caleb. «Schmeiß bitte die Spülmaschine an und dann mach Feierabend.»

«Klar», antwortete er. «Fahr vorsichtig.»

Ein Grinsen huschte mir über die Lippen, dann schlenderte ich zum Wagen. Ich hatte mir die beste Zeit dafür ausgesucht, um mitten durch New York City mit dem Auto zu fahren – den Feierabendverkehr. Es würde schleppend auf den Straßen vorangehen. Ich warf einen skeptischen Blick in den mittlerweile dunklen Himmel. Kleine Schneeflocken rieselten herab. Ich lud die Torte vorsichtig ein und zurrte die Box gut fest. Dann stieg ich ein und startete den Motor. Während sich die Autos vor mir herschoben, dachte ich darüber nach, wie wichtig dieser Moment für das Brautpaar war. Eine Hochzeitstorte war mehr als ein Dessert. Sie war ein Symbol für ihren besonderen Tag und ihre Liebe zueinander. Ohne ihre Torte wäre es keine richtige Hochzeit. Ich kam an der Location an und wurde freundlich von einer Koordinatorin begrüßt. Gemeinsam brachten wir die Torte in ein von der Location gestelltes Kühlhaus. Dort waren auch schon andere Lebensmittel für die morgige Hochzeit gelagert. Die Frau ließ ihren

Blick über das fertige Werk schweifen und ihre Augen glitzerten vor Begeisterung.

«Sie ist wunderschön», flüsterte sie ehrfürchtig. Ein stolzes Lächeln breitete sich auf meinem Gesicht aus.

«Danke», sagte ich. Ein Glücksgefühl breitet in mir aus, meine Mühen hatten sich ausgezahlt. «Ich hoffe, dass das Brautpaar genauso begeistert sein wird.»

Mit der Hilfe der Koordinatorin befreite ich die Torte von der Transportbox und wir stellten sie auf ein fahrbares Podest. Ich verabschiedete mich von ihr und lief zu meinem Auto. Das iPad sowie einiges an Papierkram hatte ich aus der Konditorei mitgenommen, um nicht mehr zurückfahren zu müssen. Auf dem Heimweg fiel mir ein kleines asiatisches Restaurant auf, an dem ich oft vorbeigefahren war, aber nie angehalten hatte. Der Gedanke an warmes, würziges Essen ließ mir das Wasser im Mund zusammenlaufen. Ich beschloss spontan, dort anzuhalten und mir eine Kleinigkeit zum Mitnehmen zu bestellen. Das Restaurant umschmeichelte mich mit verlockenden Düften aus Ingwer und Knoblauch. Ich freute mich auf eine Mahlzeit mit frischem, knackigem Gemüse. Die Atmosphäre war gemütlich und einladend und für einen Moment überlegte ich, ob ich hier an einem der Tische essen sollte. Doch die Erschöpfung des Tages legte sich wie ein schwerer Mantel auf meine Schultern und so bestellte ich das Essen zum Mitnehmen. Während ich wartete, ließ ich meine Gedanken schweifen. Es war ein erfüllender Tag gewesen. Anstrengend, aber unglaublich lohnend. Die Freude in den Augen der Menschen, wenn sie unsere Kreationen sahen oder probierten, war unbezahlbar. Caleb war mir eine große Stütze. Es beruhigte mich, dass ich mich auf ihn verlassen konnte. Ich wusste nicht mehr, wie ich die ganze Arbeit bewältigt hatte, bevor er plötzlich zur Tür hereingeschneit kam. Meine Bestellung wurde aufgerufen und ich nahm die warme Tüte mit dem Essen entgegen. Ich konnte es kaum erwarten, nachhause zu kommen und mich mit meinem Abendessen auf die Couch zu kuscheln. Die Fahrt durch die nächtlichen Straßen war ruhig und entspannend. Die Lichter der Stadt tanzten auf dem nassen Asphalt und verwandelten die Straße in ein schimmerndes Mosaik aus Farben. Ein sanftes Lächeln huschte über mein Gesicht, während ich die Szene in mich aufnahm. Meine Schultern sanken entspannt herab und ein wohliges Gefühl breitete sich in meiner Brust aus. Eine Mischung aus angenehmer Erschöpfung und tiefer Erfüllung. Zuhause angekommen schloss ich die Tür hinter mir und atmete tief durch. Ich stellte das Essen auf den Tisch und machte es mir auf dem Sofa bequem. Mit jedem Bissen meiner gebratenen Nudeln spürte ich, wie die Anspannung des Tages langsam von mir abfiel. Als mein Teller leer war und mein Magen zufrieden war, lehnte ich mich zurück und lächelte vor mich hin. Morgen würde ein neuer Tag voller Herausforderungen und Möglichkeiten warten. Aber für jetzt genoss ich einfach den Moment der Ruhe und Zufriedenheit. Seufzend schaute ich auf die Teller. Ich hatte keine Lust mehr abzuwaschen, aber ich raffte mich mit aller Kraft dazu auf. Dann gönnte ich mir meine wohlverdiente Dusche. Frisch gestärkt schnappte ich mir mein iPad und machte es mir wieder auf dem Sofa bequem. Es war wieder Zeit, dass ich meine Kreationen auf Social Media und Pinterest teilte. Das machte ich aus Zeitgründen oft zu wenig. Mit einem Glas Wein ließ ich den Abend ausklingen.

Kapitel 10
Miles

Ich schreckte hoch. Mein Herz schlug schneller, als ich auf die Uhr schaute und feststellte, dass es bereits abends war. Der Plan für mein neues Bauprojekt hatte mich völlig vereinnahmt, so dass ich die Zeit vergessen hatte. Die kleine Schreibtischlampe war die einzige Lichtquelle in dem Büro und der Flur draußen lag in völliger Dunkelheit. Keiner meiner Mitarbeiter war mehr da und die Reinigungskräfte hatten ihre Arbeit beendet. Ein kalter Schauer lief mir über den Rücken. Ich musste meine Tochter bei meiner Exfrau abholen. Sie würde einige Tage bei mir verbringen, weil Juliana morgen früh zu einem Event nach Los Angeles fliegen musste. Das hatte ich völlig vergessen. Ich stand hastig auf und griff nach meinem Handy. Mehrere verpasste Anrufe von Juliana blinkten mir entgegen. Ich hatte es nicht mitbekommen, mein Handy war auf stummgeschaltet.

«Verdammt», murmelte ich und raufte mir die Haare. Wie konnte ich das vergessen? Ich schaufelte hastig die verstreuten Dokumente zusammen und fuhr meinen Laptop herunter. Der Bildschirm erlosch mit einem leisen Klicken und ich stopfte ihn in die Tasche. Im Eiltempo raste ich zu den Aufzügen. Während ich wartete, dass er kam, gingen mir tausend Gedanken durch den Kopf. Juliana würde mir die Hölle heißmachen. Und das zu Recht. Ich hatte versprochen, pünktlich zu sein, und nun war ich eine Stunde überfällig. Die Fahrzeit hatte ich noch gar nicht mitgerechnet. Endlich öffneten sich die Aufzugtüren mit einem leisen Pling und ich trat ein. Ich hüpfe von einem Bein auf das andere. Die Fahrt nach unten schien ewig zu dauern. Als die Türen sich wieder öffneten, stürmte ich aus dem Gebäude hinaus in die Tiefgarage. Mein Auto stand einsam auf dem leeren Parkplatz. Ich sprang hinein und startete den Motor. Während ich durch die nächtlichen Straßen fuhr, versuchte ich mich zu beruhigen. Sie würde mir schon nicht den Kopf abreißen. Hoffentlich. Vor dem Haus in Scarsdale empfing Juliana mich mit verschränkten Armen. Eine Zornesfalte bildete sich auf ihrer Stirn.

«Es tut mir leid», sagte ich sofort, als ich aus dem Auto stieg und auf sie zuging. «Ich habe die Zeit vergessen.»

Sie seufzte tief und schüttelte den Kopf. Ein enttäuschter Ausdruck bildete sich auf ihrem Gesicht.

«Miles, du musst besser aufpassen», flüsterte sie mit erstickter Stimme.

Sie stellte sich vor die Tür und blockierte den Eingang, ihre Augen kühl und abweisend. Unser Haus – das Haus, das wir einst gemeinsam gekauft hatten. Seit meinem Auszug hatte ich keinen Fuß mehr hineingesetzt. Die Übergabe unserer Tochter fand immer an der Schwelle statt.

«Ich weiß», murmelte ich mit gesenktem Blick, meine Stimme leise und voller Reue. «Es wird nicht wieder vorkommen.»

In diesem Moment stürmte unsere Tochter zur Tür, ihr Gesicht strahlte vor Freude. Ihr Lächeln durchbrach die Wolken meiner Sorgen und ließ sie für einen Augenblick verschwinden.

«Daddy!», rief sie.

«Hey Prinzessin», antwortete ich lächelnd und hob sie in die Luft. «Bist du bereit für ein paar Tage bei Daddy?»

Sie nickte begeistert und wir verabschiedeten uns von ihrer Mutter. Nachdem wir ihr Gepäck ins Auto geladen hatten, machten wir uns auf den Weg zu meiner Wohnung. Während der Fahrt erzählte sie mir von ihrem Tag und all den Dingen, die sie machen wollte. Einen Bagel essen und ganz

viel Eiscreme stand ganz oben auf ihrer Wunsch-
liste. Ihre Begeisterung steckte mich an und half
mir dabei, den Stress des Abends hinter mir zu
lassen. Als wir ankamen und in die Tiefgarage fuhren, freute ich mich schon auf die paar Tage mit
ihr. Die Baupläne und meinem Laptop hatte ich
zum Glück dabei. Kaum hatte ich geparkt, sprang
Grace aus dem Kindersitz und rüttelte an der Autotür. Sie hatte Probleme, sie zu öffnen. Ich
klemmte meine Arbeitsmaterialien unter den
Arm, lief um den Wagen herum und half ihr mit
der Autotür. Anschließend stiegen wir in den Aufzug. Ich schaute auf ihr dunkles Haar. Eine Klam-
mer setzte sich um mein Herz. Seit der Scheidung
sah ich sie zu selten. Während der Ehe mit Juliana
sah ich Grace kaum, weil ich nur am Arbeiten war.
Aber jetzt sah ich mein Mädchen, alle drei Wochen für wenige Stunden oder Tage. Die Aufzugtüren öffneten sich und wir betraten die Wohnung. Ich schloss die Tür hinter uns und lehnte
mich mit dem Rücken dagegen. Es war ein langer
Tag gewesen. Grace rannte sofort in ihr Zimmer.
Ich konnte hören, wie sie ihren Teddybären auf
das Bett plumpsen ließ und dabei leise vor sich hin
summte. Ich stellte ihre auf dem Boden verstreuten Schuhe in den Schuhschrank und zog mich
ebenfalls aus. Ich folgte ihr den Flur hinunter und
hörte, wie Grace in ihrem Zimmer herumwuselte.

Sie sprach mit ihren Puppen und erzählte ihnen von den letzten Wochen, in denen sie nicht hier war. Ein Lächeln huschte über mein Gesicht. Ihre Tasche lag noch im Flur und ich öffnete den Reißverschluss. Ich packte ihre Klamotten und Spielsachen aus. Graces Schlafanzug lag oben auf und ich legte ihn auf dem Stuhl neben ihrem Bett. Sie würde ihn gleich brauchen.

«Daddy, ich habe einen Bären im Bauch», sagte sie mit großen, ernsten Augen. Ihr Magen knurrte laut und bestätigte ihre Worte. Ein Schmunzeln erhellte meine Mundwinke und ich drückte ihr einen Kuss auf den Scheitel.

«Pizza?», fragte ich, während ich die leere Tasche in den Kleiderschrank stellte.

Ihre Augen leuchteten auf und sie nickte eifrig. «Mommy macht nie Pizza», murrte sie, bevor sie sich wieder ihren Puppen zuwandte.

«Hilfst du mir, die Pizzen zu belegen?», fragte ich und lehnte mich an den Türrahmen.

Mit einem begeisterten Quietschen sprang sie vom Bett und rannte an mir vorbei in Richtung Küche. Kopfschüttelnd folgte ich ihr. Ein warmes Gefühl breitete sich in mir aus. Es war schön, sie um mich zu haben. Grace kniete auf einem Barhocker an der Theke und belegte die Pizza mit allerhand Zutaten. Nachdem die Pizzen fertig gebacken hatten und wir gegessen hatten, spielte

Grace ein wenig in ihrem Zimmer. Meine Gedanken wanderten immer wieder zu dem Laptop, der auf der Kommode im Flur lag. Ich ermahnte mich, die Küche aufzuräumen und mich dann zu meiner Tochter ins Zimmer zu setzen. Die Arbeit musste warten. Wegen einiger großer Projekte hatte ich Grace seit drei Wochen vernachlässigt. Nachdem die Küche sauber war, lief ich geradewegs in ihr Zimmer.

«Liest du mir was vor?», fragte sie mich, während sie einer Puppe die Haare kämmte.

«Natürlich. Zieh deinen Schlafanzug an», sagte und ich suchte ein Buch aus dem Regalfach aus. «Möchtest du noch etwas trinken, bevor du ins Badezimmer gehst?.»

«Ja, bitte! Einen Kakao!», antwortete sie fröhlich.

Ich bereitete ihr einen warmen Kakao zu und brachte ihn ihr ins Kinderzimmer. Sie nahm den Becher mit einem strahlenden Lächeln entgegen und setzte sich auf ihr Bett. Ich setzte mich neben sie und wir plauderten ein wenig über unseren Tag. Als sie ihren Kakao ausgetrunken hatte, half ich ihr dabei, sich die Zähne zu putzen und sich unter die Decke zu kuscheln. Ich setzte mich ans Fußende ihres Bettes und schlug das Buch auf. Meine Stimme erfüllte den Raum, während ich die Geschichte vorlas. Ab und zu warf ich einen Blick zu ihr hinüber und bemerkte, wie ihre Augenlider immer schwerer wurden. Ein sanftes Lächeln spielte auf meinen Lippen, als sie schließlich ganz zufielen. Leise klappte ich das Buch zu und legte es behutsam auf den Nachttisch. Ich beugte mich vor und drückte einen Kuss auf ihre Stirn.

«Gute Nacht, Prinzessin», flüsterte ich.

«Gute Nacht, Daddy», murmelte sie schläfrig zurück.

Vorsichtig erhob ich mich und schaltete das große Licht aus. Nur die kleine Nachtlampe neben ihrem Bett brannte. Der sanfte Schein tauchte den Raum in ein beruhigendes Orange. Ich schloss leise die Tür und nahm den Laptop von der Kommode im Flur. Dann ging ich zurück ins Wohnzimmer und setzte mich mit einem Tee aufs Sofa. Der Tag war zwar anstrengend gewesen, aber diese Momente mit Grace machten alles wett. Mit gerunzelter Stirn klappte ich den Laptop auf und öffnete mein Postfach. Die ungelesenen Mails türmten sich vor mir. Die Aufgabenliste nahm kein Ende. Es schien, als würden sie sich ins Endlose ziehen. Ich ging eine nach der anderen durch. Tippte Antworten und speicherte sie als Entwürfe ab. Mein Vater hatte mir immer wieder eingetrichtert, dass es unklug war, spätabends und in der Nacht Mails zu versenden. Geschäftspartner und Kunden sollten nie das

Gefühl haben, dass ich rund um die Uhr für sie verfügbar bin. Ich hatte es geschafft, der letzte Entwurf war gespeichert. Die Uhr zeigte weit nach Mitternacht an, aber die Mails würden erst am nächsten Morgen ihren Weg in die Postfächer finden. Zu einer Zeit, die menschlicher war. Ich streckte meine steifen Glieder und stand auf. Ein dumpfer Schmerz zog sich durch meinen Rücken und meine Beine fühlten sich an wie Blei. Mit einem Seufzen klappte ich den Laptop zu. Ich ging zum Lichtschalter und drückte ihn herunter. Das Wohnzimmer versank in Dunkelheit, nur die schemenhaften Umrisse der Möbel waren zu erkennen. Die Müdigkeit lastete wie ein Gewicht auf mir, als ich in Richtung meines Schlafzimmers schlurfte – jeden Schritt bewusst spürend. Ich trug immer noch meinen Anzug, der die Gemütlichkeit einer Zwangsjacke repräsentierte. Während ich an Graces Zimmer vorbeiging, hielt ich inne und öffnete leise die Tür. Grace lag friedlich in ihrem Bett, ihren Teddybären fest umklammert. Ich stand im Türrahmen und beobachtete sie, eine Welle von Gefühlen überrollte mich. Diese tiefe, bedingungslose Zuneigung, die mich jedes Mal erfüllte. Sie war mein kleiner Sonnenschein in einer oft hektischen Welt. Dankbarkeit durchströmte mich. Diese stillen Augenblicke des Friedens und der Nähe waren unbezahlbar. Doch die Schuld nagte an mir. Da waren diese langen Arbeitsstunden und die ständige Ablenkung durch meine beruflichen Verpflichtungen. War ich genug für sie da? Konnte ich ihr gerecht werden? Ich wollte ihr so viel mehr geben. Mehr Zeit, mehr Aufmerksamkeit, mehr von mir selbst. Wieder einmal versprach ich mir, mich zu bessern. Mehr präsent zu sein. Mehr Momente wie diesen bewusst zu erleben und zu schätzen. Ich schloss die Tür wieder und ging den Flur entlang, das Bild von Grace fest in meinem Herzen verankert. Morgen würde ein neuer Tag voller Herausforderungen warten. Aber für jetzt ließ ich mich von der Ruhe der Nacht umhüllen. Bevor ich schlafen ging, zog ich meinen Anzug aus und ließ ihn achtlos auf den Stuhl fallen. Ich machte mich auf den Weg ins Badezimmer und stellte mich unter die Dusche. Meine Gedanken fokussierten sich auf die morgige Präsentation. Das neueste und jüngste Team in meinem Unternehmen stand vor einer großen Herausforderung. In einem Meeting sollten sie mit ihrem ersten Projekt einen Investor überzeugen, eine beträchtliche Summe zu investieren. Es ging um Millionenhöhe. Normalerweise war ich bei normalen Meetings nicht selbst präsent. Aber ich nahm mir gerne Zeit, die ersten Projekte von jungen Teams durchzugehen und bei ihren Präsentationen anwesend zu sein. Oft sah ich, wie ihre Schultern sich strafften und ihre Blicke entschlossener wurden, wenn sie merkten, dass ich im Raum war. Manchmal bemerkte ich das nervöse Zittern ihrer Hände oder das unsichere Flackern in ihren Augen. Morgen würde sich zeigen, ob meine Anwesenheit ihnen den nötigen Motivationsschub gab oder ob der Druck zu groß wurde. Die Zeit wird knapp werden. Grace musste zur Schule gebracht werden, in der Zwischenzeit musste ich der Präsentation beisitzen und mittags musste ich sie wieder abholen. Alles musste reibungslos laufen. Es durften keine Fehler passieren. Es war ein Balanceakt zwischen beruflichen Verpflichtungen und meiner Verantwortung als Vater. Nachdem ich aus der Dusche gestiegen war, trocknete ich mich ab und schlüpfte in einen bequemen kurzen Schlafanzug. Die weiche Baumwolle fühlte sich angenehm auf meiner Haut an und bot einen willkommenen Kontrast zu meinem Zwangsjacken-Anzug. Ich kroch ins Bett und ließ mich in die Kissen sinken. Der Fernseher lief im Hintergrund. Das leise Murmeln des Nachrichtensprechers beruhigte meine Gedanken und half mir, in den Schlaf zu finden. Die Geräusche des TVs verschwammen zu einem fernen Rauschen, während ich in einen unruhigen Schlaf glitt. In meinen Träumen vermischten sich Bilder von Bauplänen und Graces fröhlichem Lachen.

Kapitel 11
Ella

Meine Finger trommelten auf der Arbeits-platte herum, während ich zum Fenster hin-überblickte. Ich stand in der Küche und starrte er-neut auf die Uhr. Draußen war keine Spur vom Lieferanten zu sehen. Die bunten Cupcakes waren in durchsichtige Boxen gepackt. Sie standen or-dentlich aufgereiht auf dem Tisch. Es grenzte an Ironie, dass die Farben in dieser Situation so fröh-lich vor sich hin leuchteten. Ich biss mir auf die Lippe und ging ein paar Schritte hin und her. Noch einmal schaute ich zur Uhr. Jede Minute fühlte sich wie eine Ewigkeit an. Von dem Liefe-ranten war weit und breit keine Spur zu sehen. Meine Gedanken drehten sich wie ein Karussell. Was, wenn er nicht auftauchte? Die Kinder im Kindergarten freuten sich seit Tagen auf die Tört-chen und ich wollte sie nicht enttäuschen. Ich hat-te mir Mühe gegeben, jeden Einzelnen mit Liebe

dekoriert und darauf geachtet, dass sie perfekt waren. Ich ging zum Fenster und schaute hinaus, hoffte, das Lieferfahrzeug in der Einfahrt zu sehen. Nichts. Nur die leere Straße und das leise Rauschen der Straße. Mein Herzschlag beschleunigte sich. Wieder sah ich auf die Uhr. Ich überlegte kurz, ob ich den Lieferanten anrufen sollte, entschied mich aber dagegen. Vielleicht war er nur im Verkehr stecken geblieben oder hatte Schwierigkeiten, unser Gebäude zu finden. Um mich abzulenken, überprüfte ich noch einmal die Verpackungen der Cupcakes. Alles war sicher verstaut und bereit für den Transport. Ich konnte nichts weiter tun, als zu warten, und hoffen, dass er bald auftauchte. Die Minuten zogen sich hin und meine Nervosität wuchs immer weiter. Die Kinder werden sicher enttäuscht sein, wenn sie ihre Törtchen nicht erhielten. Endlich hörte ich ein Motorengeräusch draußen vor dem Haus. Mein Herz machte einen Sprung. Das Lieferfahrzeug war endlich angekommen. Erleichterung durchströmte mich wie eine warme Welle. Ich eilte zur Tür und öffnete sie. Der Lieferant stieg aus seinem Fahrzeug.

«Tut mir leid für die Verspätung», brummte er in seinen Vollbart hinein.

«Kein Problem», antwortete ich mit einem Lächeln, obwohl ich wütend war «Hauptsache, Sie sind hier.»

Gemeinsam luden wir die Törtchen ins Fahrzeug. Als alles sicher verstaut war und der Lieferant sich verabschiedete, atmete ich tief durch. Die Anspannung fiel von mir ab wie eine schwere Last. Ich schloss die Tür hinter ihm und lehnte mich dagegen. Ich musste erstmal meine Gedanken ordnen. Es war geschafft. Zumindest dieser Teil des Tages. Ich stellte mich mit dem iPad an die Küchenspüle und ging den heutigen Tag durch. Die Abholung durch den Lieferanten konnte ich im System vermerken. Es war ein gutes Gefühl, diesen Punkt von der Liste streichen zu können. Mein Blick wanderte zu Caleb, der die letzten Zuckergussschneeflocken auf einer Torte anbrachte. Seine Hände arbeiteten geschickt und präzise und ich konnte nicht anders, als ein wenig stolz auf ihn zu sein. Caleb war ein wahrer Künstler, wenn es um das Dekorieren von Torten ging. Jede seiner Kreationen war ein kleines Meisterwerk.

«Das sieht fantastisch aus», sagte ich und lächelte ihm zu.

«Danke», antwortete er, ohne den Blick von der Torte abzuwenden. «Ich hoffe, der Kunde wird zufrieden sein.»

«Da bin ich mir sicher», erwiderte ich und machte eine Notiz im System, dass dieser Auftrag fast abgeschlossen war. Ich war froh, dass wir trotz des hektischen Morgens alles rechtzeitig geschafft hatten. Ich fühlte eine Welle der Zufriedenheit in mir aufsteigen. Das Winters Delight hatte seine Schattenseiten, aber es gab nichts Schöneres, als zu sehen, was wir erreicht hatten. Jeder Auftrag bedeutete glückliche Kunden und strahlende Kinderaugen. Das war es wert.

Caleb trat einen Schritt zurück und betrachtete seine Torte kritisch.

«Fertig», sagte er zögerlich und drehte sich zu mir um.

«Perfekt», antwortete ich und machte den letzten Eintrag im System für diesen Auftrag.

Er lächelte müde, jedoch zufrieden.

Der Tag hatte erst begonnen und schon versanken wir in Arbeit. Ich schaute auf unsere Auftragsliste: drei Torten, zwei Boxen mit Schokoladen und Marzipan Pralinen und eine große Bestellung von Keksen und Lebkuchen für eine Feier wollten gebacken werden.

«Okay», sagte ich entschlossen und klatschte in die Hände. Etwas Mehl staubte dabei auf. «Lass uns weitermachen.»

Caleb nickte und wog die Zutaten für den nächsten Kuchen ab. Ich schnappte mir mein

Rezeptbuch und überprüfte die Details für eine Torte. Während wir arbeiteten, unterhielten wir uns über die kommenden Aufträge und tauschten Ideen aus. Es freute mich, dass wir ein gutes Team waren. Jeder brachte seine Stärken ein und zusammen schafften wir Dinge, die alleine unmöglich gewesen wären. Die Stunden vergingen wie im Flug. Der Duft von frisch gebackenem Kuchen erfüllte den Raum und mischte sich mit dem süßen Aroma von Vanille und Schokolade. Wir arbeiteten Hand in Hand. Jeder Schritt gut koordiniert. Die Hektik nahm uns nicht die Freude an der Arbeit. Wir fühlten uns wohl in unserem Job. Wir hatten einen langen Tag vor uns, aber mit jedem fertigen Auftrag kamen wir dem Ziel näher. Zufriedene Kunden und das Wissen, dass unsere Arbeit geschätzt wurde.

Kapitel 12
Miles

Der schrille Ton meines Weckers riss mich aus dem Schlaf. Ich drehte mich auf die Seite, um das nervtötende Geräusch abzustellen, und stieß dabei auf etwas Weiches. Verwirrt öffnete ich die Augen und sah Grace, die mit einigen Kuscheltieren neben mir lag. Ein Schmunzeln breitete sich auf meinem Gesicht aus. Ich streichelte ihr sanft über den Kopf.

«Guten Morgen, Prinzessin», flüsterte ich.

Grace gähnte laut, streckte sich und blinzelte mich verschlafen an.

«Guten Morgen, Daddy», murmelte sie.

«Es ist Zeit aufzustehen und sich anzuziehen», sagte ich mit seichter Stimme und deutete in Richtung ihres Zimmers. Doch Grace kuschelte sich tiefer in die Decken und schloss wieder die Augen. Ich seufzte leise und wusste, dass es nicht einfach sein würde, sie aus dem Bett zu bekommen. Dann

eben anders! Kitzeln hatte sich schon immer als bewährte Methode herausgestellt. Grace quiekte und kreischte lauthals vor Lachen.

«Daddy! Hör auf!», rief sie zwischen den Lachanfällen.

«Nicht bevor du aufstehst», antwortete ich lachend und setzte das Kitzeln sanfter fort.

Schließlich gab sie nach und rollte sich aus dem Bett.

«Okay, okay! Ich stehe ja auf!», sagte sie immer noch quietschend. Wir standen gemeinsam auf und während Grace in ihr Zimmer ging, um sich für die Schule anzuziehen, ging ich in die Küche. Der Duft von frisch gebrühtem Kaffee erfüllte den Raum, als ich eine Tasse unter die Maschine stellte. Das war mein morgendliches Ritual. Ohne Kaffee konnte ich nicht in den Tag starten. Während der er durchlief, bereitete ich das Frühstück für Grace vor. Es bestand aus einer Schüssel Müsli mit frischen Früchten und ein Glas Orangensaft. Genau das Richtige für einen guten Start in den Tag. Ich stellte alles auf den Tisch und nahm einen ersten Schluck von meinem Kaffee. Die Wärme breitete sich wohltuend in meinem Körper aus. Kurz darauf stürmte Grace in die Küche. Ihre Haare standen wild in alle Richtungen ab. Es war ein Überbleibsel der Nacht. Die Schuluniform saß etwas schief. Das Hemd war halb aus dem Rock gerutscht.

«Guten Morgen nochmal», sagte ich lächelnd und deutete auf ihren Platz am Küchentresen. Sie erwiderte mein Lächeln mit strahlenden Augen und kletterte auf den Stuhl.

«Mmmh, lecker», murmelte sie, während sie sich eine große Portion Müsli in den Mund schaufelte. Das Knirschen der Cornflakes und ihr zufriedenes Schmatzen erfüllten den Raum. Wir unterhielten uns über alles Mögliche. Ihre Freunde in der Schule, was sie heute lernen würde und welche Pläne wir fürs Wochenende hatten. Nachdem wir fertig gegessen hatten, räumte ich alles in die Spülmaschine und ging anschließend ins Badezimmer. Auf dem Weg lief ich an Grace Zimmer vorbei, die gerade ihr Bett machte und ihre Schultasche gewissenhaft packte. Ich konnte mich nicht erinnern, ob ich mein Bett mit sieben Jahren jeden Morgen gerichtet hatte. Um ehrlich zu sein, schaffte ich es als Erwachsener auch nicht immer. Ich beeilte mich und schlüpfte in meinen Anzug.

«Bereit?», fragte ich sie, nachdem ich mit meiner Morgenroutine fertig war.

«Bereit!», antwortete sie und schnappte sich ihren Rucksack. Es erschien mir zu gefährlich, Grace mit öffentlichen Verkehrsmitteln fahren zu lassen, also brachte ich sie zur Schule. Wir verließen gemeinsam das Haus und stiegen ins Auto. Grace plapperte ununterbrochen von ihrem Lieblingsfach Mathematik oder ihrem Lieblingsbuch Junie B. Jones. Die Straßen waren vollgestopft. Trotzdem schafften wir es rechtzeitig in die Schule. Ich ließ Grace am Eingangstor aussteigen.

«Hab einen tollen Tag in der Schule», sagte ich und drückte ihr einen Kuss auf die Stirn.

«Danke, Daddy! Dir einen schönen Tag bei der Arbeit», antwortete sie strahlend und lief ins Schulgelände hinein. Dort wurde sie direkt von einigen Mitschülerinnen begrüßt. Grace ging auf eine private Mädchenschule. Es war mir wichtig, dass sie die beste Bildung erhielt. Ich blieb einen Moment stehen und sah ihr nach. Dann machte ich mich auf den Weg zur Arbeit. Mein Magen drehte sich um, wenn ich daran dachte, dass ich den gesamten Weg wieder durch die vollgestopfte City musste, um zu meinem Büro zu gelangen. Als ich in dem Bürogebäude ankam, lenkte ich das Auto in die Tiefgarage und parkte es auf meinem Stammplatz, direkt neben den Aufzügen. Ich stieg aus dem Fahrzeug und nahm den Lift in die oberste Etage. Die Türen öffneten sich und ich betrat das stille Büro. Die gespenstische Ruhe jagte mir erneut einen Schauer über den Rücken. Sie erinnerte mich daran, dass mein Assistenzteam immer noch krank im Bett lag. Während ich durch die Büros schritt, dachte ich an die vielen To-dos auf meiner Liste, die abgearbeitet werden mussten. Vorwiegend für das bevorstehende Weihnachtsevent. Ich betrat mein Privatbüro und ließ mich hinter dem Schreibtisch nieder. Ein Stapel von Dokumenten wartete auf mich, zusammen mit einer Reihe von E-Mails, die beantwortet werden mussten. Ein tiefer Seufzer entfleuchte mir und ich nahm einen Schluck von meinem Kaffee. Zuerst checkte ich meine E-Mails und sortierte sie nach Priorität. Es handelte sich um Nachrichten von Baulieferanten, Bestätigungen von Handwerkerfirmen und Rückfragen von Investoren. Ich arbeitete jede systematisch ab. Die vorbereiteten E-Mails vom Vorabend versendete ich ebenfalls an die Kunden. Dann widmete ich mich dem Stapel an Dokumenten. Es mussten etliche Verträge und Budgetpläne überprüft und genehmigt werden. Es durfte nichts übersehen werden. Die Zeit verging schnell, während ich mich in meine Aufgaben vertiefte. Nach zwei Stunden sah ich auf die Uhr und stellte fest, dass es bald Zeit für das Meeting im Konferenzraum war. In wenigen Minuten würde der potenzielle Investor Mr. Smith eintreffen. Ich stand auf und strich mir kurz mein Hemd glatt. Ich konnte es nicht leiden, wenn sich

Falten drauf bildeten. Dann griff ich nach den Unterlagen für das Meeting und machte mich auf den Weg zum Meeting. Alles war perfekt vorbereitet. Die Wasserflaschen standen in der Mitte des Tisches und die Notizblöcke an ihrem Platz. Sogar der Beamer für die Präsentation war eingeschaltet. Jemand vom Team musste bereits hier gewesen sein. Ich atmete tief durch und setzte mich an den Tisch. Kurz darauf öffnete sich die Tür und Mr. Smith trat ein. Wir begrüßten uns mit einem festen Händedruck.

«Schön, Sie wiederzusehen», sagte er freundlich.

«Ganz meinerseits», erwiderte ich lächelnd. «Ich hoffe, Sie hatten eine angenehme Anreise.»

«Ja, danke», antwortete Mr. Smith und setzte sich mir gegenüber. Die Tür öffnete sich und das kleine Team, was für dieses Projekt zuständig war, betrat den Konferenzraum. Ich hatte zuvor einen kleinen Blick auf die Unterlagen geworfen und sie abgesegnet. Es war mir wichtig. Keiner aus dem jungen Team erkannte mich auf Anhieb. Sie hielten mich für einen der Investoren, doch plötzlich erkannten sie mich.

«Mr. Harrington, welch eine angenehme Überraschung. Wir hatten nicht mit ihrer Anwesenheit gerechnet», stammelte ein Mitarbeiter. Ich glaube, sein Name war Manuel. Sein Adamsapfel hüpfe vor Nervosität auf und ab.

«Lassen Sie sich von mir bitte nicht stören oder aus der Ruhe bringen. Es ist ein gewöhnliches Vorgehen, das ich bei Ihrem ersten Projekt anwesend bin», sprach ich beruhigend auf das Team ein, das wie eine Schafherde zusammengedrängt nebeneinanderstand. Mr. Smith hatte ich am Tag zuvor eingeweiht, dass die Gruppe, die für dieses Projekt zuständig war, frisch in der Harrington Group eingestellt wurde. Das störte ihn nicht. Ganz im Gegenteil. Es freut ihn sogar, mit jungen Absolventen zusammenzuarbeiten. Wir eröffneten das Meeting mit einer kurzen Zusammenfassung unserer bisherigen Gespräche und wechselten dann nahtlos zur Präsentation über. Das Team erklärte ihm die Pläne für das Bauprojekt, von dem ich ihm kurz bei unserem ungezwungen Treffen in der Lounge berichtet hatte. Ein ambitioniertes Vorhaben mit großem Potenzial. Sie zeigten ihm detaillierte Finanzprognosen, erläuterten die Ziele unseres Unternehmens und die des Projekts. Mr. Smith hörte aufmerksam zu und stellte zwischendurch gezielte Fragen. Es war nicht zu überhören, dass er großes Interesse hatte. Seine Augen leuchteten bei speziellen Punkten der Präsentation auf. Nach einer Stunde intensiver Diskussion legten wir eine Pause ein. Ich nutzte die Gelegenheit, um mich mit ihm auf persönlicher Ebene zu unterhalten. Bei meiner Recherche über ihn fand ich heraus, dass er leidenschaftlicher Golfer war. Ich lenkte das Gespräch auf das Thema Golf, so konnte ich seine letzten Bedenken ausräumen. Das Meeting rückte seinem Ende entgegen und er reichte mir erneut die Hand.

«Ich bin beeindruckt von Ihrer Vision und Ihrem Engagement», sagte er. «Ich denke ernsthaft darüber nach zu investieren.»

Ein Gefühl der Erleichterung durchströmte mich.

«Das freut mich zu hören», antwortete ich. «Ich bin überzeugt davon, dass wir gemeinsam Großes erreichen können.»

«Sie haben da ein außergewöhnliches junges Team an Land gezogen», sagte er und deutete anerkennend auf meine Mitarbeiter. Wir verabschiedeten uns voneinander und vereinbarten einen weiteren Termin zur finalen Besprechung der Details auf einem Golfplatz im Frühjahr. Nachdem Mr. Smith gegangen war, blieb ich einen Moment im Konferenzraum sitzen und ließ das Meeting mit dem Team Revue passieren. Es war großartig, dass all die harte Arbeit Früchte trug.

Kapitel 13
Ella

Der Tag neigte sich dem Ende zu und ich spürte die Erschöpfung in meinen Gliedern. Es war ein langer, erfolgreicher Tag gewesen. Caleb und ich hatten alle Aufträge rechtzeitig fertiggestellt und die Kunden waren zufrieden. Ich machte den letzten Eintrag im System und legte das iPad zur Seite.

«Das war's für heute», sagte ich zu Caleb, der die letzten Utensilien wegräumte.

«Ja, wir haben es geschafft», antwortete er mit einem müden Lächeln. «Hast du heute Abend noch etwas vor?»

Ich nickte.

«Ja, ich habe eine Verabredung mit meinen Eltern in der Stadt zum Essen. Und du?»

«Nichts besonders. Bisschen in der WG herumhängen», antwortete er schulterzuckend. Ich sah ihn an, aber Caleb wich meinem Blick aus.

«Wann warst du zuletzt bei deinen Eltern?», fragte ich ihn sanft und legte eine Hand auf seinen Unterarm. Caleb biss die Zähne zusammen und zuckte abermals mit den Schultern.

«Keine Ahnung. Ist schon eine Weile her.»

«Ach Caleb», wisperte ich und verspürte den Drang, den jungen Mann in den Arm zu nehmen. Wir verstanden uns zwar gut, aber ich war noch immer seine Arbeitgeberin. Caleb hob den Blick und verzog das Gesicht zu einem traurigen Lächeln.

«Ist schon okay. Genieße den Abend mit deiner Familie. Ich bin dann weg», sagte er und verschwand zu Tür hinaus.

«Danke», flüsterte ich noch, aber er konnte mich nicht mehr hören. Ich fuhr selten zu meinen Eltern. Ihr Haus lag zu weit außerhalb. Daher kamen sie immer zu mir. Wir trafen uns meistens in der Stadt bei unserem Lieblingsitaliener, der nicht weit von Winters Delight entfernt lag. Die frische Abendluft tat gut nach einem langen Tag in der Küche. Ich genoss den kurzen Spaziergang durch die belebten Straßen der Stadt. Die Lichter der Geschäfte und Lokale funkelten und luden zum Hineingehen ein. Als ich bei dem Restaurant ankam, sah ich meine Eltern an einem Tisch sitzen. Sie winkten mir zu, als sie mich bemerkten und ich fühlte, wie mein Bauch vor Freude kribbelte.

«Mom! Dad!», rief ich aus und eilte zu ihnen.

«Ella! Wie schön dich zu sehen», sagte meine Mutter und umarmte mich herzlich.

«Du siehst müde aus», bemerkte mein Vater besorgt. «War es ein harter Tag?»

«Ja, jedoch ein guter Tag», antwortete ich und zwang mich zu seinem Lächeln. Dann setzte mich zu ihnen an den Tisch. Wir bestellten unser Essen. Pasta für Mom, Pizza für Dad und Risotto für mich. Wir unterhielten uns über alltägliche Themen. Die Arbeit in der Konditorei, Neuigkeiten aus dem Freundeskreis und Pläne für die kommenden Wochen. Die Zeit mit meinen Eltern erinnerte mich daran, wie unersetzbar die Familie war. Niemand anderes war in der Lage, mir nach so kurzer Zeit wieder Kraft zu geben. Wir lachten viel während des Abends. Mom erzählte Anekdoten aus ihrem Lebensmittelladen, während Dad Geschichten von seinen neuesten Projekten teilte. Es vermischten sich Aktualität und Nostalgie miteinander. Wie Apfel und Zimt. Der Abend endete und wir verabschiedeten uns voneinander. Ich versprach ihnen wieder einen gemeinsamen Abend zu planen. Auf dem Heimweg war ich erfüllt von Liebe und Dankbarkeit. Ich wusste nicht, wo mir der Kopf stand und wie ich die Herausforderungen im Winters Delight meistern sollte, aber die Liebe meiner Eltern half mir das Positive zu sehen. Nicht jeder hatte seine Berufung gefunden und war an einem Job gefesselt, den er hasste. Zurück in meiner Wohnung ließ ich mich erschöpft aufs Sofa fallen und dachte noch einmal an den Tag. Ich beschloss, heute mal nicht auf das iPad zu schauen, sondern mir ein Entspannungsbad zu nehmen. Ich schloss die Augen und tauchte ein in andere Welten.

Kapitel 14
Miles

Es war Samstagmorgen und ich hatte gehofft, ein wenig länger schlafen zu können. Aber das unaufhörliche Klingeln des Telefons hinderte mich daran. Schlaftrunken erhob ich mich und schaute auf das Display. Es ploppten neun verpasste Anrufe meines Vaters auf meinem Bildschirm auf. Was könnte er nur wollen? Wenn er so oft versuchte, mich zu erreichen, bedeutete es immer Stress. Ich setzte mich auf die Bettkante und rieb mir den Schlaf aus den Augen, bevor ich ihn zurückrief. Es dauerte nur wenige Sekunden, bis er abhob.

«Miles, endlich! Warum hast du nicht früher zurückgerufen?»

Seine Stimme klang wütend.

«Entschuldige, Dad. Ich habe geschlafen und die Anrufe erst jetzt gesehen», sagte ich hastig, während mein Herz gegen meinen Brustkorb

hämmerte. Meine Gedanken kreisten sofort um Mom und meinen Geschwistern. «Was ist los? Ist alles in Ordnung?»

Am anderen Ende der Leitung blieb es still. Die Sekunden dehnten sich, als ob die Zeit selbst den Atem anhielt. Mein Magen verkrampfte sich und ein unangenehmes Ziehen breitete sich aus. Meine Finger klammerten sich fester um das Telefon und ich bemerkte, wie sie zitterten. Der Raum um mich herum schien plötzlich kälter zu werden, während ich auf eine Antwort wartete.

«Nein, nichts ist in Ordnung!», fuhr er mich an. «Wie konntest du ein Dessert-Catering für das Weihnachtsevent beauftragen, ohne es vorher mit dem Vorstand abzusprechen?»

Ich runzelte die Stirn.

«Dad, ich dachte, es wäre eine gute Idee und wollte sicherstellen, dass alles rechtzeitig organisiert ist ...»

«Das spielt keine Rolle!», unterbrach er mich scharf. «Das Catering hätte dem gesamten Vorstand ein Angebot unterbreiten müssen. Dann wäre darüber abgestimmt worden. Du darfst solche Entscheidungen nicht im Alleingang treffen!»

Ich seufzte tief und massierte meine Schläfen.

«Ich verstehe deinen Punkt, aber wir hatten ähnliche Situationen in der Vergangenheit. Ich wollte sicherstellen, dass alles reibungslos läuft.»

«Das ist keine Entschuldigung», erwiderte er. «Du musst lernen, dich an die Regeln zu halten und mit dem Vorstand zusammenzuarbeiten.»

Sein Vorwurf traf mich härter als erwartet. Ich wusste, dass er Recht hatte. Zumindest teilweise.

«Okay», sagte ich resigniert. «Was soll ich machen? Das Catering stornieren?»

«Nein», antwortete er nach einer kurzen Pause friedlicher. «Du wirst dafür sorgen, dass die Firma ihr Angebot und ihr Konzept direkt am Montag dem Vorstand präsentiert. Das gilt ebenfalls für alle anderen Dienstleister, die du beauftragst.»

Ich nickte mechanisch.

«Verstanden», sagte ich knapp.

Wir verabschiedeten uns, aber das Gespräch ließ mich nicht los. Ich legte das Telefon zur Seite und starrte an die Decke meines Schlafzimmers. Es war frustrierend. Nie konnte man es ihm recht machen. Ich hatte versucht, proaktiv zu sein und sicherzustellen, dass unser Event ein Erfolg wird. Möglicherweise hatte mein Vater Recht. Ich musste besser darin werden, solche Entscheidungen im Team abzustimmen.

«Puh», sagte ich nur und machte mich für den Tag fertig. Ich nahm einen Schluck von meinem Kaffee und starrte gedankenverloren aus dem Fenster. Die Worte meines Vaters hallten in meinem Kopf wider. Meine Gedanken schweiften weiter zu Ms. Jennings und dem Winters Delight. Sie mussten unbedingt über die neue Entwicklung Bescheid wissen. Es würde nicht leicht sein, sie kurzfristig für eine Präsentation am Montag vorzubereiten, aber es war notwendig. Eine weitere lästige Aufgabe auf der ohnehin endlosen To-do-Liste. Die Vorstellung von Meetings und Diskussionen über jedes kleine Detail des Events verdarb mir die Laune. Aber es nützte nichts. Es musste trotzdem erledigt werden. Ich nahm einen tiefen Atemzug. Ich rief auf dem Laptop meine Aufgabenliste auf und legte los. Der Gedanke, alles erledigen zu müssen, erwürgte mich. Aber ich wusste, dass ich mich um Wichtigeres kümmern musste. Meine Tochter Grace. Ich stand auf und schlich in ihr Zimmer. Sie schlief friedlich, eingekuschelt in ihre Decke. Ich beobachtete sie einen Moment und ein trauriges Lächeln huschte über mein Gesicht. Ich wollte das Wochenende mit ihr verbringen, doch die Arbeit hatte mir wieder einmal einen Strich durch die Rechnung gemacht. Vorsichtig setzte ich mich auf die Bettkante und strich ihr über das Haar.

«Grace, mein Schatz», flüsterte ich. «Wach auf, es ist Zeit für ein leckeres Frühstück.»

Sie murmelte etwas Unklares und drehte sich zur Seite. Ich lächelte und versuchte es erneut.

«Wie wäre es mit Pancakes und mit einer ganzen Menge Ahornsirup?»

Allmählich öffnete sie die Augen und blinzelte zu mir hoch.

«Pancakes?», fragte sie flüsternd und ein verschlafenes Grinsen breitet sich auf ihrem Gesicht aus.

«Ja, genau», antwortete ich und half ihr dabei, sich aufzusetzen. «Komm, wir machen uns einen schönen Morgen.»

Gemeinsam gingen wir in die Küche. Während ich den Teig anrührte und die Pfanne erhitzte, erzählte Grace mir von ihrem skurrilen Traum. Sie hatte mit einer lilafarbenen Katze fangen gespielt. Ihr Lachen ließ mich all meine Sorgen um das Catering für einen Moment vergessen. Doch als wir uns an den Tisch setzten und anfingen zu essen, holte mich die Realität wieder ein. Ich musste ihr sagen, dass unser geplanter Ausflug nicht stattfinden wird.

«Grace», tastete ich mich vor und legte meine Gabel beiseite. «Ich muss dir etwas sagen.»

Sie schaute mich voller Neugier an, während sie einen großen Bissen von ihrem Pancake nahm. Ihr Gesicht war vom Schlaf noch immer niedlich zerknautscht.

«Ich habe heute leider eine wichtige Aufgabe bekommen», fuhr ich fort. «Ich muss arbeiten und kann deshalb nicht mit dir in den Park zum Schlittschuhlaufen und in das Einkaufszentrum gehen.»

Ihre Augen weiteten sich vor Enttäuschung.

«Aber Dad! Du hast es mir versprochen!»

Ihre Stimme zitterte und ihre Augen schimmerten.

«Ich weiß mein Schatz», sagte ich sanft und griff nach ihrer Hand. «Es tut mir leid. Ich wollte das Wochenende mit dir verbringen, aber manchmal kommen Dinge dazwischen.»

Sie kämpft mit ihren Tränen und zog ihre Hand abrupt zurück. Ohne ein weiteres Wort sprang sie auf. Ihr Stuhl kippte fast um und sie rannte in ihr Zimmer. Die Tür fiel mit einem Knall ins Schloss. Ich blieb am Tisch sitzen. Mein Blick war starr auf den halb aufgegessenen Pancake gerichtet. Ein Kloß bildete sich in meinem Hals und wanderte wie ein Felsbrocken in meinen Magen herunter. Mein Gewissen nagte an mir. Nicht nur die verpasste Zeit mit meiner Tochter lastete auf mir. Nein, ich hatte sie schwer enttäuscht. Nach einer Weile erhob ich mich und schlurfte zu ihrem Zimmer. Ich stand zitternd vor der Tür. Mein Herz ertrank in Schuldgefühlen. Die Trauer in ihren Augen lege sich wie ein Mantel aus Dornen um mich. Wieder einmal hatte die Arbeit unsere Pläne durchkreuzt und jedes Mal fühlte es sich an, als würde ein Stück meines Herzens zersplittern. Ich stand vor ihrer Tür und wollte klopfen. Meine Hand zitterte, ich konnte sie kaum heben. Ihr zittern war sogar so doll, dass ich sie wieder sinken ließ. Wie oft hatte ich ihr versprochen, mehr Zeit mit ihr zu verbringen? Und jedes Mal hatte ich es wieder gebrochen. Die Realität meiner Verantwortung trug sich wie Eisenstangen auf meinen Schultern, aber nichts wog so schwer wie der Schmerz, den ich meiner Tochter zufügte.

«Grace», flüsterte ich durch die geschlossene Tür. Meine Stimme klang brüchig. «Es tut mir leid.»

Ich lehnte meine Stirn gegen das kühle Holz der Tür und schloss die Augen. Bilder von glücklichen Momenten mit Grace blitzten vor meinem inneren Auge auf. Ihr Lachen beim letzten Ausflug im Park. Diese Erinnerungen waren wie Balsam für meine Seele, aber sie machten den gegenwärtigen Schmerz unerträglicher. Die Stille hinter der Tür erstickte mich. Kein Schluchzen war zu hören, aber ich konnte mir lebhaft vorstellen, wie sie sich in ihrem Zimmer zusammenkauerte und Tränen über ihre Wangen rollten. Ein tiefer Seufzer entwich meinen Lippen und ich blinzelte heftig, um die brennenden Tränen in meinen Augen zurückzuhalten.

«Ich weiß, dass Worte nicht genug sind», sprach ich mit gedämpfter Stimme. «Aber ich verspreche dir, dass wir das nachholen werden. Ich werde einen Weg finden.»

Doch während ich diese Worte sprach, nagte der Zweifel an mir. Konnte ich mir selbst überhaupt noch vertrauen? Wie oft hatte ich ihr diese Versprechen gegeben? Und wie oft hatte ich sie gebrochen? Mein Gewissen klagte mich erbarmungslos an und drückte mich zu Boden. Ich hatte als Vater versagt. Diese Erkenntnis legte sich wie Beifuß um meine Zunge. Mein Herz zog sich schmerzhaft zusammen bei dem Gedanken daran, wie Grace unter meinen ständigen Abwesenheiten litt. Schließlich atmete ich tief durch und sammelte all meinen Mut zusammen. Ich klopfte an die Tür, meine Hand zitterte vor Anspannung.

«Grace? Darf ich reinkommen?», fragte ich mit bebender Stimme.

Keine Antwort.

Ich schluckte schwer und versuchte es erneut.

«Es tut mir leid», sagte ich durch die geschlossene Tür hindurch. «Ich liebe dich über alles auf der Welt.»

Noch immer keine Antwort. Ich wusste, dass die Tür nicht abgeschlossen war. Es gab keinen Schlüssel dafür. Aber ich respektierte es, wenn sie mich nicht sehen wollte und Zeit für sich benötigte. Mit einem Stein im Herzen drehte ich mich um und ging zurück ins Wohnzimmer. Ich griff nach meinem Telefon und wählte die Nummer des Catering-Unternehmens. Während das Freizeichen zu hören war, dachte ich daran, wie dringend ich ein Gleichgewicht zwischen Arbeit und Familie finden musste. Nicht für mich, sondern für Grace. Sie verdiente einen Vater, der für sie da war. Nicht nur körperlich anwesend, sondern auch emotional präsent.

«Winters Delight. Sie sprechen mit Ella. Was kann ich für Sie tun?», ertönte am anderen Ende die melodische Stimme von Ella Jennings. Ich schnaufte kurz durch und zwang mich, zu sprechen und meine beruflichen Pflichten zu erfüllen. Doch mein Herz blieb bei meiner Tochter hinter der verschlossenen Tür. Voller Reue und dem festen Entschluss, es besser zu machen.

Kapitel 15
Ella

Ich legte das Telefon zur Seite und starrte auf meinen Terminkalender auf dem iPad. Montag, 9:30 Uhr, Termin bei Harrington Group. Konzeptvorstellung beim Vorstand. Schweiß breitete sich auf meiner Stirn aus und die Handflächen wurden feucht. Mit zittrigen Fingern nestelte ich an meinem Ärmel herum, während die Realität der Situation langsam in mein Bewusstsein sickerte. Präsentationen waren schon immer der absolute Horror für mich. Schon in der Schule hatte ich es gehasst, vor der Klasse zu stehen und etwas vorzutragen. Am schlimmsten für mich waren immer die Blicke, die auf mir ruhten, und die Erwartungshaltung, die andere an mich stellten. All das versetzte mein Herz in Panik und wirbelte meine Gedanken durcheinander. Und jetzt sollte ich vor einem Vorstand sprechen? Das waren sicher verklemmte Bürohengste, die nur einmal im Jahr zum

Lachen in den Keller gingen. Nur bei den Gedanken daran wurde mir übel. Was hatte die Firma zu dieser Präsentation veranlasst? Ich hatte gedacht, alles wäre sicher. Wir hatten alle Details besprochen und abgestimmt. Warum dieser plötzliche Sinneswandel? Ich synchronisierte meinen iPad Kalender mit dem auf dem Laptop. Ich klickte dort meinen Terminkalender an und überflog die Einträge für die nächsten Tage. Es ploppten etliche Aufträge und Bestellungen auf, die ebenfalls meine Aufmerksamkeit erforderten. Eine ausführliche Konzeptpräsentation war nicht eingeplant gewesen. Ich widmete meine Aufmerksamkeit wieder dem Termin bei der Harrington Group. Plötzlich wurde der Bildschirm meines Laptops dunkel. Verwundert blickte ich ihn an. War der Akku leer? Nein, es hing die ganze Zeit an einem Ladekabel. Komisch. Dann ging der Bildschirm wieder an. Es hatte sich ohne ersichtlichen Grund einfach ab und wieder an geschaltet. Stirnrunzelnd ignorierte ich die Tatsache, dass mein Laptop möglicherweise den Geist aufgab. Darum musste ich mich zu einem anderen Zeitpunkt kümmern. Je mehr ich darüber nachdachte, desto größer wurde der Druck auf meinen Schultern. Ich atmete tief durch und versuchte, einen klaren Kopf zu bewahren. Panik würde mir nicht weiterhelfen. Stattdessen war es erforderlich, dass ich mir einen Plan machte. Zuerst musste ich Prioritäten setzen. Welche Aufgaben konnte ich verschieben? Welche hatten absolute Dringlichkeit? Ich öffnete eine neue Notiz und erstellte eine Liste. Während ich schrieb, spürte ich, wie meine Hände zitterten. Die Nervosität war allgegenwärtig, jedoch durfte ich mich ihr nicht hingeben. Ich musste fokussiert bleiben.

Es war keine leichte Entscheidung gewesen, aber gegen Mittag hatte ich es geschafft, ein paar Projekte umzustellen. Mit einem Seufzer lehnte ich mich zurück und betrachtete meinen neu organisierten Kalender. Der Berg an Arbeit war weiterhin gewaltig, aber er wirkte überschaubarer. Sofort begann ich damit, das Konzept für das Dessert-Catering für die Weihnachtsfeier auszuarbeiten und in eine Präsentation zu packen. Ich öffnete den digitalen Ordner mit den Dateien von unserem letzten Meeting mit Mr. Harrington und suchte nach dem Dokument mit den detaillierten Plänen. Als ich den Ordner durchsuchte, breitete sich ein flaues Gefühl in meiner Magengegend aus. Die Datei war nirgends zu finden! Die Schweißperlen an meiner Stirn wuchsen mit jedem Ordner, den ich durchsuchte – nichts. Rein gar nichts befand sich in diesem Ordner. Panik brach in mir aus. Wie konnte das sein? Ich war mir sicher gewesen, dass ich die Dateien gespeichert hatte! Meine Kehle schnürte sich zu, als ich versuchte, mich an die möglichen Speicherordner zu erinnern. Desktop-Ordner, Cloud-Speicher, E-Mail-Anhänge – alles vergeblich. Mein Herz raste und ich beschleunigte meinen Atem. Ohne diese Dateien war ich verloren. Sie enthielten alle wichtigen Details und Kalkulationen für das Cateringkonzept. Auf dem iPad hatte ich die Dokumente bereits entfernt, damit ich den Speicher nicht zu überlastete. Ich musste mir die Beine vertreten, um einen klaren Kopf zu bekommen. Je mehr ich versuchte, mich zu beruhigen, desto leerer fühlte sich mein Kopf an. Es war wie ein Black-out. Als ob jemand alle Erinnerungen an das Meeting ausgelöscht hatte. Ich setzte mich wieder hin und starrte auf den Bildschirm meines Computers. Keine Notizen halfen mir weiter. Nicht eine E-Mail brachte Licht ins Dunkle. Die Uhr tickte unerbittlich weiter und jeder Moment des Zögerns brachte mich näher an den Abgrund des Scheiterns. Mit einem Kloß im Hals griff ich zum Telefonhörer und wählte die Nummer von Mr. Harrington in der Hoffnung auf Hilfe zu stoßen oder zumindest einen Hinweis zu bekommen, wie wir damals verblieben waren. Aber auch hier, blieb nur Frustration übrig. Mailbox. Mit jedem verstrichenen Moment stieg meine Panik weiter an. Wie sollte ich ohne Erinnerungen oder Unterlagen dieses Konzept rechtzeitig fertigstellen? Als der Verkaufsladen schloss und Emily sich für ihren Feierabend umzog, spürte ich, wie ich dem Nervenzusammenbruch nahe war.

«Emily? Kannst du bitte einen Moment warten», rief ich ihr zu, bevor sie die Tür hinter sich schließen konnte. Sie drehte sich mit großen Augen um und neigte den Kopf zur Seite.

«Klar, Ella. Was ist los?»

«Ich brauche deine Hilfe», sagte ich und versuchte, meine Stimme ruhig zu halten. «Kannst du Caleb bitte aus der Küche holen? Es ist wichtig.»

Emily nickte und verschwand aus dem Raum. Während ich wartete, versuchte ich meine Gedanken zu ordnen und überlegte, wie ich die Situation am besten erklären konnte. Wenige Minuten später kamen Emily und Caleb gemeinsam ins Büro. Beide sahen besorgt aus.

«Was ist passiert?», fragte Caleb sofort, als er mein Gesicht sah.

Ich atmete tief durch und begann zu sprechen.

«Ich habe ein riesiges Problem», sagte ich und versuchte, den Kloß in meinem Hals herunterzuschlucken. «Mr. Harrington erwartet am Montag eine Präsentation von mir über das Dessert Konzept für die Weihnachtsfeier.»

Caleb runzelte die Stirn.

«Okay. Was genau ist das Problem?»

«Die Datei mit allen Plänen und Details ist verschwunden», rief ich hysterisch. «Gelöscht oder verloren. Ich weiß es nicht. Und das Schlimmste ist, dass ich mich an kaum etwas erinnern kann. Es ist wie ein Black-out.»

Emily sah mich mitfühlend an.

«Das klingt düster», flüsterte sie.

«Und ihr beide wart bei dem Termin mit Mr. Harrington damals nicht dabei», fuhr ich fort. «Ihr kennt das Konzept nicht.»

Caleb nickte zögerlich.

«Das stimmt. Was können wir tun?»

Ich seufzte tief und versuchte, mich zu sammeln.

«Ich habe Projekte und Aufträge verschoben, um Zeit für die Präsentation zu gewinnen», erklärte ich ihnen. «Es wird trotzdem knapp. Auf uns kommt wahnsinnig viel Arbeit zu.»

Emily trat einen Schritt näher und legte eine Hand auf meine Schulter.

«Welche Projekte hast du verschoben?», fragte sie sanft.

Ich holte tief Luft und zählte auf.

«Die Auslieferungen für morgen und übermorgen sowie kleinere Aufträge, die am Wochenende erledigt werden sollten.»

Emily dachte kurz nach und dann lächelte sie.

«Weißt du was? Ich übernehme die Auslieferungen für dich.»

Mein Mund klappte auf.

«Wirklich? Das wäre eine riesige Hilfe!»

«Natürlich», antwortete Emily fest entschlossen. «Wir sind ein Team, Ella. Wir lassen dich nicht im Stich.»

Die ganze Last viel von mir ab.

«Danke, Emily», flüsterte ich mit brüchiger Stimme.

Caleb trat ebenfalls näher heran und legte eine Hand auf meinen anderen Arm.

«Und wenn du sonst irgendetwas brauchst, sei es Unterstützung oder jemanden zum Reden dann sind wir für dich da. Ich synchronisiere den neuen Kalender mit dem iPad in der Küche und werde nachsehen, ob wir ihn noch effizienter anpassen können.»

Ich nickte und wischte mir mit dem Ärmel des Pullovers die Tränen aus den Augenwinkeln.

«Danke euch beiden», sagte ich und schniefte. Caleb reichte mir schmunzelnd ein Taschentuch aus der Box, die am Fensterbrett stand. Nachdem Emily Feierabend gemacht hatte und Caleb wieder an die Arbeit gegangen war, blieb ich in meinem Büro zurück. Die Stille ummantelte mich, aber ich durfte mich davon nicht runterziehen lassen. Ich machte mir eine Tasse Kaffee, um neue Energie zu tanken. Als ich die Kanne anhob, bemerkte ich das Blinken meines Telefons. Ein verpasster Anruf. Mein Herz setzte einen Schlag aus, als ich sah, dass es sich um Mr. Harrington handelte. Ohne zu zögern, drückte die Rückruftaste.

«Mr. Harrington? Hier ist Ella Jennings», sagte ich keuchend, als er den Anruf entgegennahm.

«Hallo Ms. Jennings», antwortete er ruhig. «Ich habe Ihre Rückrufbitte erhalten.»

Ich schnaufte und begann wie ein Wasserfall zu sprechen.

«Mr. Harrington, es tut mir leid wegen der Unannehmlichkeiten. Ich weiß nicht, was passiert ist. Die Datei mit allen Plänen und Details ist verschwunden und ich kann mich an kaum etwas erinnern. Ich verstehe nicht, wie das passieren konnte.»

Ich betonte immer wieder, dass es mir mein Fehler unangenehm war. Mr. Harrington hörte geduldig zu und unterbrach mich mit einer ruhigen Stimme.

«Ms. Jennings, bitte beruhigen Sie sich. Das ist absolut kein Problem.»

Überrascht hielt ich inne.

«Wirklich?»

«Ja», bestätigte er freundlich. «Solche Dinge können passieren. Wir werden eine Lösung finden.»

Die Erleichterung durchströmte mich bei seinen Worten.

«Danke für Ihr Verständnis», flüsterte ich.

«Ich werde mich auf den Weg zu Ihnen machen», fuhr Mr. Harrington fort. «Wir können uns zusammensetzen und alles gemeinsam durchgehen.»

«Das wäre großartig», antwortete ich. «Wann können Sie hier sein?»

«In einer Stunde», sagte er, nachdem er kurz überlegt hatte.

«Perfekt», erwiderte ich. «Vielen Dank, Mr. Harrington.»

«Keine Ursache», antwortete er. «Bis gleich.»

Nachdem wir aufgelegt hatten, ließ ich mich in meinen Stuhl sinken und atmete tief durch. Mr. Harringtons Verständnis und seine Bereitschaft zu helfen, nahmen mir einen großen Teil der Last von den Schultern. Ich nutzte die Zeit, um mein Büro aufzuräumen. Der Gedanke daran, dass wir gemeinsam eine Lösung finden würden, gab mir neuen Mut.

Kapitel 16
Miles

Grace ist den ganzen Vormittag nicht aus ihrem Zimmer gekommen. Das beunruhigte mich. Ms. Jennings hatte versucht, mich telefonisch zu erreichen, als ich kurz im Badezimmer verschwunden war. Sie hatte mir eine kurze Rückrufbitte zugesandt. Ich rief zurück, sie nahm aber nicht ab. Ich saß an meinem Laptop und versuchte, eine Zusammenfassung für das Weihnachtsevent zu schreiben. Die Uhr tickte unerbittlich und ich spürte den Druck, der auf mir lastete. Plötzlich klingelte das Telefon und riss mich aus meinen Gedanken.

«Hallo?»

«Mr. Harrington? Hier ist Ella Jennings», erklang eine zitternde Stimme am anderen Ende der Leitung. Mein Herz setzte einen Schlag aus, bevor es plötzlich wieder zu hämmern begann.

«Hallo, Ms. Jennings. Ich habe Ihre Rückrufbitte erhalten», sagte ich so ruhig wie möglich, obwohl ich innerlich die schlimmsten Szenarien durchspielte.

«Mr. Harrington, es tut mir leid wegen der Unannehmlichkeiten. Ich weiß nicht, was passiert ist. Die Datei mit allen Plänen und Details ist verschwunden und ich kann mich an kaum etwas erinnern. Ich verstehe nicht, wie das passieren konnte.»

Für einen Moment schien die Welt, um mich herum stillzustehen. Ich hörte das Rauschen in den Ohren und Kloß hatte sich in meinem Hals gebildet.

«Ms. Jennings, bitte beruhigen Sie sich. Das ist absolut kein Problem», brachte ich hervor, bemüht, meine Stimme ruhig zu halten. Nach außen hin versuchte ich, freundlich zu bleiben und beruhigende Worte zu finden. Doch innerlich zerriss mich die Anspannung. Mein Kopf war ein einziges Chaos aus Gedanken und Gefühlen. Wut über den Verlust unserer Arbeit, Angst vor den Konsequenzen und Verzweiflung darüber, wie wir das alles wieder aufholen sollten. Und das in knapp zwei Tagen. Ein dumpfer Schmerz breitete sich hinter meinen Augen aus, als ob ein unsichtbarer Schraubstock meinen Schädel zusammenpresste. Die Welt um mich herum verschwamm und ich

fühlte mich wie in einem endlosen Albtraum gefangen, aus dem es kein Erwachen gab. Meine
Schultern sanken unter der Last, die immer
schwerer wurde und mich fast zu Boden drückte.

Überrascht hielt sie inne. «Wirklich?»

«Ja», bestätigte ich bemüht freundlich. «Solche
Dinge können passieren. Wir werden eine Lösung
finden.»

Ich massierte mir die Schläfen und schloss die
brennenden Augen.

«Danke für Ihr Verständnis», sagte sie leise. Ich
unterdrückte ein Schnauben.

«Ich werde mich auf den Weg zu Ihnen machen», fuhr ich fort. «Wir können uns zusammensetzen und alles einmal durchgehen.»

«Das wäre großartig», antwortete sie hörbar
dankbar. «Wann können Sie hier sein?»

Ich überlegte fieberhaft. Ich konnte hier nicht
weg und Grace alleine lassen. Kurzerhand beschloss ich, Grace von Ella Jennings zu erzählen
und dass sie haufenweise zuckriges Gebäck in ihrer Konditorei hatte. Vielleicht würde sie dann
mitkommen.

«In einer Stunde», antwortete ich ihr.

«Perfekt», erwiderte sie. «Vielen Dank, Mr. Harrington.»

«Keine Ursache», antwortete ich. «Bis gleich.»

Nachdem das Gespräch beendet war, ließ ich den Hörer sinken und starrte für einen Moment ins Leere. Meine Hände zitterten leicht und mein Herz raste immer noch wie eine Dampflok. Ich ging zu Graces Zimmer und klopfte an die Tür.

«Ja», rief sie zaghaft.

Als ich eintrat, sah ich sie auf ihrem Bett sitzen, umgeben von ihren Lieblingskuscheltieren. Ihr Augen waren gerötet.

«Hey», flüsterte sie, ohne aufzublicken.

Ich setzte mich neben sie und legte einen Arm um ihre Schultern.

«Hey, meine Kleine. Wie geht es dir?»

«Nicht gut», antwortete sie ehrlich und kuschelte sich an mich. Mein Herz zog sich bei ihrer traurigen Stimme zusammen.

«Ich weiß, Grace. Es tut mir leid.»

Sie rang nach Luft und ihre Schultern sanken noch weiter nach unten. Ihre Augen wirkten schwerer.

«Du bist immer arbeiten.»

Ein Stich durchzuckte mich, denn ich wusste, dass sie Recht hatte. Ich musste etwas tun, um die Traurigkeit aus ihren Augen zu vertreiben.

«Weißt du was, Grace?», sprach ich sanft. «Ich möchte dir von jemandem erzählen.»

Sie schaute mich an und ihre Augen waren von Neugierde erfüllt.

«Ihr Name ist Ella Jennings und sie besitzt eine wunderbare Konditorei.»

«Eine Konditorei?»

Ich nickte lächelnd.

«Ja. Und nicht nur das», sagte ich, während ich versuchte, Grace das Winters Delight schön zu reden. «Ihre Konditorei ist ein wahres Weihnachtswunderland. Überall funkeln bunte Weihnachtslichter. Es ist, als ob man in eine andere Welt tritt. Ich bin mir sicher, dass sie Santa Claus persönlich kennt und für ihn und seine Wichtel Plätzchen backt.»

Ein Grinsen huschte über Graces Gesicht, ihre Augen leuchteten kurz auf, bevor die Traurigkeit wieder zurückkehrte.

«Das klingt schön», murmelte sie und ich konnte sehen, dass der Schmerz ihrer Gefühle noch immer auf ihr lastete.

«Und weißt du was?», fuhr ich fort. «Ella bereitet die Nachspeisen für unsere Firmenweihnachtsfeier zu. Sie macht die leckersten Plätzchen und Kuchen, die du dir vorstellen kannst.»

Grace nickte zaghaft, ihr Blick verlangte nach mehr Informationen.

«Im Moment hat Ella ein kleines Problem und braucht meine Hilfe», erklärte ich weiter. Ihr Interesse war geweckt und sie sah mich fragend an.

«Was für ein Problem?»

Ich atmete tief durch und wählte meine Worte sorgfältig. «Nun», begann ich behutsam, «einige wichtige Daten sind verloren gegangen und wir müssen alles neu erstellen. Ich glaube sogar, dass die Wichtel sich einen Scherz erlaubt haben und die Daten gestohlen haben.»

Graces Stirn legte sich in Falten, während sie nachdachte. Ihre Finger spielten nervös mit einer Haarsträhne.

«Das klingt schwierig. Die Wichtel verstecken immer alles ganz genau», murmelte sie.

«Ja, das ist es», stimmte ich zu und legte eine Hand auf ihre Schulter. «Aber weißt du was? Ich dachte mir, dass es schön wäre, wenn du mitkommst und mir hilfst.»

Ihre Pupillen weiteten sich überrascht.

«Ich soll mitkommen? Und wie kann ich helfen?», fragte sie zögerlich.

Ich lächelte ermutigend und sah ihr direkt in die Augen.

«Du könntest mir bei der Auswahl der Süßspeisen helfen und bei der Suche, nach den verlorenen Daten. Stell dir vor, du probierst verschiedene Plätzchen und entscheidest, welche dir am besten schmecken oder welche Kuchen am schönsten aussehen.»

Ein müdes Lächeln huschte über Graces Gesicht, als sie sich die Szene vorstellte. In ihrem

Blick flackerte ein kleines Licht auf. Vielleicht entzündet die Vorstellung von süßen Leckereien und festlicher Dekoration einen kleinen Funken Freude in ihr.

«Okay», flüsterte sie und stand auf.

«Zieh dich warm an. Wir haben eine wichtige Mission vor uns», sagte ich sanft. Während Grace sich ihren Mantel über die Schultern zog und ihre Schuhe zuband, spürte ich, wie eine Welle von Emotionen durch mich hindurchfloss. Mein Herz schlug schneller vor Erleichterung, dass sie bereit war mitzukommen. Doch gleichzeitig nagte ein unangenehmes Ziehen in meiner Brust. Ich hatte Schuldgefühle, dass ich unseren Plan ändern musste. Ich beobachtete, wie sie ihre Haare hinter die Ohren strich. Dann nickte sie mir zu und wir traten gemeinsam hinaus in die kühle Winterluft. Auf dem Weg zur Konditorei biss sich die Luft in unsere Wangen. Nach fünfzehn Minuten kamen wir beim Winters Delight an und ich konnte sehen, wie Graces Augen vor Freude aufleuchteten. Das Blinken der Weihnachtsdekoration schuf für Grace eine magische Atmosphäre. Die bunten Lichterketten, leuchtende Sterne und dekorierte Plätzchen zogen sie sofort in ihren Bann.

«Wow, Daddy, schau dir das an!», rief sie begeistert und drückte ihr Gesicht gegen die

Fensterscheibe. Ich schmunzelte leicht und legte eine Hand auf ihre Schulter.

«Ja, es sieht wunderschön aus», erwiderte ich, obwohl ich der Beleuchtung und Dekoration kaum eines Blickes würdigte. Wir betraten den Laden und wurden sofort vom warmen Duft des frischen Gebäcks umhüllt. Ms. Jennings stand an der Tür und begrüßte uns mit einem kraftlosen Lächeln. Ich bemerkte sofort, dass ihre Mascara ein wenig verschmiert war und ihr Gesicht rote Flecken aufwies. Hatte sie geweint? Ich schluckte den Kloß in meinem Hals herunter.

«Hallo Mr. Harrington», sagte sie leise und versuchte, ihre Fassung zu bewahren. «Und wer bist du?», fragte sie und lächelte Grace freundlich an.

«Das ist meine Tochter, Grace», sagte ich sanft und legte eine Hand auf ihren Kopf. Grace drückte sich an mich und lächelte schüchtern. Sie winkte ihr mit einer kleinen Handbewegung zu.

«Hallo.»

Ms. Jennings Augen weiteten sich einen Moment lang. Ihre Brauen hoben sich leicht und ein kurzes Zögern war in ihrem Blick zu erkennen, als sie Grace musterte. Sie hatte offensichtlich nicht damit gerechnet, dass ich meine Tochter mitbringen würde.

«Oh, hallo Grace», sagte sie freundlich.

Ich räusperte mich.

«Es tut mir leid, Ms. Jennings. Ich hatte keine andere Wahl, als sie mitzunehmen», sagte ich und wendete mich ihr zu. Während wir sprachen, bestaunte Grace die bunten Plätzchen. Selbst auf der Auslage tummelten sich kleine Schneemänner und die Glasscheibe der Kuchenvitrine war mit Schneeflockenaufkleber verziert. Sie nickte verständnisvoll und wischte sich unauffällig eine Träne aus dem Augenwinkel.

«Schon gut, Mr. Harrington. Ich liebe Kinder», sagte sie und schenkte meiner Tochter ein Lächeln. Grace ließ ihren Blick durch den Raum schweifen. Ihr Mund öffnete sich bei dem Anblick der vielen Leckereien.

«Alles sieht lecker aus!», rief sie entzückt.

Ihre Begeisterung hellte Ms. Jennings Gesicht auf.

«Danke», antwortete sie mit einem strahlenden Lächeln. «Wir haben einiges an Arbeit hineingesteckt.»

Ich trat einen Schritt näher zu Ms. Jennings und flüsterte.

«Wie schlimm ist es?»

Sie seufzte tief und schüttelte den Kopf.

«Es ist alles weg. Alle Notizen und Pläne, die wir gemeinsam besprochen hatten.»

Mein Herz sank erneut bei ihren Worten.

«Wir werden es schaffen», sagte ich. «Wir müssen zusammenarbeiten.»

Ms. Jennings nickte vage, ihre Lippen zogen sich zu einem tapferen Lächeln.

«Ja, Sie haben Recht», sagte sie und wandte sich dann an Grace. «Möchtest du ein großes Glas Milch und die Plätzchen probieren?»

Ihre Augen leuchteten auf. Sie drehte sich sofort zu Ms. Jennings um und hüpfte aufgeregt auf der Stelle.

«Ja bitte!», quietschte sie vergnügt.

Ich konnte mir ein Schmunzeln nicht verkneifen, als ich zusah, wie Grace vor Freude strahlte. Vielleicht hatte ich ihren Tag ein Stück weit gerettet.

Kapitel 17
Ella

Caleb kam aus der Küche, schnappte sich Grace und führte sie in die Küche. Ihr Lachen hallte durch den Raum und brachte ein kleines Schmunzeln auf mein Gesicht. Gemeinsam suchten sie nach dem Wichtel, der unsere Dateien gestohlen hat. Sie verrückten jeden Tisch und jedes Möbelstück, um dahinter sehen zu können. Ich hätte nie gedacht, dass Caleb so Feuer und Flamme dafür sein konnte, einen imaginären Wichtel zu jagen. Belustigt sah ich ihnen dabei zu, bis mir plötzlich einfiel, warum wir das Ganze überhaupt veranstalteten.

«Kommen Sie Mr. Harrington», sagte ich leise und deutete auf mein Büro. «Wir sollten anfangen.»

Er nickte und folgte mir. Ich setzte mich auf den Stuhl und atmete tief durch, während Mr. Harrington sich gegenüber von mir niederließ.

«Also», äußerte ich zögernd, «wir müssen nochmal ein Konzept ausarbeiten und eine Präsentation vorbereiten. Wir haben nicht viel Zeit.»

Er nickte zustimmend. «Richtig. Lass uns zuerst die wichtigsten Punkte festlegen.»

Wir begannen damit, die verlorenen Daten zu rekonstruieren und eine Liste der wichtigsten Dinge zu erstellen. Beim Arbeiten, bemerkte ich, wie konzentriert und engagiert Mr. Harrington war. Es war beruhigend zu wissen, dass ich nicht allein war. Nach einer Weile hob er den Blick und ein leichtes Grinsen umspielte seine Lippen.

«Ella, du kannst mich Miles nennen. Nicht mehr Mr. Harrington. Wir werden die nächsten Wochen eng miteinander arbeiten.»

Ich blinzelte überrascht und spürte, wie meine Wangen warm wurden. Mein Herz schlug für einen Moment schneller.

«Oh. Okay, Miles», antwortete ich flüsternd.

Sein Lächeln ermutigte mich.

«Wir sind hier im selben Boot, Ella. Keine Formalitäten.»

Ich nickte. Während wir weiterarbeiteten, hörten wir immer wieder Graces fröhliches Lachen aus der Küche. Sie hatten es mittlerweile aufgegeben, den Wichtel zu finden, und waren dazu übergegangen, Plätzchen zu backen. Caleb schien es zu genießen ihr alles beizubringen. Vom Teigkneten bis zum Ausstechen der Plätzchenformen. Und das, obwohl sein Wochenende vor Stunden starten sollte.

«Grace scheint Spaß zu haben», bemerkte ich mit einem Grinsen.

Miles nickte grinsend.

«Man kann es hören.»

Eine Frage brannte mir auf der Zunge und ich konnte sie nicht länger zurückhalten. Ich legte meinen Stift zur Seite und sah Miles direkt an.

«Warum das alles? Wieso braucht der Vorstand mit einem Mal eine Präsentation? Wurde an meinen Fähigkeiten gezweifelt?», fragte ich zögernd.

Miles hielt inne, seine Stirn legte sich in Falten und er musterte mich nachdenklich. Es schien, als würde er eine komplizierte Situation abwägen. Er seufzte tief.

«Ella, es ist nicht so, dass jemand an deinen Fähigkeiten zweifelt», sprach er langsam. «Es ist mühsamer als das.»

Ich runzelte die Stirn und wartete darauf, dass er weitersprach.

«Ich wusste nicht, dass solch große Events, bei denen viele wichtige Kunden und Partner teilnehmen, mit dem Vorstand und meinem Vater abgestimmt werden müssen», erklärte er. «Es stellte sich heraus, dass jeder beteiligte Dienstleister, egal ob Dekorationsfirmen, Musiker oder Caterer sein

Konzept vorbringen muss. Anschließend wird entschieden.»

Ein Knoten in meiner Brust löste sich, trotzdem gleichzeitig ballte ich unbewusst die Fäuste.

«Also liegt es nicht an meiner Arbeit?»

Miles schüttelte den Kopf. Seine Augen waren fest auf meine gerichtet.

«Nein, absolut nicht. Deine Arbeit ist hervorragend, Ella. Es geht mehr darum, sicherzustellen, dass alle Teile des Events nahtlos zusammenpassen und den hohen Standards entsprechen.»

Ich nickte bedächtig, während seine Worte in mir nachhallten. Eine Welle der Erleichterung durchströmte mich. Aber ich spürte den Ärger über die lästige Bürokratie in mir hochkommen. Sie machte alles komplizierter, als es sein müsste.

«Warum hat mir das niemand vorher gesagt?», fragte ich.

Miles stöhnte auf und rieb sich die Schläfen. Es war, als ob er einen drückenden Schmerz lindern wollte.

«Das ist mein Fehler. Ich hätte das besser kommunizieren sollen. Ich habe erst kürzlich davon erfahren.»

Seine Ehrlichkeit berührte mich. Er tat mir leid. Es musste für ihn stressig sein, all diese Anforderungen zu jonglieren.

«Danke für deine Offenheit», sagte ich. «Es hilft, zu wissen, was los ist.»

Er lächelte knapp und nickte.

«Warum wusstest du das nicht? Ist das dein erstes Event, das du planst?», fragte ich vorsichtig. «Die Vorschrift, dass alles abgesprochen werden muss, gibt es ja nicht erst seit heute Morgen.»

Miles hielt inne und kräuselte die Stirn. Ein tiefer Seufzer entwich und er lehnte sich in seinem Stuhl zurück.

«Um ehrlich zu sein, gehören die Planungen von Firmenevents nicht zu meinem Aufgabenbereich. Normalerweise kümmert sich mein Assistenzteam darum, aber leider sind sie von einem Virus heimgesucht worden», sagte er. «Es gibt einiges auf meiner To-do-Liste für dieses Event und die Weihnachtsfeier ist in wenigen Wochen. Es steht kein Dienstleister sicher», fuhr er fort. «Und jetzt müssen alle in kurzer Zeit eine Konzeptpräsentation abhalten. Ich befürchte, dass wegen der Kurzfristigkeit niemand mehr bereit ist, ihre Dienste anzubieten.»

Ich nickte langsam und ließ seine Worte sacken.

«Das erklärt einiges», sagte ich. «Es muss anstrengend sein.»

Er versuchte zu grinsen und zuckte mit den Schultern.

«Ja, das ist es. Aber ich lerne schnell», sagte er. «Außerdem habe ich einen Punk auf meine Liste abgeharkt oder bin mehr oder weniger direkt dabei», fügte er hinzu.

«Vorausgesetzt dein Unternehmen gibt mir den Auftrag», murmelte ich.

«Winters Delight ist meine einzige Hoffnung», erwiderte er flüsternd. «Ich bin mir sicher, sie werden dir den Auftrag geben. Ich habe keinen anderen Dienstleister vorzuweisen», fügte er hinzu.

«Aber sie könnten mich ablehnen, weil Winters Delight eine kleine Konditorei ist», antworte ich und sah ihn direkt an. Miles biss sich auf die Unterlippe.

«Du bist wahnsinnig talentiert und engagiert. Ich bin mir sicher, dass wir das am Montag hinbekommen werden», sagte er und legte seine Hand auf meinen Unterarm. Ich zuckte unter seiner warmen Hand. Miles räusperte sich und zog sich zurück.

«Verzeihung», murmelte er.

«Möchtest du einen Kaffee?», fragte ich überstürzt und stand auf.

«Ja, bitte», antwortete er hastig.

«Ohne Milch und ohne Zucker, richtig?», fragte ich ihn schmunzelnd. Ich erinnerte mich an unsere erste Besprechung in diesem Büro. Miles schnaubte.

«Das konntest du dir merken, aber nicht unser Konzept?», gluckste er. Die Röte schoss mir ins Gesicht und ich wandte mich fahrig ab.

Wir arbeiteten konzentriert an der Konzepterstellung, doch plötzlich hörte ich kleine, flinke Schritte auf uns zukommen. Ich hob den Kopf und sah Grace in mein Büro laufen. Ihr Pullover war überall mit Mehl und Zuckerguss bekleckert. Sogar in ihrem dunklen Haar klebte es. Es wirkte wie kleine weißen Schneeflocken.

«Schaut mal, was Caleb und ich gemacht haben!», rief sie fröhlich und grinste uns verschmitzt an. Ihre Augen funkelten vor Aufregung. Scheinbar war der Zucker daran schuld, dass sie so aufgedreht war. Ich konnte ein Schmunzeln nicht unterdrücken.

«Wow, Grace! Du siehst aus wie ein kleiner Weihnachtskeks», sagte ich lachend.

Miles schüttelte amüsiert den Kopf.

«Du hast eine Menge Spaß gehabt, hm?»

Grace nickte eifrig.

«Ja! Caleb hat mir gezeigt, wie man Plätzchen backt und dekoriert. Es war toll!»

Miles stand auf und schlenderte zu ihr hinüber, um das Mehl aus ihrem Haar zu klopfen.

«Das klingt nach einem wunderbaren Nachmittag», sagte ich sanft. «Aber jetzt müssen wir hier ein bisschen arbeiten.»

Grace zog eine Grimasse, aber dann leuchteten ihre Augen wieder auf.

«Kann ich euch helfen?»

Ich tauschte einen Blick mit Miles aus. Er nickte leicht.

«Natürlich kannst du das», sagte ich. «Aber nur, wenn du versprichst, dich nicht mehr mit Mehl einzudecken.»

Grace kicherte und hob die Hand zum Schwur. «Versprochen!»

Wir setzten uns alle wieder an den Tisch und erklärten Grace schlichte Aufgaben, die sie übernehmen konnte.

Miles sah mich an.

«Danke, Ella», wisperte er.

Ich nickte und warf ihm einen warmen Blick zu. «Gern geschehen.»

Gemeinsam arbeiteten wir weiter. Schritt für Schritt bauten wir das Konzept auf und bereiteten die Präsentation vor. Währenddessen wuchs meine Bewunderung für Miles. Er hatte herausragende Fähigkeiten und hohe Erwartungen an seine Mitmenschen, trotzdem stand bei ihm Menschlichkeit an erster Stelle.

Kapitel 18
Miles

Grace hatte sich auf einem schmalen Sofa zusammengerollt und war eingeschlafen. Ihr Atem war friedlich und gleichmäßig und ich konnte nicht anders, als einen Moment innezuhalten und sie anzusehen. Es war beruhigend zu wissen, dass sie trotz des chaotischen Tages zur Ruhe gekommen war. Ellas Mitarbeiter Caleb war mittlerweile nachhause gegangen. Wir mussten ihm mehrfach versichern, dass er Grace nicht länger bespaßen brauchte. Die Dunkelheit hatte ihre Schatten durch die Fenster geworfen und brachte die Weihnachtsbeleuchtung in den umliegenden Läden zur Geltung. Ich stand auf und trat ans Fenster, um einen Blick nach draußen zu werfen. Die Lichterketten funkelten in allen Farben, während die blinkende Dekorationen die Straßen in ein lebendiges Kaleidoskop verwandelten. Kinder lachten, rannten umher und ihre

Gesichter strahlten im Schein der festlichen Beleuchtung. Doch das Treiben auf den Straßen bescherte mir einen Knoten im Magen. Die bunten Lichter ließen Erinnerungen an meine Kindheit in mir aufflackern. Das warme Leuchten des Kamins, das Lachen meiner Familie und das Zusammenrücken vorm Weihnachtsbaum. Diese Zeit wirkte so unbeschwert. Aber jetzt wirkten die Lichter auf mich wie ein greller Scheinwerfer, der auf eine leere Bühne gerichtet war. Künstlich und erzwungen. Sie schienen verzweifelt zu schreien: «Sei fröhlich!»

Doch wie sollte ich fröhlich sein, wenn meine Herausforderungen und Sorgen mich erstickten? Ich seufzte leise und wandte mich vom Fenster ab. Ella saß am Tisch und arbeitete an den letzten Details unserer Präsentation. Ihre Hingabe und ihr Engagement waren bewundernswert.

«Alles in Ordnung?», fragte sie mit einem Mal und sah zu mir auf.

Ich nickte vage.

«Ja, ich denke schon», antwortete ich im Flüsterton. «Es ist nur ... diese Lichter da draußen.»

Ella runzelte die Stirn. «Was ist mit ihnen?»

«Sie sind so grell und aufdringlich», erklärte ich zögernd. «Es fühlt sich an, als ob sie versuchen würden, eine Fröhlichkeit zu erzwingen, die ich schlicht und einfach nicht empfinde.» Ich seufzte und lehnte mich zurück. «Weihnachten», sagte ich unterkühlt. «Ich habe nie viel für diese Zeit des Jahres übriggehabt.»

Ella sah mich mit großen Augen an.

«Wirklich? Aber Weihnachten ist doch so eine großartige Zeit. Die Lichter, die Musik, die festliche Stimmung.»

Ich schüttelte den Kopf und spürte, wie sich meine Stirn in Falten legte.

«Genau das ist es ja», sagte ich und deutete auf die blinkenden Lichter draußen. «Diese aufgesetzte Fröhlichkeit» Meine Stimme klang rauer als beabsichtigt. «Es fühlt sich so erzwungen an.» Ich machte eine Pause und sah, wie ein Paar lachend an unserem Fenster vorbeiging. Ihre Gesichter strahlten im Schein der Weihnachtsbeleuchtung. «Als ob jeder unbedingt glücklich sein muss, nur weil es Dezember ist.»

Ella schaute mich eindringlich an und lehnte sich vor.

«Aber es gibt doch so viele schöne Dinge an Weihnachten. Die Zeit mit der Familie, das gemeinsame Essen, die Geschenke.»

«Vielleicht», gab ich zu. «Aber für mich war Weihnachten nie etwas Besonderes. Es war immer nur eine weitere Verpflichtung, ein weiterer Punkt auf der To-do-Liste.»

Ella schenkte mir einen sanften Blick. Ihre Lippen zu einem kleinen, traurigen Lächeln verzogen.

«Das tut mir leid zu hören, Miles. Ich liebe Weihnachten und alles drum herum.» Ihre Augen leuchteten auf. «Die Vorfreude, das Dekorieren, das Zusammensein mit den Menschen, die einem wichtig sind.»

Ich konnte die Wärme in ihrer Stimme spüren und fühlte einen Stich in meiner Brust. Ihre Begeisterung war so greifbar, dass ich mich einen Moment lang schuldig fühlte, weil ich diese Freude nicht teilen konnte.

«Es ist nicht so, dass ich anderen ihre Freude nicht gönne», sagte ich und sah zu Boden. Meine Hände hatte ich in den Taschen vergraben. «Für mich persönlich hat es nie diese Bedeutung gehabt.»

Ella nickte langsam. Ihr Lächeln wirkte verständnisvoll. Sie legte eine Hand auf meinen Arm und drückte leicht.

«Vielleicht liegt das Problem darin, dass du dir nicht genug Zeit nimmst», sagte sie und schaute mich prüfen an.

Ich hob eine Augenbraue und neigte meinen Kopf ein wenig zur Seite.

«Wie meinst du das?»

«Nun», fuhr sie fort. «Du hast so viel auf deiner Liste stehen. Kein Wunder, dass du keine Freude an Weihnachten findest.»

Ihre Worte hingen in der Luft, während ich einen Moment lang an meine Aufgabenliste dachte. Wahrscheinlich hatte sie Recht. Vielleicht lag der Schlüssel darin, meine Prioritäten neu zu ordnen. Ich nickte zögerlich. Ella schenkte mir einen mitfühlenden Blick.

Nachdem wir unsere Arbeit beendet hatten, lehnte ich mich zurück und schnaubte tief durch. Es war ein langer Tag gewesen, aber wir hatten viel erreicht. Ella legte die letzten Unterlagen beiseite und grinste zufrieden. In diesem Moment regte sich Grace auf dem Sofa und öffnete langsam die Augen. Sie blinzelte verschlafen und setzte sich auf.

«Daddy, ich habe einen Bären im Bauch», murmelte sie.

Ich stand auf und ging zu ihr hinüber. Sanft strich ich ihr über den Kopf und lächelte sie an.

«Na, meine Kleine, hast du gut geschlafen?»

Sie nickte und rieb sich die Augen.

«Wie wäre es, wenn wir unterwegs noch etwas zu essen mitnehmen?», schlug ich vor. Graces Augen leuchteten bei der Aussicht auf eine Mahlzeit auf. Ella trat zu uns und schmunzelte.

«Das klingt nach einem guten Plan», sagte sie. Dann wandte sie sich an mich. «Miles, ich möchte mich bei dir bedanken. Deine Hilfe bei der Präsentation war wirklich wertvoll.»

Ich erwiderte ihr Lächeln und streckte meine Hand aus. «Es war mir eine Freude, Ella.» Wir trafen uns in einem festen Händedruck. «Ich bin sicher, dass das Event ein großer Erfolg wird.»

Für einen Moment hielt sie meinen Blick fest, ihre Augen funkelten im matten Licht des Büros. Eine unerwartete Spannung lag in der Luft, als ob die Zeit für einen Augenblick stillstand.

«Ich hoffe, du findest in den nächsten Tagen etwas Zeit für dich und Grace», sagte sie. Ihre Stimme war wie ein warmer Hauch an einem kalten Wintertag.

«Das werde ich», versprach ich. Unsere Hände lösten sich langsam voneinander. Ihre Worte hallten noch etwas in mir nach. Grace zog an meinem Ärmel und erinnerte mich daran, dass es Zeit war zu gehen.

«Komm schon, Dad!»

Ich lachte leise und nahm ihre Hand.

«Wir sollten los», sagte ich zu Ella.

«Gute Nacht euch beiden», verabschiedete sie sich herzlich.

«Gute Nacht, Ella», antwortete ich.

Mit Grace an meiner Seite verließen wir die Konditorei und traten hinaus in die kalte Nachtluft. Die Weihnachtsbeleuchtung behelligte uns wieder mit ihrem fröhlichen Blinken, aber dieses Mal fühlte es sich weniger aufdringlich an. Fast so, als ob sie uns ein wenig von ihrer festlichen Wärme abgeben wollten. Wir schlenderten durch die Straßen und suchten ein Restaurant, indem wir etwas essen konnten, doch ich war nicht bei der Sache. Ich dachte über Ellas Worte nach. Vielleicht würde dieses Jahr tatsächlich anders werden. Vielleicht würde ich endlich lernen, Weihnachten aus einer neuen Perspektive zu sehen. Und während Grace neben mir herlief und fröhlich plapperte, wusste ich, dass dies der Anfang eines unvergesslichen Weihnachtsfestes sein könnte. Nicht nur wegen der Arbeit, sondern auch wegen der neuen Freundschaften, die entstanden waren. Plötzlich zog Grace an meinem Ärmel und zeigte auf einen kleinen Pizzaservice.

«Daddy, schau mal! Da gibt es Pizza!»

Ich lachte leise.

«Grace, wir haben doch erst gestern Pizza selbst gemacht.»

Sie setzte ihr bestes Hundeblick-Gesicht auf.

«Aber Dad, ich liebe Pizza! Und außerdem» Sie zögerte kurz, bevor sie hinzufügte: «… die sind so lecker. Mom erlaubt nie Pizza. Immer nur Gemüse.»

Ich konnte nicht anders, als zu schmunzeln. Es war schwer, ihrer Begeisterung zu widerstehen.

«Na gut», sagte ich. «Ein weiterer Abend mit Pizza kann nicht schaden.»

Graces Gesicht strahlte vor Freude und sie hüpfte vor Aufregung neben mir her, als wir den Pizzaladen betraten. Der Duft von Oregano und Basilikum erfüllte sofort die Luft und brachte meinen Magen zum Knurren.

Wir traten an den Tresen und wurden von einem freundlichen Mitarbeiter begrüßt.

«Guten Abend! Was darf es für Sie sein?»

«Wir hätten gerne zwei Pizzen zum Mitnehmen», sagte ich und sah zu Grace hinüber. «Welche möchtest du?»

«Eine Margherita!», rief sie begeistert.

«Und eine Salami für mich», fügte ich hinzu. Dann fiel mein Blick auf das Menü. Es befand sich direkt dahinter.

«Und könnten wir noch eine Portion scharfe Mozzarella Sticks dazu haben?»

Der Mitarbeiter nickte und notierte unsere Bestellung.

«Kommt sofort!»

Grace kletterte auf einen der hohen Hocker am Fenster und drückte ihre Nase gegen die Scheibe.

Ihre Augen folgten neugierig den vorbeigehenden Menschen draußen. Ihre Füße baumelten in der Luft, während sie mit einem Lächeln auf den Lippen die Szenerie beobachtete. Ich lehnte mich gegen den Tresen. Ich spürte das kühle Metall an meinem Rücken und ließ meine Gedanken treiben. Die Geräusche des Ladens. Das Klirren von Geschirr und das Summen leiser Gespräche vermischten sich zu einer beruhigenden Melodie. Es war nur ein einfacher Moment, aber er erfüllte mich mit Wärme und eine unerwartete Freude kam in mir hoch. Grace drehte sich zu mir um, ihr Gesicht strahlte vor Freude.

«Daddy, schau mal! Der Mann da hat einen riesigen Hund!», rief sie und zeigte auf einen Passanten mit einem zotteligen Bernhardiner. Ich lächelte und nickte.

«Ja, das ist ein großer Hund», antwortete ich und konnte nicht anders, als ihre Begeisterung zu teilen. Während ich Grace beobachtete, wie sie sich wieder dem Fenster zuwandte und weiter die Welt draußen erkundete, wurde mir klar, warum dieser Moment so besonders war. Es war nicht nur die einfache Tatsache des Wartens oder der Anblick der vorbeiziehenden Menschen. Es war die Freude in Graces Augen und die Unbeschwertheit ihres Lachens. Vielleicht lag es daran, dass ich diesen Moment mit meiner

Tochter teilte oder vielleicht auch daran, dass ich wusste, wie sehr sie diese kleinen Freuden des Lebens genoss. In diesem Augenblick fühlte sich alles genau richtig an. Nach einer Weile rief der Mitarbeiter unsere Nummer auf und ich holte die Pizzakartons sowie die Tüte mit den Mozzarella-sticks ab. Wir verabschiedeten uns freundlich und machten uns auf den Heimweg. Als wir durch die kalten Straßen gingen, hielt Grace meine Hand fest.

Kapitel 19
Ella

Der Sonntagmorgen war für mich immer etwas Besonderes. Es war der einzige Tag der Woche, an dem ich meistens nicht in der Konditorei arbeitete. Für mich war es ein kostbarer Moment der Entspannung und Selbstreflexion. Es war Anfang Dezember und die Schneeflocken rieselten immer wieder sanft vom Himmel herab. Ich zog meinen warmen Mantel an, wickelte einen Schal um meinen Hals und machte mich auf den Weg zu einem nahegelegenen Park in New York. Der Central Park war mein Lieblingsort zum Spazierengehen. Ich betrat den Park durch den Eingang an der 72nd Street. Während ich durch den Park schlenderte, ließ ich meine Seele baumeln und atmete die frische Morgenluft ein. Das kahle Geäst der Bäume streckte seine Krallen in den grauen Himmel. Der Weg führte mich an einem See vorbei. Meine Gedanken schweiften ab. Besonders ist

mir die Zusammenarbeit mit Miles im Gedächtnis geblieben. Ich war dankbar für seine Unterstützung. Andere Kunden hätten mir nachdem Fauxpas sicher den Auftrag entzogen. Ich musste an Grace denken. Ein Lächeln huschte über mein Gesicht. Ihre unbeschwerte Freude war ansteckend gewesen und es gab bestimmt kein Herz, was sie nicht berühren konnte. Ich bog nach links ab und folgte dem Weg zum Bethesda Terrace. Die majestätische Treppe führte hinunter zum Brunnen, wo Touristen Fotos machten und Straßenmusiker ihre Melodien spielten. Ihre Violinenklänge zogen mich in den Bann und ich lauschte der Musik. Meine Gedanken wanderten wieder zu Miles. Wie würde er den Tag mit Grace verbringen? Ich setzte meinen Spaziergang fort und erreichte das Conservatory Water. Kinder ließen kleine Segelboote auf dem Teich fahren, während ihre Eltern am Ufer zusahen. Es würde nicht mehr lange dauern, dann wäre dieser See beinahe zugefroren. Ich setzte mich auf eine Bank und beobachtete das Treiben um mich herum. In diesem Moment beschloss ich, dass es Zeit war, mehr für mich selbst zu tun. Mehr Zeit, für Freunde einzuräumen, aber auch für Familie und vielleicht sogar für neue Abenteuer außerhalb der Arbeit. Mit einem Lächeln auf den Lippen blieb ich noch eine Weile sitzen und genoss die friedliche Atmosphäre des Parks. Der Spaziergang hatte mir Klarheit über mein Leben gebracht und neue Energie gegeben. Ich wusste jetzt, dass ich einen besseren Ausgleich zwischen Arbeit und meiner Freizeit finden musste. Ein kalter Atem legte sich auf mein Gesicht. Ein Kaffee wäre jetzt genau das Richtige. Ich machte mich auf den Weg zu einem der kleinen Stände im Park. Sie verkauften, warme Getränke und Snacks. Der Duft von frisch gebrühtem Kaffee und Gewürzen stieg mit schon vom weiten in die Nase und ich bestellte einen Pumpkin Spice Latte. Die Wärme des Bechers breitete sich angenehm in meinen Händen aus und der süße, würzige Geschmack erinnerte mich an gemütliche Wintertage. Ich sah mich um. Paare spazierten Hand in Hand an mir vorbei, ihre Köpfe nah beieinander, vertieft in Gespräche oder einfach nur still nebeneinander hergehend. Ein leises Lächeln huschte über ihre Gesichter, als sie die Nähe des anderen genossen. Ich beobachtete eine Frau, die ihren Kopf an die Schulter ihres Partners lehnte, während sie langsam weitergingen. Ein Mann zog seine Freundin sanft näher zu sich, als ein kalter Windstoß aufkam. Sie lachte leise, dankbar für die Wärme seiner Umarmung. Ein Gefühl der Wehmut überkam mich plötzlich. Meine Schultern sanken leicht herab und ich spürte einen Kloß im Hals. Ich dachte an die unzähligen

Stunden, die ich in der Backstube verbrachte. Die langen Arbeitsstunden hatten meine Tage ausgefüllt und meine Abende leer gelassen. Während ich stolz auf das war, was ich erreicht hatte, spürte ich das Gewicht der Einsamkeit auf meinen Schultern. Es gab Momente wie diesen, in denen mir bewusst wurde, wie isoliert mein Leben manchmal war. Meine Gedanken wanderten zu meinen Eltern. Zu ihrer glücklichen Ehe, die immer ein Vorbild für mich gewesen war. Sie hatten eine besondere Verbindung zueinander. Nicht nur Partner im Leben, sondern auch beste Freunde. Ihre Liebe zueinander war stark genug gewesen, um alle Herausforderungen zu meistern, die das Leben ihnen stellte. Und dann waren da noch meine Großeltern. Sie hatten mehr als fünfzig Jahre zusammen verbracht und waren so verliebt wie am ersten Tag. Ihre Beziehung war ein Beweis dafür, dass wahre Liebe existierte und dass sie mit der Zeit nur stärker werden konnte. Ich seufzte leise und nahm einen weiteren Schluck von dem Kaffee. Die Schneeflocken tanzten weiterhin vom Himmel herab und legten sich sanft auf meine Schultern und Haare. Ich zog den Mantel enger um mich und setzte meinen Spaziergang fort. Ich versuchte, die Einsamkeit abzuschütteln. Vielleicht ist es an der Zeit, etwas zu ändern. Aber wie sollte ich das angehen? Die Konditorei nimmt so viel von meiner Zeit in Anspruch. Während ich weiterging, beschloss ich, zumindest einen kleinen Schritt zu machen. Ich würde Caleb und Emily fragen, ob sie Lust hätten, nach der Arbeit mal etwas zusammen zu unternehmen. Ein gemeinsames Abendessen oder ein Kinobesuch könnte ein Anfang sein. Mit diesem Entschluss fühlte ich mich ein wenig besser. Der Park füllte sich langsam mit mehr Menschen, die den Sonntagvormittag genauso genossen wie ich. Und obwohl ich immer noch allein bin, weiß ich jetzt zumindest, dass es Möglichkeiten gibt, diese Einsamkeit zu überwinden. Wenn auch nur Schritt für Schritt. Ich lief weiter und kam an der Eisbahn vorbei. Lächelnd beobachtete ich die zahlreichen Kinder und einige Erwachsene, die sich auf dem Eis vergnügten. Die fröhlichen Rufe und das Lachen erfüllten die Luft und für einen Moment vergaß ich meine Einsamkeit. Plötzlich hörte ich, dass jemand meinen Namen rief. Ich drehte mich suchend um und entdeckte Miles und Grace. Grace hüpfte lachend auf mich zu. Ihre Wangen waren von der Kälte gerötet. Ihr Fröhlichkeit war ansteckend und ich konnte nicht anders, als zurückzulächeln.

«Ella! Ella!», rief sie begeistert, während sie näherkam.

Miles folgte ihr kopfschüttelnd, aber auch er hatte ein amüsiertes Schmunzeln auf den Lippen.

«Hallo Ella», sagte er, als er bei uns ankam. «Was für eine Überraschung, dich hier zu sehen.»

«Hallo Miles, hallo Grace», antwortete ich und beugte mich ein Stück zu seiner Tochter hinunter. «Wie geht es euch?»

«Uns geht's gut», sagte Miles. «Wir haben beschlossen, den Morgen im Park zu verbringen. Grace wollte unbedingt Schlittschuh laufen.»

«Das klingt nach Spaß», sagte ich. «Ich habe mir vorhin einen Pumpkin Spice Latte geholt und genieße den Spaziergang.»

Grace strahlte mich an.

«Willst du mit uns Schlittschuh laufen? Es macht Spaß!»

Ich kicherte und strich mir nervös eine Haarsträhne aus dem Gesicht. «Oh, ich weiß nicht. Ich bin nicht geübt darin.»

«Ach was», sagte Miles ermutigend. «Es geht doch nur darum, Spaß zu haben.»

Ich zögerte einen Moment, dann nickte ich.

«Warum nicht? Es könnte lustig werden.»

Grace jubelte vor Freude und sie zog mich sofort in Richtung der Eisbahn. Miles folgte uns mit einem amüsierten Ausdruck im Gesicht. Wir liehen uns Schlittschuhe aus und schnallten sie an unsere Füße. Als ich das Eis betrat, wackelten meine Beine. Grace griff nach meiner Hand und umschlang sie fest mit ihrer. Dann führe sie mich auf die glatte Oberfläche. Mit jedem Schritt fand ich mehr Halt und bald glitten wir gemeinsam über das Eis. Unser Lachen hallte über die Eisbahn und vermischte sich mit dem fröhlichen Rufen anderer Schlittschuhläufer. Die Kälte, die sich eben noch in meine Wangen gebissen hatte, entwich einer wohligen Wärme. Nach einigen Runden machten wir eine Pause am Rand der Eisbahn. Grace setzte sich auf die Bank und erzählte begeistert von ihren Plänen für Weihnachten. Ihre Augen funkelten vor Aufregung, während sie von geschmückten Bäumen und Geschenken sprach. Ich lauschte ihr gespannt. Mein Herz wurde mit Zufriedenheit umhüllt. Miles stand neben mir. Er schaut sanft zu mir herunter. Die Einsamkeit, die mich jeden Tag begleitet hatte, schien plötzlich weit weg zu sein.

«Danke, dass du mitgemacht hast», flüsterte er.

«Danke euch», antwortete ich. «Das war genau das Richtige für heute Morgen.»

Nach unserer kurzen Pause am Rand der Eisbahn wagte ich mich wieder aufs Eis. Kaum hatte ich ein paar Schritte gemacht, gerieten meine Beine ins Wanken. Die Kufen schienen plötzlich ihren Halt zu verlieren und ich ruderte verzweifelt mit den Armen, um das Gleichgewicht zu halten.

«Vorsicht, Ella!», rief Miles und eilte herbei.

Doch als er versuchte, mich zu stützen, verlor auch er das Gleichgewicht. Wir rutschten beide aus und landeten hart auf dem Eis. Ich knallte direkt auf Miles.

«Oh nein!», rief ich erschrocken und war sofort besorgt um ihn. «Miles, tut dir etwas weh? Es tut mir so leid! Ich bin zu schwer.»

Keuchend rappelte ich mich auf die Knie und versuchte, von ihm herunterzukommen. «Ich habe doch zu viele Kilos auf den Rippen», betonte ich immer wieder peinlich berührt. Miles lag einen Moment lang da. Dann begann er laut zu lachen. Sein Gelächter hallte über die Eisbahn und zog interessierte Blicke auf uns. Schließlich richtete er sich auf und wischte sich eine Lachträne aus dem Augenwinkel.

«Ella, es ist alles in Ordnung», sagte er mit einem breiten Grinsen. «Du hast mich nicht verletzt.»

Sein Lachen war ansteckend und bald konnte auch ich nicht mehr anders, als mitzulachen. Wir halfen uns gegenseitig auf die Beine und standen wieder sicher auf dem Eis. In diesem Moment fühlte sich die Welt ein wenig leichter an. Er stand lachend auf und winkte ab.

«Mach dir keine Sorgen. So leicht bringst du mich nicht um.»

Ich konnte nicht anders, als ebenfalls zu lachen, obwohl meine Wangen vor Verlegenheit brannten.

«Bist du sicher?»

«Ganz sicher», bestätigte er mit einem breiten Grinsen. «Das war eher mein Fehler als deiner.»

Grace kam eilig herübergelaufen und sah uns mit großen Augen an.

«Alles okay?», fragte sie besorgt.

«Ja, alles gut», antwortete Miles beruhigend und legte eine Hand auf ihre Schulter. «Wir hatten nur einen kleinen Unfall.»

Grace kicherte und half mir dabei, wieder ganz auf die Beine zu kommen.

«Ihr seid lustig», sagte sie fröhlich.

«Lustig oder tollpatschig?», fragte ich scherzhaft und strich mir eine Haarsträhne aus dem Gesicht.

«Vielleicht beides», antwortete Miles augenzwinkernd.

Nachdem wir uns von unserem Sturz erholt hatten, blieben wir eine Weile auf der Eisbahn. Ich versuchte mich wieder an das Gefühl des Gleitens zu gewöhnen und konzentrierte mich darauf, mein Gleichgewicht zu halten. Miles blieb in meiner Nähe, bereit, mir zu helfen, falls ich erneut ins Wanken geraten sollte. Während wir langsam über das Eis glitten, bemerkte ich, wie Miles mich ansah. Sein Blick war sanft und voller Zuneigung und ich konnte nicht anders, als leicht zu erröten.

Mein Herz schlug ein wenig schneller und ich spürte ein zaghaftes, leichtes Gefühl in meiner Brust aufsteigen. Etwas zwischen Aufregung und Unsicherheit.

«Du machst das wirklich gut», sagte er mit einem Lächeln.

«Danke», murmelte ich verlegen und versuchte, meinen Blick auf das Eis vor mir zu richten. «Ich habe Angst, dass ich wieder stürze.»

«Keine Sorge», beruhigte er mich. «Ich bin hier, um dich aufzufangen.»

Seine Worte erweckten die Schmetterlinge in meinem Bauch und ich konnte ein kleines Lächeln nicht unterdrücken. Es war lange her, dass jemand so aufmerksam und fürsorglich zu mir gewesen war. Grace fuhr fröhlich um uns herum und lachte dabei laut. Ihre Freude war ansteckend und half mir dabei, meine Nervosität ein wenig abzulegen. Ich entspannte mich immer mehr und versuchte die Zeit, auf dem Eis zu genießen.

«Weißt du», flüsterte Miles nach einer Weile, «ich bin froh, dass wir dich heute getroffen haben.»

Ich sah ihn überrascht an. «Wirklich?»

Er nickte und schaute mich ernst an. «Ja. Es ist schön, Zeit mit dir zu verbringen.»

Mein Herz machte einen kleinen Sprung bei seinen Worten und ich fühlte mich plötzlich glücklich.

«Mir geht es genauso», gestand ich leise.

Wir fuhren eine Weile nebeneinanderher, jeder in seine eigenen Gedanken vertieft. Doch die Stille war nicht unangenehm. Im Gegenteil, sie fühlte sich vertraut und beruhigend an. Schließlich beschloss Grace, dass sie genug vom Schlittschuhlaufen hatte und zog uns beide zum Rand der Eisbahn zurück. Wir zogen unsere Schlittschuhe aus und setzten uns auf eine nahegelegene Bank. Während wir unsere normalen Schuhe wieder anzogen, spürte ich immer noch dieses leichte Kribbeln in meiner Brust. Ein Gefühl von Glück, das mich ummantelte.

Kapitel 20
Miles

Es war Zeit für Grace und mich, uns von Ella zu verabschieden. Der Tag war wie im Flug vergangen und ich hatte jede Minute davon genossen.

«Es war schön heute», sagte ich zu Ella und lächelte sie an. «Danke, dass du mit uns Schlittschuh gelaufen bist.»

Ella erwiderte mein Lächeln höflich. «Danke. Es hat Spaß gemacht.»

Grace sah zwischen uns hin und her.

«Wann sehen wir dich wieder, Ella?», fragte sie dann mit ihrer typischen kindlichen Unschuld.

Ella trat von einem Fuß auf den anderen und ihre Augen schauten umher, als ob sie die richtigen Worte in der Luft finden könnte.

«Ähm, na ja. Ich weiß nicht genau», murmelte sie. Ihr Zögern hing in der Luft wie ein unausgesprochenes Geheimnis. In mir breitete sich eine

angenehme Zuneigung aus, die meine Brust erfüllte und mein Herz schneller schlagen ließ. Ein
Lächeln stahl sich auf mein Gesicht, ohne dass ich
es verhindern konnte. Es war mehr als nur Freude.
Es war ein tiefes, unerklärliches Gefühl, das mich
durchströmte und mich gleichzeitig verwirrte.
Trotzdem machte es mich glücklich.

«Ich möchte dich gerne wieder treffen. Hast du
nächste Woche Zeit?», schlug ich vor, bevor ich es
mir anders überlegen konnte. «Ich möchte dich
gerne auf einen Kaffee einladen. Hast du Lust?»

Ella sah mich überrascht an, aber dann huschte
ein kleines Lächeln über ihr Gesicht. «Das klingt
gut», flüsterte sie.

Grace jubelte vor Freude und klatschte in die
Hände. «Juhu! Ich freue mich schon!»

Ich lachte über ihre Begeisterung und sah dann
wieder zu Ella.

«Dann ist es abgemacht», sprach ich sanft.

Wir verabschiedeten uns voneinander und
machten uns auf den Heimweg. Während ich mit
Grace durch den Park ging, konnte ich nicht
aufhören, an Ella zu denken. An ihr Lachen, ihre
Unsicherheit auf dem Eis und die Art, wie sie
meine Hand gehalten hatte. Dieses warme Gefühl
ließ mich nicht los. Es war seltsam vertraut und
doch völlig neu für mich. Ich versuchte, es zu

analysieren, aber je mehr ich darüber nachdachte, desto weniger verstand ich es.

«Daddy?», riss mich Graces Stimme aus meinen Gedanken.

«Ja, Prinzessin?», antwortete ich und sah sie an.

«Magst du Ella?», fragte sie unverblümt.

Ich zögerte einen Moment und grinste in mich hinein.

«Ja, Grace. Ich mag Ella sehr.»

Sie nickte zufrieden und nahm meine Hand. «Ich auch.»

Während wir weitergingen, wurde mir klar, dass dieses warme Gefühl gar nicht so kompliziert war. Vielleicht bin ich einfach nur glücklich. Glücklich darüber, jemanden Besonderen getroffen zu haben.

Es war Montagmorgen, der Tag, an dem das Winters Delight sein Konzept vorstellte. Nur der Gedanke daran ließ meinen Hals anschwellen. Diese Präsentation war völlig unnötig. Ich hatte das Menü mit Ella sorgfältig zusammengestellt und war mir sicher, dass es den Geschmack aller treffen würde. Aber da die Harrington Group ein Großkonzern war, musste jeder Staubkrümel unzählige Genehmigungsschleifen durchwandern. Ich stand vor dem Spiegel und kämpfte mit der Krawatte, die sich wie eine Schlange in meinen

Händen windete. Die Uhr tickte unerbittlich weiter, während ich den Stoff um meinen Hals schlang und versuchte, einen ordentlichen Knoten zu binden. Vor meinem inneren Auge tauchten die Gesichter der Vorstandsmitglieder auf – graue Haare, ernste Mienen und steife Anzüge. Sie legten großen Wert auf solche Formalitäten. Die Krawatte schnürte mir die Kehle zu und ich zog sie ein wenig lockerer, um Luft zu bekommen. Ein leises Seufzen entwich meinen Lippen. Ich fühlte mich verkleidet, aber der Aufzug war ein notwendiges Übel in der Welt der alten Männer mit ihren starren Regeln.

«Daddy, warum brauchst du heute so lange?», rief Grace aus dem Flur heraus. Sie wartete mit ihrer gepackten Schultasche und schaute ungeduldig in mein Zimmer.

«Tut mir leid», antwortete ich und band die Krawatte nochmal neu. «Ich bin gleich fertig.»

Grace verschränkte die Arme und schnaubte. Unweigerlich musste ich schmunzeln. Grace erinnerte mich in dem Moment so stark an ihre Mutter.

«Du weißt doch, dass ich pünktlich sein muss.»

Ich nickte und beeilte mich, meine Sachen zusammenzuraffen.

«Ich weiß, Grace. Wir gehen sofort los.»

Als wir das Haus verließen und uns auf den Weg zur Schule machten, herrschte eine angespannte Stille zwischen uns. Normalerweise hätte ich versucht, sie mit einem Gespräch abzulenken oder aufzuheitern, aber heute Morgen war ich selbst zu sehr in Gedanken versunken. Nachdem ich Grace an der Schule abgesetzt hatte, machte ich mich auf den Weg ins Büro. Die Gedanken an die bevorstehende Präsentation ließen mich nicht los. Es war wichtig, einen guten Eindruck beim Vorstand zu hinterlassen. Nicht nur wegen des Menüs, sondern auch meine Position im Unternehmen, hing davon ab. Im Büro angekommen, ließ ich mich in meinen Stuhl fallen und startete meinen Computer. Während der Bildschirm hochfuhr, nahm ich einen tiefen Atemzug und versuchte, meine Gedanken zu ordnen. Die E-Mails hatten sich über das Wochenende angesammelt. Eine endlose Liste von Nachrichten blinkte auf meinem Bildschirm auf. Ich ging sie systematisch durch und beantwortete dringende Anfragen. Eine E-Mail von meinem Vater stach speziell hervor: «Erinnerung: Präsentation Winters Delight um 14 Uhr.» Ich verdrehte die Augen und markierte die Nachricht als gelesen. Dann gab es da eine Anfrage von der Marketingabteilung bezüglich der Weihnachtskampagne. Sie wollten wissen, ob sie einige der Menübilder für ihre Social-Media-Posts verwenden könnten. Ich antwortete mit einer Zustimmung. Ansonsten beantwortete ich einige Fragen meiner Mitarbeiter. Ich dachte an Ella. Sie war bestimmt aufgeregt. Sie wirkte bei den Vorbereitungen schon so wahnsinnig nervös. Wahrscheinlich regte sie sich über diese unnötige Präsentation auf. Ich wusste, dass ihr Kalender vor Aufgaben explodierte, genauso wie meiner. Am Samstag hatte ich in einem unbeobachteten Moment ein Blick auf ihren geöffneten Kalender geworfen. Überall waren bunte Einträge und rote Ausrufezeichen vermerkt. In meinem Unternehmen ging es ab dem zweiten Advent gemächlicher zu. Ab dann fanden kaum noch Meetings statt. Die meisten meiner Mitarbeiter hatten am zwanzigsten Dezember ihren letzten Arbeitstag, bevor sie in ihre Weihnachtsferien verschwanden. Ich nahm mir keine Auszeit. Wenn ich darüber nachdachte, wusste ich nicht mal, wann ich zuletzt Urlaub gemacht hatte oder weggefahren bin. Ein Anruf riss mich aus meinen Gedanken.

«Hallo?», fragte ich, als ich das Handy zur Hand nahm.

«Hey Miles, hier ist Juliana», ertönte die Stimme meiner Ex-Frau. Verwirrt schaute ich auf das Display. Hatte sie eine neue Handynummer?

«Was gibt's? Grace ist in der Schule», erwiderte ich.

«Das will ich auch hoffen», murmelte sie. Ich schnaubte. «Hör zu. Mein Job hier geht ein wenig länger und ich muss einige weitere Tage in Los Angeles bleiben. Grace muss noch ein bisschen bei dir bleiben», sagte sie eine Spur lauter. Ich schaute auf meinen Kalender und verfluchte mich dafür sofort wieder.

«Oh, okay. Das ist kein Problem. Aber du hast ihr nur für drei Tage Kleidung gegeben», äußerte ich.

«Ja, ich weiß. Es war alles nicht so geplant. Meine Schwester geht später ins Haus und packt ein paar weitere Klamotten für Grace zusammen. Du kannst die Tasche dann heute Abend bei ihr abholen. Bekommst du das hin?», erwiderte sie. Im Hintergrund konnte ich ein männliches Flüstern hören.

«Wer ist da bei dir?», platze es aus mir raus. Ich kniff die Augen zusammen. Streng genommen ging es mich gar nichts mehr an, mit wem sie ihre Zeit verbrachte.

«Ein Kollege», erwiderte sie nach kurzem Zögern. «Also, bekommst du das hin, dich ein wenig länger um deine Tochter zu kümmern?», wollte sie wissen.

«Selbstverständlich», antwortete ich und machte mir ein paar Notizen, welche Termine ich in den kommenden Tagen um die Mittagszeit herum verschieben musste, um Grace von der Schule abzuholen. Wie ich die Nachmittags- und Abendtermine organisieren sollte, war mir schleierhaft. Grace konnte nicht an der Kinderbetreuung der Harrington Group teilnehmen. Dafür war sie definitiv zu alt.

«Ausgezeichnet. Freut mich. Danke, Miles. Ich muss jetzt weitermachen. Bis dann», sagte sie und legte auf, ohne meine Antwort abzuwarten. Das monotone Piepen hallte in den Ohren nach. Ich ließ das Handy langsam sinken und starrte auf den Bildschirm. Die Nummer war noch immer sichtbar. Mit einem leisen Seufzen speicherte ich sie ab. Sollte meine Exfrau eine neue Telefonverbindung haben, musste ich sie griffbereit haben, schließlich waren wir Graces Eltern. Das Display erlosch und spiegelte mein nachdenkliches Gesicht wider. Die Stille im Raum schien mit einem Mal lauter zu werden, während ich das Handy in meine Tasche gleiten ließ.

Kapitel 21
Ella

Der Himmel war in einen dunklen Schleier gehüllt, als ich in der Konditorei ankam. Die Stille des frühen Morgens wurde nur durch das leise Summen der Küchengeräte und das sanfte Knistern des Ofens unterbrochen. Ich hatte schon seit Stunden Plätzchen gebacken und der süßliche Duft von Vanille und Zimt erfüllte die Luft. Nachdem ich die letzten Bleche aus dem Ofen geholt und zum Abkühlen auf die Gitter gelegt hatte, wischte ich mir den Schweiß von der Stirn. Es war ein anstrengender Morgen gewesen, aber ich war zufrieden mit meiner Arbeit. Die Plätzchen sahen perfekt aus. Goldbraun und gleichmäßig gebacken. Ich ging in mein Büro im hinteren Teil der Konditorei, wo ich meine Kleidung für die Präsentation aufgehängt hatte. Es war ein wichtiger Tag. Ich würde mein Dessert-Menü für die Harrington Group präsentieren. Das

war die große Chance für mich und meine Konditorei. Ich musste einen positiven Eindruck hinterlassen. Ich zog meine Arbeitskleidung aus und schlüpfte in das elegante Outfit, das ich sorgfältig ausgewählt hatte. Ein cremefarbener Blazer, eine passende Hose und eine schlichte Bluse. Professionell, aber dennoch bequem. Ich nahm meine Tasche und ging zur Toilette. Im Spiegel betrachtete ich mein Gesicht. Meine Haare waren vom Backen etwas zerzaust, also griff ich nach meiner Bürste und begann, sie zu kämmen. Ich band sie zu einem ordentlichen Dutt zusammen. Praktisch und dennoch stilvoll. Dann trug ich dezentes Make-up auf. Ein Hauch Concealer, etwas Rouge auf den Wangen und einen dezenten Lidschatten in warmen Tönen. Ein wenig Mascara betonte meine Augen, ohne zu übertreiben. Zum Schluss legte ich einen zarten Lippenstift auf. Nichts Auffälliges, nur ein Hauch von Farbe. Ich nahm mein Parfüm aus der Tasche. Ein leichter, blumiger Duft. Ich sprühte es sparsam auf die Handgelenke und hinter die Ohren. Als ich fertig war, trat ich einen Schritt zurück und betrachtete mich erneut im Spiegel. Mit einem tiefen Atemzug verließ ich die Toilette und ging zurück in mein Büro. Dort überprüfte ich alle Unterlagen für die Präsentation. Die Speisekarten mit den detaillierten Beschreibungen meiner Desserts, einige Fotos der fertigen Kreationen und die Proben. Ich packte alles zusammen und machte mich auf den Weg zur Harrington Group. Während ich durch die Straßen fuhr, versuchte ich meine Nervosität zu unterdrücken.

«Ella, du packst das. Du lässt dich von diesen Zombies in Schlips und Anzug nicht unterkriegen!», sagte ich zu mir. Ich wollte es nicht vermasseln, denn es war eine große Gelegenheit für mich, aber auch eine Herausforderung. Der prunkvolle Bürokomplex der Harrington Group türmte sich schon von Weitem vor mir auf. Ich lenkte den Wagen in eine Parklücke am Straßenrand ein und stellte den Motor ab. Einen Moment lang blieb ich sitzen und ließ meinen Blick über den Gebäudekomplex schweifen. Die schlanken Linien des modernen Designs zogen sich in die Höhe, als wollten sie den Himmel berühren. Das Gebäude strahlte eine kühle Eleganz und unerschütterliche Macht aus. Ein Monument des Erfolgs. Und ein Monument von unterkühlten grauhaarigen Männern. Mit einem letzten Blick auf den Gebäudekomplex griff ich nach meiner Tasche und stieg aus dem Auto aus. Der kalte Morgenwind wehte mir ins Gesicht. Meine Kehle schnürte sich zu. All den Mut, den ich mir zugesprochen hatte, verpuffte.

«Du schaffst das», murmelte ich, doch meine Stimme klang brüchig und wenig überzeugend. Während ich auf den imposanten Gebäudekomplex zulief, spürte ich, wie meine Hände feucht wurden und mein Herz gegen meine Rippen hämmerte. Mit jedem Schritt schien der Boden unter meinen Füßen nachzugeben. Meine Gedanken kreisten unkontrolliert. Bilder von misslungenen Präsentationen und kritischen Blicken blitzten vor meinem inneren Auge auf. Die Vorstellung, in einem Raum voller Geschäftsleute zu stehen und mein Menü zu präsentieren, jagte mir einen kalten Schauer über den Rücken. Ich zwang mich dazu, ruhiger zu atmen. Einatmen, ausatmen. Die Brust hob und senkte sich in einem gleichmäßigen Rhythmus. Mit jedem tiefen Atemzug fühlte ich ein wenig mehr Ruhe zurückkehren. Ich richtete meinen Blick fest auf die glänzenden Glastüren des Eingangsportals und setzte meinen Weg fort, entschlossen, diese Herausforderung anzunehmen. Doch je näher ich dem Eingang kam, desto mehr spannten sich meine Muskeln an. Es war, als müsste ich ein Löwenmaul betreten, das nur darauf warte, mich zu fressen. Wieder verließ mich der ganze Mut. Meine Hände zitterten und Schweißperlen bildeten sich auf meiner Stirn. Selbst der Winterwind konnte sie nicht herunterkühlen.

«Du schaffst das», murmelte ich erneut. «Du hast hart gearbeitet und bist perfekt vorbereitet.»

Doch die Selbstzweifel ließen sich nicht abschütteln. Was, wenn etwas schiefging? Was, wenn sie meine Desserts nicht mochten? Was, wenn ich während der Präsentation den Faden verlor oder stotterte? Ich zwang mich dazu, an all die positiven Rückmeldungen zu denken, die ich bisher erhalten hatte. Meine Kunden liebten meine Kreationen und ich hatte viel Zeit und Mühe in die Vorbereitung dieser Präsentation gesteckt. Das musste doch zählen. Ich betrat den Eingang und wurde von der stickigen Luft des Foyers empfangen.

Die Empfangsdame lächelte mich freundlich an.

«Guten Morgen! Sie müssen Ella Jennings sein.»

«Ja», antwortete ich mit einem nervösen Lächeln. «Ich habe heute eine Präsentation.»

«Natürlich», sagte sie und deutete auf den Aufzug. «Der Konferenzraum befindet sich im dritten Stock. Gehen Sie zu Raum 326.»

Ich bedankte mich bei ihr und tapste zum Aufzug. Während sich die Türen hinter mir schlossen und ich nach oben fuhr, versuchte ich erneut tief durchzuatmen und meine Gedanken zu ordnen. Dies war ein entscheidender Moment für mich und meine Konditorei. Ich musste an mich glauben und darauf vertrauen, dass alles reibungslos laufen wird. Als der Aufzug im dritten

Stock anhielt und die Türen sich öffneten, trat ich hinaus in den Flur. Mit festen Schritten ging ich auf den Konferenzraum zu. Es erleichterte mich, zu sehen, dass ich etwas Zeit hatte, um alles vorzubereiten. Der Raum war groß und hell. In der Mitte des Raumes stand ein langer Tisch. Um ihn herum waren Stühle verteilt. An den Wänden hingen moderne Kunstwerke. Ich pfiff kurz auf, die mussten eine Menge Geld gekostet haben. Ich stellte meine Tasche auf einen der Stühle und huschte zur Toilette. Das kalte Wasser lief erfrischend über meine Hände und ich spürte, wie die Anspannung langsam nachließ. Nachdem ich meine Hände abgetrocknet hatte, kehrte ich in den Konferenzraum zurück. Ich arrangierte die Desserts auf einem Tablett. Je mehr ich mich aufs Dekorieren konzentrierte, desto größer wurde mein Selbstvertrauen. Die Bratapfeltortenstücke schimmerten in einem warmen Goldton und gaben einen schönen Kontrast zum dunklen Rot der Winterbeeren Tartelette. Dann legte ich die Orangeneclairs daneben. Zum Schluss stellte ich die Gewürzkuchen-Würfel, die Schneeflockenplätzchen und Pfeffernuss-Makronen in eine Reihe auf. Die Palette sah zum Anbeißen aus und ich war zufrieden mit meinem Werk. Nachdem alle Desserts ansprechend platziert waren, ging ich noch einmal meine

Unterlagen durch. Die Menükarten mit den detaillierten Beschreibungen lagen ordentlich gestapelt bereit. Ich überprüfte die Fotos der fertigen Kreationen. Sie sahen genauso verlockend aus wie in echt. Ich hatte zehn Minuten Zeit, bis das Meeting beginnen sollte. Ich setzte mich an den Tisch und atmete tief durch. Die letzten Minuten vor einer wichtigen Präsentation waren immer die schwierigsten für mich. Die Wartezeit ließ meine Gedanken oft ins Unermessliche schweifen. Die Gedanken nagten an meinem Selbstvertrauen und ließen mein Herz schneller schlagen. Doch dann sah ich vor meinem inneren Auge die strahlenden Gesichter meiner Kunden, die Freude in ihren Augen, wenn sie in eines meiner Desserts bissen. Ich atmete tief durch und erinnerte mich daran, warum ich hier war. Die Liebe zum Detail, das Streben nach Perfektion und der Wunsch, Menschen mit meinen Kreationen glücklich zu machen. Das war es, was mich antrieb. Mit neuer Entschlossenheit stand ich auf und ging noch einmal um den Tisch herum. Meine Augen prüften jedes Detail, jede Anordnung der Gebäckstücke. Die Desserttablets glänzten im Licht des Raumes und verbreiteten einen verlockenden Duft von Vanille und Schokolade. Ich strich eine letzte unsichtbare Falte in der Tischdecke glatt. Alles sah perfekt aus.

Die Stille des Raumes war fast greifbar, nur das leise Summen der Klimaanlage durchbrach sie. Ich versuchte, den Sturm in meinem Inneren zu beruhigen. Ich ging zum Fenster. Der Blick auf die Stadt beruhigte mich ein wenig. Die Menschen unten gingen ihrem Alltag nach und Autos fuhren an der Harrington Group vorbei. Das Leben ging weiter, egal was hier oben im Konferenzraum passieren würde. Mit einem letzten tiefen Atemzug schloss ich kurz die Augen und stellte mir vor, dass alles reibungslos verlief. Die Geschäftsleute waren begeistert von meinen Desserts und gaben positive Rückmeldungen. Als ich die Augen wieder öffnete, war ich ein wenig entspannter. Das war meine Chance. Eine Möglichkeit zu zeigen, was in mir steckte.

Kapitel 22
Miles

Ein letzter Blick auf die Uhr verriet mir, dass es Zeit war, zum Konferenzraum zu gehen. Ich zog die Anzugjacke an und nahm einen letzten Schluck von meinem Wasser. Dann verließ ich das Büro und machte mich auf den Weg zum Aufzug. Während er nach unten in den dritten Stock fuhr, ging ich im Kopf noch einmal die Tagesordnung durch. Die Präsentation von Ella war ein entscheidender Punkt. Als die Türen sich öffneten, trat ich hinaus in den Flur und schlenderte zu den Konferenzräumen. Die Tür zu Ellas Präsentation stand offen. Ich blieb kurz stehen und musterte sie. Ella sah anders aus als sonst. Normalerweise sah ich sie nur in Jeans und einem T-Shirt. Heute trug sie ein elegantes Business-Outfit. Es faszinierte mich, wie sehr sich ihr Erscheinungsbild verändert hatte. Trotz der formellen Kleidung strahlte sie immer noch diese natürliche Schönheit aus. Sie war

mir schon beim ersten Treffen aufgefallen. Ella bemerkte mich nicht, also klopfte ich leise mit den Fingerknöcheln an den Türrahmen. Sie zuckte zusammen und drehte sich abrupt um. Ihre Augen weiteten sich überrascht.

«Oh! Miles», rief sie und legte eine Hand auf ihre Brust. «Du hast mich erschreckt.»

Ich hob beschwichtigend die Hände und lächelte.

«Entschuldige, das war nicht meine Absicht.»

Sie atmete tief durch, ihre Schultern sanken wieder und ein leichtes Schmunzeln huschte über ihr Gesicht.

«Schon gut. Ich war nur so in meine Gedanken vertieft.»

«Das kann ich verstehen», sagte ich und trat näher heran. «Alles bereit für die Präsentation?»

Ella nickte und versuchte dabei, ihre Nervosität zu verbergen. «Ja, alles ist vorbereitet.»

Ich ließ meinen Blick über die Desserttablets schweifen und kam aus dem Staunen nicht mehr heraus. Ella hatte in jedes Gebäckstück viel Sorgfalt und Kreativität fließen lassen.

«Das sieht fantastisch aus», sagte ich. «Ich bin sicher, dass alle begeistert sein werden.»

Ihre Gesichtszüge entspannten sich ein bisschen.

«Danke, das bedeutet mir viel.»

Um ihr die Aufregung zu nehmen, entschied ich mich für etwas Smalltalk.

«Weißt du», sprach ich lächelnd, «Ich habe gestern mit Grace versucht, selbst etwas zu backen. Es endete in einer Katastrophe.»

Ella kicherte und schüttelte den Kopf.

«Was hast du gebacken?»

«Einen einfachen Schokoladenkuchen», gab ich zu und hob die Hände in einer Geste der Kapitulation. «Aber irgendwie habe ich es geschafft, ihn sowohl zu verbrennen als auch roh zu lassen. Die Beschreibung, dass er easy zuzubereiten ist, war eine Lüge.»

Sie lachte herzhaft bei dieser Vorstellung und ihre Anspannung schien ein wenig nachzulassen.

«Vielleicht solltest du das lieber mir überlassen», neckte sie mich.

«Das werde ich definitiv tun», stimmte ich grinsend zu. «Ich glaube nicht, dass meine Küche einen weiteren Versuch überleben würde.»

Ella lachte kopfschüttelnd.

«Ich hoffe, dass ich den Vorstand heute überzeugen kann. Ich muss bald mit der Planung beginnen.»

Sie schaute mich besorgt an und sie biss sich leicht auf die Unterlippe. Ich konnte die Spannung in der Luft förmlich spüren und wollte ihr Mut machen.

«Ella», sagte ich ernsthaft und hielt ihren Blick fest, «du hast mich längst überzeugt. Deine Arbeit ist herausragend. Jetzt musst du nur den Vorstand überzeugen.»

Ein dezentes Lächeln huschte über ihr Gesicht, doch ihre Hände zitterten leicht, als sie sie ineinander verschränkte. «Danke.»

In diesem Moment öffnete sich die Tür des Konferenzraums und die ersten Vorstandsmitglieder traten ein. Ich trat einen Schritt zurück und gab Ella ein ermutigendes Nicken.

«Du schaffst das», flüsterte ich ihr zu.

Sie atmete tief durch, ihre Schultern strafften sich und sie nickte entschlossen.

Kapitel 23
Ella

Wie ich es mir vorgestellt hatte, waren die meisten von ihnen wirklich alte Herren im Anzug. Ich atmete tief durch und versuchte, meine Nervosität zu unterdrücken. Mit einem Lächeln begrüßte ich jeden Einzelnen von ihnen herzlich, aber professionell.

«Guten Morgen», sprach ich mit fester Stimme. «Vielen Dank, dass Sie sich die Zeit genommen haben, heute hier zu sein.»

Die Mitglieder nickten mir steif zu und nahmen ihre Plätze ein. Ich warf einen kurzen Blick zu Miles. Als er mir ein Zeichen gab, wusste ich, dass es Zeit war, anzufangen. Ich trat vor die Gruppe und begann meine Präsentation.

«Mein Name ist Ella Jennings und ich bin die Inhaberin vom Winters Delight, einer kleinen Konditorei im Herzen der Stadt.»

Während ich über mein Geschäft sprach, löste sich die Anspannung und mein Atem beruhigte sich.

«Winters Delight ist nicht nur eine Konditorei. Es ist ein Ort der Kreativität und Leidenschaft. Wir legen großen Wert auf Qualität und verwenden nur die besten Zutaten für unsere Kreationen.»

Ich hielt kurz inne, ließ meinen Blick über die Gesichter der Vorstandsmitglieder schweifen und bemerkte das aufmerksame Interesse in ihren Augen. «Für mich ist Winters Delight mehr als nur ein Geschäft. Es ist die Verwirklichung eines Traums den ich, seit meiner Kindheit hege.»

Meine Stimme klang fester. Ich fühlte, wie Mut meine Brust durchströmte.

«Als kleines Mädchen verbrachte ich Stunden in der Küche meiner Grandma. Ich erinnere mich, wie sie mir zeigte, den Teig zu kneten, Schokolade zu temperieren und Kuchen zu dekorieren. Diese Momente weckten in mir eine tiefe Liebe zum Backen.» Ein Lächeln huschte über mein Gesicht bei der Erinnerung an diese kostbaren Zeiten. «Meine Großmutter sagte immer: ‹Ella, beim Backen geht es nicht nur um Rezepte oder Zutaten. Es geht darum, Liebe in jedes Stück zu stecken›. Und genau das tue ich im Winters Delight.»

Die Erinnerungen an die Küche meiner Großmutter schienen lebendig zu werden. Der Duft
von frisch gebackenem Brot füllte meine Gedanken und die Wärme ihrer Umarmung schien mich
noch immer zu umhüllen. Ich sah in die Runde.
Die alten Herren nickten mir zu und schenkten
mir zufriedene Blicke. Das gab mir mehr Selbstvertrauen.

«Jedes Mal, wenn ich einen neuen Kuchen oder
ein neues Gebäckstück kreiere», fuhr ich fort,
«denke ich daran, wie glücklich es jemanden machen wird. Es gibt nichts Schöneres für mich, als
das Lächeln eines Kunden zu sehen, wenn er in
meiner Kreationen beißt.»

Ich erzählte ihnen von den Herausforderungen
des Geschäfts. Den langen Arbeitsstunden, den
frühen Morgenstunden, den unzähligen Versuchen und Fehlern, die ich gemacht habe.

«Es lief nicht immer reibungslos», gestand ich
offen. «Aber jede Schwierigkeit hat mich stärker
gemacht und mir geholfen, meinen Traum zu ver-
wirklichen. Winters Delight steht für mehr als nur
köstliche Leckereien», erklärte ich weiter. «Es
steht für Gemeinschaft und Freude. Unsere Kunden kommen nicht nur wegen des Essens, sondern auch, wegen des Erlebnisses. Wir schaffen einen Ort der Wärme und des Willkommenseins.»

Ich hielt kurz inne und sah in die erwartungsvollen Gesichter der Vorstandsmitglieder.

«Der Grund, warum ich heute hier bin», sagte ich abschließend mit einer leicht euphorischen Stimme, «ist, dass ich Ihnen zeigen möchte, dass das Winters Delight am besten dafür geeignet ist, Ihre Firmenweihnachtsfeier unvergesslich zu machen.»

Einige Augenbrauen der Mitglieder hoben sich erwartungsvoll. Die Stille im Raum fühlte sich endlos an.

Schließlich ergriff der Vorsitzende das Wort.

«Vielen Dank für Ihre bewegenden Worte, Ms. Jennings», sagte er mit einem freundlichen Lächeln. «Ihre Leidenschaft ist deutlich spürbar.»

Die anderen Mitglieder nickten zustimmend. «Wir würden gerne mehr darüber erfahren, wie Sie sich die Umsetzung unserer Weihnachtsfeier vorstellen.»

«Natürlich», antwortete ich schmunzelnd.

Ich atmete tief durch und trat näher an den Tisch heran, auf dem die Desserts standen. Die Vorstandsmitglieder beugten sich neugierig vor, um einen besseren Blick erhaschen zu können.

«Lassen Sie mich Ihnen das Menü vorstellen, das ich für Ihre Weihnachtsfeier geplant habe», sprach ich mit einem Lächeln. «Jedes dieser Stücke ist sorgfältig ausgewählt und mit viel Liebe zum Detail kreiert worden.»

Ich deutete auf ein Tablett mit den kleinen, kunstvoll verzierten Törtchen. «Das hier sind unsere Winterbeeren Tartelette. Der knusprige Mürbeteigboden ist mit einer samtigen Vanillecreme gefüllt und gekrönt von einer Mischung aus frischen Beeren der Saison, bestehend aus Himbeeren, Blaubeeren und Johannisbeeren. Ein Hauch von Zimt und Muskatnuss verleiht ihnen eine festliche Note.»

Die Vorstandsmitglieder nickten anerkennend, während ich zum nächsten Tablett überging.

«Direkt daneben steht unsere Bartapfeltorte. Die Füllung aus Äpfeln, Rosinen und Zimt sind ein Gaumenschmaus für ihre Gäste», sagte ich und fuhr mit der nächsten Köstlichkeit fort.

«Hier haben wir unsere Lebkuchen Macarons», fuhr ich fort. «Diese Macarons sind eine spezielle Kreation von mir. Die Schalen sind mit Lebkuchengewürzen aromatisiert und die Füllung besteht aus einer zarten Zimt-Buttercreme. Sie sind leicht und dennoch voller Geschmack. Perfekt für die Weihnachtszeit.»

Ich sah, wie einige der Mitglieder sich Notizen machten. Was das zu bedeuten hatte, konnte ich nicht beurteilen.

«Und das hier», sagte ich und zeigte auf ein weiteres Tablett, «sind unsere Schokoladen-Eclairs mit Orangenfüllung. Der Brandteig ist luftig und leicht, gefüllt mit einer reichhaltigen Schokoladen-Orangen-Creme und glasiert mit dunkler Schokolade. Die Kombination aus Schokolade und Orange bringt eine wunderbare Balance zwischen Süße und Frische.»

Ich schaute in die Runde und bemerkte zustimmendes Nicken.

«Diese kleinen Kunstwerke hier», fuhr ich fort und deutete auf ein Tablett mit winzigen Kuchenstücken, «sind unsere Gewürzkuchen-Würfel. Sie bestehen aus einem saftigen Kuchenteig, der mit Nelken, Zimt und Ingwer verfeinert ist. Jeder Würfel ist mit einer dünnen Schicht Marzipan überzogen und mit essbarem Goldstaub bepudert. Ein wahrer Hingucker auf jeder Feier.»

Die Vorstandsmitglieder schienen beeindruckt zu sein, was mir noch mehr Selbstvertrauen gab.

«Und schließlich», sagte ich und zeigte auf das letzte Tablett, «haben wir unsere Schneeflocken-Plätzchen. Diese Kekse sind aus einem zarten Butterteig gemacht und werden nach dem Backen liebevoll von Hand dekoriert. Jede Schneeflocke ist eine Individualität. Genau wie Ihre Gäste.»

Ich hielt kurz inne und ließ meinen Blick über die Gesichter der Vorstandsmitglieder schweifen.

«Jedes dieser Gebäckstücke ist nicht nur köstlich», erklärte ich weiter, «Sondern ein kleines Kunstwerk für sich.»

Der Vorsitzende ergriff erneut das Wort. «Vielen Dank für diese ausführliche Vorstellung, Ms. Jennings», sagte er mit einem freundlichen Lächeln. «Ihre Leidenschaft für Ihr Handwerk ist wirklich inspirierend.»

Die anderen Mitglieder nickten zustimmend.

«Bevor wir uns beraten», fuhr er fort, «möchten wir gerne mehr über Ihre weiteren Planungen und Abläufe hören sowie über die Kostenpunkte sprechen.»

Ich nickte verständnisvoll.

«Natürlich», antwortete ich. «Lassen Sie mich Ihnen einen Überblick geben. Für die Weihnachtsfeier plane ich nicht nur die Bereitstellung der Desserts, sondern auch eine vollständige Betreuung vor dem Event vor Ort. Ich werde dafür sorgen, dass alles reibungslos ablaufen wird. Vom Aufbau des Dessertbuffets und der Präsentation der einzelnen Stücke, bis hin zur Dekoration des Buffettisches.»

Einige Mitglieder machten sich erneut Notizen.

«Wir werden sicherstellen», fuhr ich fort, «dass jedes Gebäckstück frisch zubereitet wird. Dazu gehört auch eine sorgfältige Planung der

Lieferzeiten sowie die Einhaltung aller Hygienestandards.»

Der Vorsitzende nickte zustimmend.

«Das klingt sehr gut», sagte er.

«Was die Kosten betrifft», setzte ich an, «habe ich verschiedene Pakete zusammengestellt, die je nach Umfang Ihrer Feier variieren können.»

Ich reichte ihm eine Mappe mit den detaillierten Preislisten.

Er blätterte kurz durch die Seiten und sah dann wieder zu mir auf.

«Könnten Sie uns bitte einen kurzen Gesamtüberblick der Kostenpunkte geben?»

«Selbstverständlich», antwortete ich lächelnd. Ich gab ihnen eine Zusammenfassung der Preise. Einige Augenbrauen hoben sich überrascht, als ich über die Beträge sprach. Dabei fiel mir auf, dass Miles nie nach Kosten gefragt hatte und sich dazu geäußert hatte.

«Für größere Veranstaltungen oder zusätzliche Wünsche wie spezielle Dekorationen oder personalisierte Desserts bieten wir maßgeschneiderte Pakete an», fügte ich hinzu. «Diese können je nach Anforderungen angepasst werden.»

Der Vorsitzende nickte erneut anerkennend.

«Vielen Dank für diese ausführlichen Informationen», sagte er. «Wir werden uns beraten.»

Während sie sich zur Besprechung zurückzogen, trat Miles an meine Seite.

«Das hast du großartig gemacht», flüsterte er mir zu.

«Danke. Aber solltest du nicht bei dem Vorstand sein und dich mit ihnen beraten?», wisperte ich und versuchte, meine Nervosität unter Kontrolle zu bringen. Miles zuckte mit den Schultern.

«Wie ich gesagt habe, hast du meine Zustimmung. Ich muss mich nicht beraten», erwiderte er und zwinkerte mir zu.

Die Minuten zogen sich wie Kaugummi, doch schließlich kehrte der Vorstand zurück in den Raum.

Der Vorsitzende trat erneut nach vorne und sah mich an. «Ms. Jennings», begann er mit einem warmen Lächeln, «wir sind beeindruckt von Ihrer Präsentation und Ihren Kreationen. Besonders hat uns ihre detaillierte Planung gefallen.»

Er machte eine kurze Pause, bevor er fortfuhr.

«Wir möchten, dass das Winters Delight unser Caterer für die diesjährige Firmenweihnachtsfeier wird.»

Ein Glücksgefühl flog wie tausend Schmetterlinge durch meinen Körper. Ich bedankte mich höflich bei ihm und den anderen Mitgliedern des Vorstands.

«Noch eines Ms. Jennings», sagte einer der Mitglieder und deutete auf die Desserts. Ich legte den Kopf schief und schaute ihn an.

«Darf man die jetzt probieren, oder sind die zur Deko?», fragte er und schmunzelte mich an. Ich lachte auf und hielt mir dann peinlich berührt die Hand vor den Mund.

«Selbstverständlich sind die zum Verzehr beabsichtigt. Bitte bedienen Sie sich», sagte ich und spürte, wie mir die Röte den Hals hinaufkroch. Ich hätte viel früher draufkommen müssen, dem Vorstand die Stücke probieren zu lassen. Es war Teil meiner Präsentation gewesen. Vor Nervosität hatte ich das total vergessen.

Kapitel 24
Miles

Jeder Bissen wurde mit einem zufriedenen Nicken oder einem leisen «Mmmh» quittiert. Ich saß am Kopfende des Tisches und beobachtete, wie die Vorstandsmitglieder die Dessertstücke mit kleinen Gabeln und Löffeln auseinanderpflückten. Doch ich rührte nichts an. Stattdessen beobachtete ich Ella. Sie stand strahlend vor den Mitgliedern und ihre Wangen waren vor Aufregung gerötet. Sie lächelte jeden Einzelnen von ihnen an und beantwortete geduldig Fragen oder erzählte kleine Anekdoten über die Entstehung der Desserts. Ihre Augen schimmerten vor Leidenschaft. Ein wohliges Gefühl umarmte mich. Ich war stolz auf sie. Auf ihre Hingabe, ihre Kreativität und ihren Mut, ihren Traum zu verfolgen. Während ich weiter zusah, wie die Vorstandsmitglieder von den Desserts schwärmten und Ella lobten, konnte

ich nicht anders als zu lächeln. Sie hatte es geschafft. Einer der Mitglieder wandte sich an mich.

«Miles», sagte er mit einem kurzen Blick in Ellas Richtung, «Sie haben eine bemerkenswerte Partnerin für dieses Event ausgesucht.»

«Das habe ich», sagte ich grinsend.

Der Vorstand nickte und wandte sich wieder den Desserts zu. Ich lehnte mich zurück und ließ meinen Blick auf Ella ruhen. In diesem Moment wusste ich, dass dies nur der Anfang war. Mit ihrer Leidenschaft und ihrem Talent würde sie viele weitere Erfolge feiern. Als die Sitzung beendet war und die Vorstandsmitglieder den Raum verließen, trat Ella zu mir.

«Das hast du gut gemacht», sagte ich erneut. Ella strahlte mich an und räumte die leeren Tabletts zusammen. Ihre Bewegungen waren leicht und beschwingt.

«Lass mich dir helfen», sagte ich und griff nach einem der Tabletts. Sie hielt kurz inne, sah mich an und lächelte mich bezaubernd an.

«Danke», flüsterte sie.

Wir arbeiteten schweigend weiter, unsere Hände bewegten sich synchron, bis der Tisch wieder aufgeräumt war. Die Stille zwischen uns war angenehm.

«Hast du Lust, mit mir Mittagessen zu gehen?», fragte ich sie. Ella zögerte einen Moment, dann zog sie ihr iPad aus der Tasche und rief ihren Kalender auf. Ihre Finger glitten über den Bildschirm, während sie ihre Termine überflog. Nach ein paar Sekunden schaute sie auf und lächelte mich an.

«Ich habe etwas Zeit», sagte sie überrascht. «Gerne.»

Ihr Lächeln vertiefte sich und ich konnte die Vorfreude in ihren Augen sehen. Glücklich und erfreut über ihre Zustimmung, verließen wir den Konferenzraum und machten uns auf den Weg zum Aufzug. Beim warten, spürte ich ein Knistern in der Luft. Wir entschieden uns für ein kleines Bistro, das für seine frischen Salate und hausgemachten Wraps bekannt war. Wir fanden schnell einen gemütlichen Tisch am Fenster. Nachdem wir unsere Bestellungen aufgegeben hatten, lehnte ich mich zurück und beobachtete Ella. Sie nahm einen Schluck von ihrem Wasser und ihre Schultern sanken ein wenig.

«Wie fühlst du dich jetzt?», fragte ich.

Ella stellte das Glas ab und ließ ihren Blick kurz durch das Bistro schweifen, bevor sie mich wieder ansah.

«Ich freue mich, dass all die harte Arbeit sich gelohnt hat», sagte sie ehrlich.

Ich nickte zustimmend. «Du hast alle heute beeindruckt.»

Ein zartes Rosa färbte ihre Wangen und sie senkte kurz den Blick.

«Danke», flüsterte sie.

«Also», sprach ich mit einem Lächeln, «du hast in der Präsentation von deiner Großmutter gesprochen. Du hast erwähnt, dass du das Backen von ihr gelernt hast. Erzähl mir doch mehr darüber.»

Ellas Gesicht erhellte sich bei der Erwähnung ihrer Großmutter. Sie legte die Hände auf den Tisch und begann zu erzählen. Ihre Worte malten lebhafte Bilder. Eine kleine Küche voller köstlicher Düfte, eine ältere Frau mit sanften Händen, die Teig knetete und Schokolade temperierte, während ein kleines Mädchen aufmerksam zusah und lernte. Ihre Stimme wurde weicher und liebevoller, als sie von den gemeinsamen Stunden sprach. Wie ihre Großmutter ihr geduldig jeden Schritt zeigte und dabei Geschichten aus ihrer eigenen Kindheit erzählte. Bei ihren Erzählungen, schien das Bistro, um uns herum zu verschwinden. Es existierten nur Ella und ihre Erinnerungen an eine Zeit voller Wärme und Geborgenheit. In diesem Moment verstand ich besser, warum sie so erfolgreich war. Es war nicht nur ihr Talent oder ihre harte Arbeit. Es war die Liebe und Hingabe, die sie in jedes ihrer Werke steckte. Ella lächelte breit und ihre Augen leuchteten auf.

«Ja, meine Großmutter war eine phänomenale Bäckerin. Sie hatte diese kleine Küche in ihrem Haus, die immer nach frischem Brot und Keksen roch.»

Ich nickte interessiert.

«Das klingt wunderbar. Was hat sie dir alles beigebracht?»

«Oh, so vieles», sagte Ella begeistert. «Von einfachen Keksen bis hin zu komplizierten Torten.»

Sie erzählte mir jeden Handgriff, den sie von ihrer Großmutter gelernt hatte. Ich konnte nicht anders, als mich in ihren Augen zu verlieren. Sie funkelten lebhaft und jedes Mal, wenn sie eine Erinnerung teilte, schien ein Licht darin aufzuleuchten. Eine angenehme Wärme breitete sich in meiner Brust aus, doch ich bemühte mich, professionell zu bleiben.

«Das muss eine unbeschwerte Kindheit gewesen sein», sagte ich. «In einer solchen Umgebung aufzuwachsen.»

Ella nickte nachdenklich. Ihr Blick verlor sich kurz in der Ferne.

«Ja», flüsterte sie. «Es war schön. Wir haben so viele Stunden zusammen in der Küche verbracht.»

Ihre Finger strichen sanft über den Rand ihres Glases, als ob sie die Erinnerungen greifbar machen wollte. Ich erinnerte mich an einen Punkt aus ihrer Präsentation und griff ihn auf.

«Du hast erwähnt, dass diese Erfahrungen dir geholfen haben, Geduld und Präzision zu entwickeln. Eigenschaften, die du jetzt in deiner Arbeit nutzt.»

Ein Schmunzeln huschte über ihr Gesicht.

«Ja», antwortete sie. «Meine Großmutter hat mir beigebracht, dass jedes Detail zählt. Ob es das genaue Abmessen der Zutaten oder das geduldige Warten auf den perfekten Moment ist. All das hat mich geprägt.»

Ihre Hände gestikulierten leicht. Ich konnte förmlich sehen, wie sie in Gedanken wieder in der kleinen Küche ihrer Großmutter stand.

«Diese Lektionen sind unbezahlbar», fügte sie hinzu und sah mich direkt an. Die Verbindung zwischen uns wurde stärker. Ich wusste, dass diese Momente nicht nur ihre Vergangenheit prägten, sondern ihre Zukunft formten.

«Meine Leidenschaft fürs Backen hat mir wirklich viel beigebracht. Nicht nur über Essen, sondern über das Leben allgemein.»

«Das merkt man», sagte ich ehrlich.

Unser Gespräch driftete weiter in verschiedene Richtungen. Zu Lieblingsfilmen bis hin zu lustigen Kindheitserinnerungen. Als wir mit dem Essen fertig waren und wir uns bereit zum Gehen machten, fühlte ich mich gestärkt von Ellas Energie und Offenheit.

«Danke für das Mittagessen», sagte Ella beim Aufstehen.

«Es war mir ein Vergnügen», antwortete ich lächelnd.

«Wann sollen wir uns treffen, um die weitere Planung durchzugehen?», fragte Ella mich.

«Wie wäre es am Mittwoch? Würde das bei dir gehen?»

Ich hatte meinen Kalender nicht im Kopf, aber ich denke, das würde ich unterbekommen. Ella tippte sich kurz an das Kinn und nickte dann.

«Zu welcher Uhrzeit?», fragte sie mich.

«Ich würde abends zu dir in die Konditorei kommen. Wenn du es einrichten kannst.»

Ella lächelte und nickte.

«Das wäre ausgezeichnet.»

Als wir das Bistro verließen, kroch die kalte Nachmittagsluft über mein Gesicht. Ella und ich gingen nebeneinander her. Unsere Schritte waren im Einklang. Wir erreichten den Parkplatz.

«Danke nochmal für die Möglichkeit, Miles», sagte Ella mit einem warmen Lächeln.

«Ich bedanke mich bei dir und deinem Team, dass ihr den Auftrag so spontan angenommen habt», erwiderte ich. Ella lächelte mich an und öffnete die Tür ihres Autos.

«Ich muss jetzt zurück in die Konditorei. Es gibt einiges zu erledigen.»

«Natürlich», sagte ich und trat einen Schritt zurück. «Viel Erfolg dabei.»

Ella gluckste. «Dankeschön»

«Immer gerne», wisperte ich und musterte sie.

Sie stieg ins Auto und startete den Motor. Ich hob die Hand zum Abschied, als sie vom Parkplatz rollte. Ihr Fahrzeug verschwand allmählich zwischen all den anderen auf den belebten Straßen und ich stand einen Moment nachdenklich da. Dann drehte ich mich um und ging zurück in das Büro.

Kapitel 25
Ella

Der restliche Montag verging wie im Flug. Die Konditorei war vollgestopft mit Bestellungen und ich hatte kaum Zeit, Luft zu holen. Auch der Dienstag war nicht anders. So viele Bestellungen warteten darauf, zubereitet zu werden. Ich kam kaum mit den Lieferungen hinterher, so dass Emily nach ihrer Schicht noch Aufträge auslieferte. Ich war in meinem Element, arbeitete konzentriert und effizient, aber immer mit einem Lächeln auf den Lippen. Doch am Mittwoch, schien die Zeit plötzlich stillzustehen. Der Tag zog sich wie zäher Pizzateig dahin und ich konnte meine Nervosität nicht abschütteln. Heute Abend würde Miles in die Konditorei kommen, um einige weitere Details durchzugehen. Ich musste in Erfahrung bringen, welche Dekorationsfirma er beauftragte. Es war wichtig, dass das Dessert Buffet zu dem Rest des

Events passte. Es war ein einfaches Meeting. Rein beruflich. Aber aus irgendeinem Grund fühlte es sich anders an. Während ich Weihnachtsgebäck dekorierte, schweiften meine Gedanken immer wieder ab.

«Ach, verdammt», fluchte ich. Das Muster des Kekses war total zerlaufen. Es schwirrten viele Fragen und Unsicherheiten in meinem Kopf herum. Warum machte mich dieses Treffen so nervös? Ich erinnerte mich an unser Gespräch im Bistro und daran, wie angenehm es gewesen war, mit ihm über meine Großmutter und das Backen zu sprechen. Seine ehrliche Neugier und sein aufrichtiges Interesse hatten etwas in mir berührt. Ich griff nach einem neuen Keks. Meine Hände arbeiteten routiniert weiter, während meine Gedanken um Miles kreisten. Da war etwas an ihm. Seine Art zuzuhören, seine Wärme und sein Lächeln, das mein Herz höherschlagen ließ. Ein leises Seufzen entwich meinen Lippen. Ich schüttelte den Kopf und versuchte mich wieder auf meine Arbeit zu konzentrieren. Doch die Nervosität blieb. Als der Nachmittag langsam in den Abend überging, bereitete ich alles für Miles Besuch vor. Ich putzte die Konditorei und schob die Stühle an ihren Platz. Alles sollte perfekt sein, wenn er kam. Mit jedem Blick auf die Uhr erhöhte sich mein Puls. Noch eine halbe Stunde bis er kommen würde.

Ich befüllte meine Lungen mit Luft und versuchte, mich zu beruhigen.

«Es ist nur ein Treffen», murmelte ich. «Nur ein ganz normales Treffen», wiederholte ich in der Hoffnung, diesmal überzeugend zu klingen. Ich überprüfte die letzten Rechnungen. Plötzlich hörte ich ein leises Klopfen an der Scheibe. Mein Herz machte einen Sprung und ich eilte zur Tür, um Miles hereinzulassen. Caleb und Emily hatten Feierabend gemacht und die Konditorei war still. Als ich die Tür öffnete, schüttelte Miles seine feuchten Haare aus und trat ein. Der Schnee flog in dichten Flocken auf die Straße und ich sah, wie die blinkenden Lichter der städtischen Räumfahrzeuge an meinem Schaufenster vorbeizogen.

«Komm rein», haspelte ich und nahm ihm rasch den nassen Mantel und Schal ab. «Es ist ungemütlich da draußen.»

«Ja, der Schnee hat mich heute überrascht. So viel hatten wir Anfang Dezember noch nie in New York», antwortete er mit einem Lächeln. «Danke, dass du so spät Zeit hast.»

«Die Schneemassen sind tatsächlich eher gewöhnlich für die Stadt», erwiderte ich und hängte seinen Mantel zum Trocknen über die Heizung. «Ich freue mich immer über Besuch.»

Wir gingen zusammen in mein Büro, das sich im hinteren Teil der Konditorei befand.

«Möchtest du einen Kaffee oder Tee?», fragte ich, während wir uns an den Besprechungstisch setzten.

«Ein Tee wäre super», antwortete Miles dankbar.

Ich spazierte in die Küche und bereitete zwei Tassen Tee zu. Als ich zurückkam, reichte ich ihm eine Tasse und setzte mich wieder an meinen Schreibtisch.

«Danke», sagte er und nahm einen vorsichtigen Schluck. «Das tut gut.»

«Wie war deine Woche bisher?», fragte ich ihn, um den Abend mit ein bisschen Smalltalk aufzulockern.

«Bisher in Ordnung. Die E-Mails werden jetzt täglich weniger und immer mehr Projekte ruhen bis zum nächsten Jahr. Nach Silvester wird es dann wieder stressig», erklärte er. «Und bei dir?», fragte er mich und schielte auf die Papierstapel auf meinem unordentlichen Schreibtisch.

«Stressig. Anders als bei dir, wird es in der Konditorei immer mehr, umso näher man an Weihnachten kommt», antworte ich und lächelte gequält. «Der Papierkram nimmt leider nicht ab», fügte ich hinzu und folgte seinem Blick zu meinem Schreibtisch.

«Zwischen Weihnachten und Neujahr wird es doch aber ruhiger, oder?», fragte er mich stirnrunzelnd. Ich schüttelte den Kopf.

«Meistens nicht. Wenn die Weihnachtsaufträge abgeschlossen sind, geht es meistens direkt zu den Planungen für die Silvesterbestellungen. Viele Neujahrspartys stehen an», erwiderte ich.

«Dann machst du an Weihnachten gar kein Urlaub, um zu deiner Familie zu fahren?», fragte er mich. Ich verzog das Gesicht zu einer Grimasse und schüttelte dann den Kopf.

«Leider nicht. Das ist in einer Konditorei, die sich Winters Delight nennt, absolut nicht möglich», sagte ich glucksend. «Die Bestellungen in der Weihnachtszeit machen den Hauptjahresumsatz.»

Verwundert hob Miles die Augenbrauen.

«Ist diese Konditorei nur auf den Winter ausgelegt?», wollte er von mir wissen. Ich schüttelte erneut den Kopf.

«Mein Team und ich sind das gesamte Jahr beschäftigt. Im Sommer kommen viele Hochzeiten und andere Events», erklärte ich. Miles nickte nachdenklich. «Aber genug davon. Lass uns anfangen», sagte ich rasch und klopfte mit den Fingern auf mein iPad. Ich rief den Ordner mit den Dekoideen für das Dessert Buffet auf.

«Sind das Stockfotos oder deine eigenen?», fragte er mich und zog verwundert die Augenbrauen nach oben.

«Überwiegend meine selbst geschossenen Fotos von Buffets, die ich in der Vergangenheit machen durfte. Einen Teil davon sind von Dekorationsfirmen, mit denen ich zusammenarbeite», erklärte ich ihm. «Mit welcher Dekorationsfirma arbeitet die Harrington Group für das diesjährige Weihnachtsevent zusammen? Eventuell kann ich mich mit ihnen zusammensetzen, um alles genauer zu besprechen», fügte ich hinzu. Miles schaute mich kurz ratlos und zuckte dann mit den Schultern. Ich stutzte.

«Um ehrlich zu sein, habe ich keine Dekorationsfirma beauftragt. Die meisten sind vollständig ausgebucht und haben keinerlei Kapazitäten mehr frei», erklärte er leise. «Ich befürchte, das ganze Event muss ohne Dekorationen oder anderen Schnickschnack auskommen.»

«Das verwundert mich ein wenig. Es ist meist üblich, dass große Feste von einer externen Firma dekoriert werden», sagte ich und lächelte ihn an. Miles zuckte mit den Schultern.

«Das weiß ich», erwiderte er und rieb sich über den Nacken. «Aber ich war so spät dran, dass niemand mehr Kapazitäten frei hatte.»

Ich guckte nachdenklich aus dem Fenster, während die Lichter der Stadt in der Dämmerung zu flimmern begannen. «Vielleicht wüsste ich da jemanden, der Möglichkeiten hat», murmelte ich, mehr zu mir selbst als zu Miles. Er starrte mich an, seine Augen weiteten sich vor verblüfft.

«Ich habe jede Firma in New York angerufen», sagte er und seine Stimme klang erschöpft. «Von unbezahlbar bis erschwinglich war alles dabei.» Er schüttelte den Kopf, als ob er resignieren wollte. «Wenn du jemanden finden kannst, dann hast du was gut bei mir. Der Vorstand und mein Vater verlassen sich auf mich.»

Ein wissendes Lächeln breitete sich auf meinem Gesicht aus. Ich konnte sehen, wie Miles Stirn sich leicht entspannte, als er meine Zuversicht bemerkte.

«Gib mir einen Moment», bat ich und nahm das Handy zur Hand und durchforstete meine Kontakte. Simone Reynolds. Ich drückte den Anrufbutton und stand auf. Während es klingelte, schaute ich aus dem Fenster in den immer dichter werdenden Schneefall. Nach wenigen Sekunden nahm Simone am anderen Ende ab.

«Was verschafft mir die Ehre, Ella?», flötete ihre Stimme durch das Telefon. Ein Grinsen breitete sich auf meinem Gesicht aus und ich verdrehte spielerisch die Augen.

«Auch schön von dir zu hören», kicherte ich.

Simone schnaubte am anderen Ende der Leitung. «Du hast dich Wochen nicht gemeldet und auf keinerlei Nachrichten reagiert», sprach sie gespielt beleidigt. Ich konnte mir vorstellen, wie sie die Augenbrauen hochzog und ein Lächeln unterdrückte. Simone konnte mir nie wirklich böse sein. Sie wusste selbst, wie hart es war, ein Unternehmen alleine zu führen.

«Tut mir leid. Es war so viel zu tun. Du kennst es ja selbst. Die Weihnachtszeit ist der Wahnsinn», klagte ich.

«Jap, meine Liebe. Ich kenne das», antwortete sie seufzend. Im Hintergrund hörte ich leise Stimmen. «Mir ist ein Mitarbeiter abgesprungen und jetzt muss ich das Doppelte an Arbeit meistern.»

«Oh Mist. Klingt gar nicht gut. Dann ist mein Anruf vermutlich ein Fehler. Ich habe einen Kunden, der dringend eine Dekorationsfirma benötigt», sagte ich und schaute zu Miles, der mich hoffnungsvoll anguckte. Kurz stockte mein Atem. Hastig drehte ich mich zurück zum Fenster. Simone stöhnte. Wahrscheinlich wird sie mir eine Abfuhr erteilen.

«Für wen und wie groß ist die Veranstaltung?», fragte sie mich stattdessen. Verwundert verzog ich das Gesicht. Ich wiegte den Kopf hin und her.

«Für die Harrington Group. Du weißt schon, diese riesige Immobilienfirma mitten in Manhattan», erklärte ich ihr. Simone stöhnte wieder.

«Wieso bekommt so eine Firma keinen Dienstleister?», fragte sie mich.

«Weiß ich nicht», sagte ich eine Spur leiser und zuckte mit den Schultern. Ich umklammerte das

Handy fester. «Kannst du das annehmen?», fragte ich sie hoffnungsvoll. Simone zögerte und atmete aus. Im Hintergrund konnte ich hören, wie sie auf einer Computer-Maus herumklickte.

«Ich nehme an, das wird ein Weihnachtsevent?», fragte sie mich dann. Ich nickte. Mir fiel ein, dass sie das ja gar nicht sehen konnte.

«Ja», fügte ich prompt hinzu.

«Schick mir die Eckdaten und ich melde mich nachher bei dir zurück. Ich kann aber nichts versprechen», erwiderte sie. Innerlich machte ich einen Hüpfer.

«Danke», stieß ich aus und atmete erleichtert aus. «Du wärst die letzte Rettung für Miles», fügte ich hinzu.

«Miles?», fragte sie mich verblüfft.

«Mr. Miles Harrington. Der Geschäftsführer», fügte ich schnell hinzu. Hitze schoss mir ins Gesicht und wagte einen Blick in seine Richtung. Er saß noch immer an dem Tisch und starrte mich hoffnungsvoll an.

«Ah ja. Seit wann bist du mit Kunden beim Vornamen?», fragte sie mich und ich konnte mir ihr Grinsen vorstellen. Ich verdrehte die Augen.

«Sprechen wir ein anderes Mal drüber? Der Kunde sitzt bei mir im Büro. Ich sende dir gleich eine E-Mail und wir warten auf deine Antwort», sagte ich zu ihr. Simone gluckste.

«Ich warte drauf und melde mich gleich», sagte sie.

«Danke, bis gleich», erwiderte ich. Simone verabschiedete sich ebenfalls und legte auf. Schnell setzte ich mich an meinem Computer.

«Es klang positiv», sagte Miles und lächelte mich an. Ich nickte abwesend, während ich eine neue E-Mail an Reynolds Celebrations & Events öffnete.

«Sie kann dir nichts versprechen, da sie selbst ausgebucht ist. Ein Mitarbeiter hat gekündigt, sodass es wirklich eng werden könnte. Simone wird es sich ansehen und sich dann gleich melden», erkläre ich und fügte schnell alles Wichtige der E-Mail bei.

«Ich danke dir für deine Bemühungen», sagte er. Ich verlor mich in seinem Lächeln, so dass ich fast vergaß, auf Senden zu klicken. Das Licht flackerte im Büro auf, dann ging es komplett aus, nachdem ich die Mail gesendet hatte. Ein plötzlicher Stromausfall hüllte den Raum in fast vollständige Dunkelheit.

«Was ist denn jetzt los?», fragte Miles und stand auf, um sich umzusehen.

«Keine Ahnung», antwortete ich und versuchte, mich in der Dunkelheit zu orientieren. «Vielleicht hat der Schneesturm die Stromleitungen beschädigt.»

Ich tastete nach meinem Handy und schaltete die Taschenlampe ein. Der Lichtstrahl durchbrach die Dunkelheit und beleuchtete den Raum.

«Zum Glück habe ich mein Handy», sagte ich.

Ich richtete den Lichtstrahl auf meinen dunklen Computerbildschirm.

«Ich glaube, ich habe es noch geschafft, auf Senden zu klicken», sagte ich kurz angebunden.

«Das ist schon mal gut», erwiderte Miles. «Aber wir sollten trotzdem versuchen, herauszufinden, was hier los ist.»

«Der Sicherungskasten ist im Keller», erklärte ich zögernd. «Aber ehrlich gesagt bin ich nicht besonders gut darin, solche Dinge zu reparieren.»

«Lass mich das mal versuchen», bot Miles an. «Ich habe ein bisschen Erfahrung mit solchen Sachen.»

Gemeinsam gingen wir in den Keller. Der Lichtstrahl meines Handys führte uns durch die dunklen Gänge der Konditorei und dann hinunter zum Sicherungskasten. Der Keller war kühl und feucht und das Geräusch unserer Schritte hallte wider. Gruselig.

«Hier ist er», sagte ich und leuchtete auf den Stromkasten.

Miles öffnete ihn vorsichtig überprüfte die Schalter. Nach einigen Minuten schüttelte er den Kopf.

«Es scheint alles in Ordnung zu sein. Die Sicherungen sind alle intakt.»

«Dann muss es etwas Größeres sein», murmelte ich besorgt.

Wir tapsten zurück ins Büro und warfen einen Blick aus dem Fenster. Die Straßen waren verschneit. Auf dem Bürgersteig und in den umliegenden Wohnungen brannte kein Licht mehr. Selbst die Bars waren ausgeschaltet.

«Das erklärt einiges», sagte Miles düster. «Es sieht so aus, als ob der Sturm erheblichen Schaden angerichtet hat.»

«Das bedeutet wohl, dass wir für eine Weile ohne Strom auskommen müssen», stellte ich fest.

Miles nickte nachdenklich. «Ja, es könnte eine Weile dauern, bis das repariert ist.»

Ich seufzte tief und setzte mich wieder an meinen Schreibtisch. Ohne Strom würde es schwierig werden, weiterzuarbeiten oder überhaupt irgendetwas zu tun.

«Vielleicht sollten wir abwarten», schlug Miles vor und setzte sich mir gegenüber hin.

«Ja, wahrscheinlich hast du Recht», stimmte ich zu.

Die Dunkelheit und die Stille, die nur vom Heulen des Windes unterbrochen wurde, schufen eine fast intime Atmosphäre. Miles lehnte sich in seinem Stuhl zurück und sah mich nachdenklich an.

«Wie lange hast du diese Konditorei schon?», fragte er.

Ich schmunzelte und erinnerte mich an die Anfänge von Winters Delight.

«Ich habe Winters Delight vor knapp sechs Jahren gegründet», antwortete ich.

Miles nickte.

«Das ist beeindruckend. Es muss viel Arbeit gewesen sein, alles aufzubauen.»

«Oh ja», sagte ich lachend. «Die ersten Jahre waren hart. Ich habe viele Nächte hier verbracht, um alles zum Laufen zu bringen. Aber es hat sich gelohnt.»

«Das kann ich mir vorstellen», erwiderte er anerkennend. «Deine Konditorei hat viele positive online Rezensionen.»

«Es bedeutet mir viel, dass die Leute meine Arbeit schätzen.»

«Lob und Anerkennung motiviert immer, weiterzumachen», flüsterte Miles. Ich nickte in Gedanken versunken.

Wir schwiegen wieder für einen Moment, während draußen der Sturm weiter tobte. Wenigstens waren wir ihr drinnen sicher, während die Welt draußen im Chaos versank.

«War die Übernahme der Firma immer schon dein Traum?», fragte ich.

Er zögerte kurz.

«Ehrlich gesagt nicht wirklich.» Er sah mich an und fuhr fort. «Ich liebe die Herausforderung und die Verantwortung, aber manchmal frage ich mich, ob es mein eigener Traum ist oder nur der meines Vaters. Meistens hat es mir mehr gefallen, direkt auf Baustellen mit anzupacken. Wenn niemand hinsieht und ich laufende Bauprojekte überprüfe, schwinge ich das ein oder andere Mal auch selbst die schweren Maschinen.»

Ich nickte verständnisvoll.

«Das muss schwierig sein. Zwischen den Erwartungen der Familie und deinen eigenen Wünschen hin- und hergerissen zu sein.»

«Ja», stimmte er zu und ein trauriges Lächeln huschte ihm über die Lippen. «Erzähl mir mehr über deine Pläne für die Zukunft von Winters Delight.»

Mein Bauch kribbelte.

«Ich möchte das Geschäft erweitern und sogar ein reines Café in einem anderen Teil der Stadt eröffnen. Dafür brauche ich aber mehr Mitarbeiter.»

«Was hält dich davon ab, Personal einzustellen?», fragte er mich. Ratlos zuckte ich mit den Schultern.

«Es war hart, dieses hier aufzubauen», antwortete ich. «Meine Sorge ist, dass ein weiteres reines Café nicht laufen wird. Es gibt einige beliebte Ketten in der Stadt, bei denen es schwierig werden würde, sich durchzusetzen», erklärte ich und verzog das Gesicht.

Miles nickte. Seine Stirn war in tiefe Falten gelegt.

«Verstehe. Schätzen die Menschen nicht eher kleinere Cafés als diese gigantischen Ketten ?»,fragte er mich mit hochgezogenen Augenbrauen. Ich schüttelte den Kopf und verzog gequält mein Gesicht.

«Leider nicht», sagte ich und spürte, wie sich meine Hände unwillkürlich zu Fäusten ballten. «Große Ketten können günstigere Preise anbieten und machen trotzdem Gewinn.»

Ich sah ihn an, während ich versuchte, die Frustration in meiner Stimme zu verbergen. «Wenn ich für einen Kaffee mit einem Stück Schokoladenkuchen so wenig verlangen würde, könnte ich direkt schließen.»

Miles Blick wanderte zu meinen Armen, die ich ineinander verschlungen hatte. Er seufzte leise und lehnte sich zurück, als ob er das Gewicht meiner Worte auf seinen Schultern spüren konnte.

«Günstig und schnell wird logischerweise von den meisten bevorzugt», fügte ich hinzu und legte meine Hände auf den Tisch. Die Realität der Situation war schwer zu ignorieren.

Kapitel 26
Miles

Während wir uns weiter unterhielten, zündete Ella eine kleine Kerze an, die sie aus einer Schublade hervorgeholt hatte. Das warme, flackernde Leuchten ersetzte das kalte Handylicht und tauchte den Raum in eine gemütliche Atmosphäre. Ich konnte nicht anders, als immer wieder einen Blick auf ihre Augen zu werfen, dessen grün im Kerzenlicht geheimnisvoll schimmerte.

«Also», sprach ich, um das Gespräch am Laufen zu halten, «was machst du in deiner Freizeit, wenn du nicht hier in der Konditorei bist?»

Ella lächelte und lehnte sich zurück. «Ich liebe es, zu lesen und Zeit mit meiner Familie zu verbringen. Manchmal gehe ich gerne spazieren. Besonders im Central Park. Es ist schön, dem Trubel und dem Lärm der Stadt für eine Weile zu entkommen.»

«Das klingt wunderbar», sagte ich. «Der Central Park ist ein besonderer Ort.»

Sie nickte und ihre Mundwinkel formten sich zu einem kleinen Lächeln.

«Was machst du in deiner Freizeit?»

Ein raues Lachen entwich mir.

«Ehrlich gesagt habe ich nicht viel Freizeit. Aber wenn ich welche habe, spiele ich gerne Tennis, gehe auf den Golfplatz oder treibe Sport.» Ich machte eine kurze Pause und sah sie an. «Es hilft mir, den Kopf frei zu bekommen.»

Ellas Nase kräuselte sich bei der Erwähnung von Sport und sie schüttelte entschieden den Kopf.

«Sport ist absolut nicht mein Ding», sagte sie. In ihrer Stimme schwang etwas Abscheu mit.

Überrascht hob ich eine Augenbraue und lachte dann herzhaft.

«Wirklich?»

«Kein bisschen», bestätigte sie erneut mit einem entschlossenen Nicken. «Ich finde es anstrengend und langweilig.»

Ein breites Grinsen breitete sich auf meinem Gesicht aus. «Das ist interessant», sagte ich amüsiert. «Jeder hat eben seine eigenen Vorlieben.»

«Genau», stimmte sie zu und lächelte mich an. Dabei entging mir nicht, dass sie ihre Strickjacke vor der Brust enger schlang. Wir verfielen in belanglosen Smalltalk über unsere Lieblingsbücher und -filme, während draußen der Schneesturm unaufhörlich weiter tobte. Die Zeit verging wie im Flug und ich merkte gar nicht, wie sehr ich das Gespräch mit Ella genoss. Immer wieder fiel mein Blick auf ihre Augen. Diese besondere Färbung von Grün mit einem Hauch von Gold war faszinierend.

«Du hast wirklich wunderschöne Augen», platzte es aus mir heraus. Ellas Wangen färbten sich rosa und sie senkte den Blick. Ein verlegenes Lächeln auf ihren Lippen.

«Danke», murmelte sie. Ihre Stimme war kaum hörbar. «Das höre ich nicht oft.»

Ich lehnte mich ein wenig vor und hielt ihren Blick fest.

«Es ist wahr», sagte ich sanft. «Sie sind wirklich einzigartig.»

Ein Moment des Schweigens trat ein, doch es war kein unangenehmes Schweigen. Die Stille fühlte sich warm und vertraut an, als ob wir beide die Bedeutung des Augenblicks spürten. Nach einer Weile hob Ella den Kopf und sah mich zögernd an.

«Weißt du», sprach sie langsam, «ich hätte nie gedacht, dass dieser Abend so verlaufen würde.»

Ein leises Lachen entwich mir.

«Ich auch nicht», gestand ich. «Aber manchmal sind es genau diese unerwarteten Momente, die am meisten bedeuten.»

Ella nickte zustimmend und ihre Augen funkelten im Kerzenlicht wie zwei kleine Smaragde.

«Vielleicht hast du Recht», flüsterte sie, während ein sanftes Lächeln ihre Lippen umspielte. Ich konnte nicht anders, als mich von ihrem Blick gefangen nehmen zu lassen. Ihre Stimme war sanft und beruhigend, während sie weitererzählte. Ich merkte gar nicht, wie ich mich etwas über den Tisch zu ihr hinübergelehnt hatte, um ihren Erzählungen besser lauschen zu können. Es war, als ob die Welt um uns herum verschwunden wäre und nur noch wir beide existierten.

«Und dann», sagte Ella lachend, «hatte die Katze meiner Eltern den Kuchen vom Tisch gestohlen! Ich konnte es kaum glauben.»

Ihr Lachen war ansteckend und ich war gezwungen mit ihr zu lachen und den Kopf zu schütteln.

«Das klingt nach einem echten Abenteuer. Deine Katze muss wirklich Charakter haben», sagte ich, während ich mir vorstellte, wie die kleine Diebin sich den Kuchen schnappte.

Ella nickte heftig.

«Oh ja», bestätigte sie mit einem breiten Lächeln. «Sie ist eine kleine Diebin, aber ich liebe sie trotzdem.»

Unsere Blicke trafen sich wieder und für einen Moment schien die Zeit stillzustehen. Ich spürte eine unerklärliche Verbindung zwischen uns.

«Ich bin froh, dass wir diesen Abend zusammen verbracht haben», flüsterte ich. «Es ist selten, jemanden zu treffen, mit dem man sich so gut versteht.»

Ella schaute mich sanft an und legte ihre Hand leicht auf meine.

«Ja», flüsterte sie. «Das ist etwas Besonderes.»

Ein warmes Gefühl breitete sich in meiner Brust aus.

«Vielleicht ist es Schicksal», sagte ich leise.

Ella erwiderte mein Lächeln. Sie legte ihre Hand auf den Tisch, nur wenige Zentimeter von meiner entfernt.

«Vielleicht.» Ihre Stimme war kaum mehr als ein Hauch, aber sie trug eine Welt voller Bedeutung. Der Moment war so intensiv und doch so natürlich, dass ich das Gefühl hatte, in einem zeitlosen Raum zu schweben. Ich wollte nichts überstürzen oder kaputtmachen, also blieb ich bewegungslos sitzen und genoss die Nähe zu ihr. Unsere Blicke verschmolzen miteinander und ich konnte sehen, wie sich Ella ebenfalls kaum merklich über den

Tisch zu mir hinüberbeugte. Die Luft zwischen uns schien elektrisch geladen zu sein, jeder Atemzug verstärkte die Spannung. Es war ein Moment voller unausgesprochener Worte und Gefühle, so dicht und greifbar, dass es schien, als würde die Zeit selbst den Atem anhalten. Mein Blick fiel auf ihre vollen Lippen. Doch plötzlich schaltete sich das Licht wieder an. Die Stromversorgung war wiedereingesetzt. Das grelle Leuchten zerstörte die intime Atmosphäre und wir stoben erschrocken auseinander. Fast zeitgleich durchbrach das schrille Klingeln von Ellas Handy die Stille. Sie griff hastig nach dem Gerät und sah auf das Display.

«Es ist Simone Reynolds», flüsterte sie, bevor sie den Anruf entgegennahm. Ella nickte ein paar Mal und murmelte zustimmende Laute. Nachdem sie aufgelegt hatte, sah sie mich mit einem erleichterten Lächeln an.

«Simone kann den Auftrag annehmen», sagte sie.

Ich atmete tief durch und lächelte zurück.

«Das sind großartige Neuigkeiten.»

«Ja», stimmte Ella zu und legte ihr Handy beiseite. «Es scheint, als ob sich alles doch noch zum Guten wendet.»

Der plötzliche Wechsel von der intimen Dunkelheit zum grellen Licht hatte uns beide aus dem

Moment gerissen, aber ich konnte immer noch die Wärme in ihren Augen sehen. Es war klar, dass dieser Abend etwas Besonderes gewesen war.

«Also», sprach ich zögernd, «was machen wir jetzt?»

Ella kicherte und zuckte mit den Schultern.

«Ich denke, wir sollten langsam aufräumen und uns dann auf den Weg machen. Der Sturm hat nachgelassen und es sieht so aus, als könnten wir nachhause gehen.»

Ich nickte zustimmend und stand auf. Gemeinsam sammelten wir die verstreuten Papiere zusammen und pusteten die Kerze aus. Mein Blick fiel immer wieder auf Ella und ich ertappte mich bei der Frage, was die Zukunft für uns bereithalten würde. Wir standen einen Moment lang schweigend nebeneinander.

«Danke für den Abend», wisperte ich. «Es war schön.»

Ella grinste verschmitzt und nickte. «Ja, das war es.»

Wir gingen gemeinsam zur Tür hinaus und traten in die kühle Nachtluft hinaus. Der Schnee glitzerte im Licht der Straßenbeleuchtung.

«Vielleicht sollten wir das mal wiederholen», schlug ich vor. Ella sah mich an und ihre Augen funkelten .

«Sehr gerne», antwortete sie mit einem Lächeln.

237

Kapitel 27
Ella

Schwungvoll wurde meine Bürotür aufgeworfen.

«Ich bin ehrlich. Wenn du mir früher gesagt hättest, dass ich so eine dämliche Präsentation halten muss, könntest du auf meine Hilfe verzichten und ich hätte den Auftrag nicht angenommen», maulte Simone, während sie mein Büro betrat. Ich stellte den Ordner zurück in den Schrank, schenkte ihr ein verschmitztes Grinsen über die Schulter und zwinkerte ihr zu. Simone verengte die Augen.

«Ich habe es mit Absicht nicht erwähnt», erwiderte ich. Simone stöhnte. Sie klatschte ihre Clutch Bag und die Laptoptasche auf den Besprechungstisch. Ihre Brauen zogen sich zusammen und sie ließ sich auf einen der Stühle fallen.

«Vielen Dank auch. Alles alte weiße Männer, die mich anstarrten», murrte Simone und verdreht die Augen. «Als hätten sie noch nie eine schwarze

Frau in einer Führungsposition gesehen», fügte sie hinzu. Ich schmunzelte in mich hinein und stellte vor ihr eine Tasse Tee ab.

«Danke», murmelte sie.

«Es tut mir leid.» Ein Seufzer entwich mir und ich setzte mich mit einer Tasse Tee auf die andere Seite des Tisches. Simone grinste mich schief an. «Der Kunde ist sehr wichtig für mein Unternehmen. Ich habe selten so große Aufträge. Es muss alles reibungslos laufen und ich weiß, dass ich dir vertrauen kann», murmelte ich und blickte sie entschuldigend an. Simone seufzte ergeben.

«Schon okay», sagte sie. Sie nahm sich zwei Stück Zucker und warf sie in ihre Tasse. Anschließend rührte sie in ihrem Tee.

«Es ist für dein Unternehmen doch ebenfalls lukrativ», sagte ich und nahm mir einen Blaubeermuffin. Ich biss hinein und musste ein lautes «Mmh» unterdrücken. Simone tat es mir gleich.

«Normalerweise schon. Aber ich versinke grade in Arbeit und weiß noch nicht, wie ich die Harrington Group unterbekommen soll», murmelte sie kauend und grinste daraufhin schief.

«Ich dachte, du konntest es einplanen?», fragte ich perplex und verschluckte mich fast an dem Muffin. Hastig spülte ich mit einem Schluck Tee nach. Simone beobachtete meine Aktion mit einem verwirrten Blick.

«Ja», erwiderte sie dann zögerlich. «Wenn ich bis dahin einen Ersatz für meinen gekündigten Mitarbeiter erhalte.»

Ich starrte sie an. «Dir ist hoffentlich klar, dass wir jetzt die Dekobesprechung abhalten wollen?», fragte ich sie. Simone nickte und nahm sich einen weiteren Muffin.

«Ich weiß», nuschelte sie mit vollem Mund.

«Macht es dann überhaupt Sinn, wenn du gar nicht weißt, ob alles klappt?», fragte ich und versuchte meine Stimme ruhig zu halten.

«Das wird schon. Ich habe diese doofe Präsentation vor dem Vorstand abgehalten, den Auftrag erhalten und angenommen. Ich werde das hinbekommen», sagte sie zuversichtlich und grinste mich spitzbübisch an. Meine Stirn kräuselte sich.

«Wenn du das sagst», murmelte ich. Simone nickte stolz.

«Lass und anfangen, ehe wir noch mehr Zeit verlieren», sagte sie und packte ihren Laptop aus.

In den nächsten zwei Stunden gingen wir die gesamte Dekoration des Events durch und nahmen kleinere Anpassungen vor. Diese Besprechung war wichtig, da ich die Desserts daran anglich, damit alles ein stimmiges Bild abgab. Es klopfte leise an der Tür.

«Herein», rief ich gedankenversunken, als ich gerade einen Stern auf dem iPad zeichnete und eine Fondantdeko wählte. Caleb betrat den Raum.

«Ich wollte dir Bescheid geben, dass die Mehllieferung angekommen ist. Der Lieferant sprach eine Rechnung vom letzten Mal an», sagte er.

«Hey Caleb», zwitscherte Simone und grinste ihn an. Ihm kroch sofort die Röte den Hals hinauf und es dauerte nur wenige Sekunden, bis seine Ohren zu Tomaten mutiert waren. Ich spürte, wie sich meine Stirn in Falten legte. Seltsam. Ich schielte zu Simone, die ihn nur weiterhin angrinste.

«Simone», stammelte Caleb und war steif wie eine Litfaßsäule. Er vermied es, sie anzusehen. Dieses Verhalten hatte ich bei Caleb gegenüber Simone schon öfter bemerkt, aber bislang nie hinterfragt.

«Ich habe die Rechnung vergessen. Richte ihm das bitte aus. Ich überweise sie sofort zusammen mit der neuen Lieferung», sagte ich. Caleb nickte knapp und legte mir den Beleg auf das Sideboard. Er schielte unauffällig zu Simone hinüber, ehe er das Büro verließ. Aber sie war bereits wieder in ihrem Laptop versunken. Ich ließ meinen Rücken seufzend gegen die Stuhllehne fallen.

«Was ist eigentlich zwischen euch vorgefallen? Ihr verhaltet euch total merkwürdig», sprach ich in die Stille hinein. Simone hielt inne und hob ihren Blick. Das Licht ihres Laptops spiegelte sich in ihrer großen, goldenen Brille. Sie sah mich unschuldig an und zuckte mit den Schultern.

«Ich weiß nicht, was du meinst», sagte sie. Ich konnte sehen, dass sie sich ein Grinsen verkniff. Skeptisch verzog ich mein Gesicht.

«Aha», erwiderte ich nur. Simone zwinkerte mir zu.

«Sind wir durch? Ich muss zu einem Kundentermin», äußerte sie plötzlich und stand auf. Mir fiel die Kinnlade runter.

«Ja, ich denke schon. Wir haben alles Notwendige», erwiderte ich und erhob mich ebenfalls. Zufrieden nickte Simone.

«Ich ruf gleich bei meiner Sekretärin an und lass dir das Konzept per E-Mail zukommen», sagte Simone, während sie mich in den Arm nahm.

«Wir sehen uns beim Aufbau des Events, Süße», flötete sie und stöckelte mit wippenden Hüften auf ihren schwindelerregenden Absätzen davon.

«Bis dann», rief ich ihr nach, aber sie war schon zur Tür raus. Seufzend ließ ich mich wieder auf meinem Stuhl sinken. Ich bewegte den Kopf ein paarmal hin und her, um die Nackenmuskulatur ein wenig zu entspannen. Aber es half nicht.

Kapitel 28
Miles

U mgeben von einem Team und einem Mitglied aus dem Vorstand, Mr. Garret Thomp-
son, saß ich im Besprechungszimmer. Die Atmosphäre war gespannt, aber auch voller Erwartung.
Wir hatten uns alle auf diese große Besprechung
vorbereitet, in der wir die Pläne für das kommende Jahr beraten würden. John, ein Mitglied des
Teams, stand vorne und hielt die Präsentation
über das Projekt. Er sprach mit fester Stimme und
sein Vortrag war gut strukturiert.

«Wie Sie sehen können», sagte er, «ist es unser
Ziel, Investoren für den Kunden und für die Harrington Group zu finden, damit wir das Gebäude
komplett neu gestalten können.»

Garret lehnte sich in seinem Stuhl zurück und
verschränkte die Arme vor der Brust.

«Ich verstehe Ihren Standpunkt», äußerte er
nachdenklich. «Aber das Gebäude steht schon

kurz vor dem Zerfall. Ein Abriss und ein moderner Neubau könnten langfristig von größerem Vorteil sein.»

Ein Raunen ging durch den Raum. Die Idee eines kompletten Neubaus hatte bisher niemand laut ausgesprochen, obwohl sicherlich viele von uns darüber nachgedacht hatten.

«Ein Neubau?», wiederholte ich langsam und ließ die Worte auf mich wirken. «Das wäre eine radikale Veränderung.»

John nickte. «Der Inhaber wäre auch für einen Abriss und einen anschließenden Neubau. Wenn er sich dafür entscheidet, muss sowohl den Wohnungsmietern sowie dem Gewerbebetrieb zeitnah gekündigt werden, damit wir beginnen könnten. Der Inhaber möchte sich allerdings nicht selbst damit herumschlagen. Das muss alles über unsere Rechtsabteilung passieren», sagte John. Ich nickte nachdenklich. Es wäre ein großes Projekt. Direkt zum Jahresstart.

«Das war aber nicht alles. Der Inhaber spielt mit dem Gedanken, das Gebäude sowie das Grundstück in diesem maroden Zustand zu verkaufen. Da es großes Potenzial hat und relativ zentral gelegen ist, könnte er eine Menge Geld damit gewinnen», fügte John hinzu.

Die Augen meiner Mitarbeiter weiteten sich überrascht. Ich konnte das Aufblitzen von

Interesse und Zustimmung bei ihnen sehen. Ein Verkauf an einen Investor gibt uns mehr kreative Freiheiten für den Neubau. Das ist bei solch großen Projekten meist mein liebstes Vorgehen. Der Eigentümer veräußert an einen Geldgeber, dieser lässt uns freie Hand und anschließend wird es mit Gewinn erneut verkauft.

«Das klingt nach einer attraktiven Option», sagte ich und sah in die Runde. «Ein moderner Neubau könnte viele Vorteile bieten. Sowohl in Bezug auf die Infrastruktur als auch auf die langfristige Wertsteigerung.»

John nickte zustimmend.

«Und wenn wir das Grundstück an einen Investor verkaufen», fügte John hinzu, «können wir sicherstellen, dass der neue Bau unseren Vorstellungen entspricht und gleichzeitig moderne sowie nachhaltige Standards erfüllt. In der Mappe habe ich einige Pläne zusammengestellt für mögliche Neubauprojekte.»

Garret schien ebenfalls überzeugt zu sein.

«Das könnte eine hervorragende Lösung sein», äußerte er nachdenklich.

Die Diskussion ging weiter und wir sprachen über verschiedene Strategien zur Investorengewinnung. Wir prüften mögliche Herausforderungen mit Behörden und Lösungen im Zusammenhang mit einem Abriss und Wiederaufbau. Kurz bevor die Besprechung endete, warf ich einen Blick in die Mappe. Die Zahlen waren grandios. Ich blätterte weiter in den Unterlagen, während die Diskussion um mich herum weiterging. Die Idee eines Abrisses und Neubaus hatte das Team belebt. Doch etwas an der Lage des Grundstücks ließ mich nicht los. Ich konnte nicht genau sagen, was es war, aber irgendetwas kam mir bekannt vor. Ich zog die Karte der Immobilie hervor und betrachtete sie genauer. Das Gebäude lag in einer Gegend, die ich kannte. Aber ich konnte nicht sagen, warum sie mir vertraut war. Mein Blick wanderte über die Straßen und Nachbargebäude auf der Karte, doch nichts sprang mir sofort ins Auge.

«Miles, was denkst du?», fragte Garret plötzlich und riss mich aus meinen Gedanken.

«Entschuldigung», murmelte ich abwesend. «Ich versuche herauszufinden, warum mir diese Lage so bekannt vorkommt.»

Garret nickte verständnisvoll und wandte sich wieder der Diskussion zu. Ich blätterte weiter durch die Unterlagen und stieß auf die aktuelle Anwohnerliste des Gebäudes. Als ich einen gewissen Namen entdeckte, erstarrte ich und mein Herz setzte einen Schlag aus. Winters Delight – Ella Jennings. Plötzlich ergab alles Sinn. Die vertraute Lage des Grundstücks. Das Gefühl eines Déjà-vus. Ich erinnerte mich daran, dass das

Gebäude in dem sich die Konditorei befand, äußerst baufällig war. Mit meinem geschulten Auge hatte ich schon am ersten Abend erkannt, was an dem Objekt gemacht werden musste. Das volle Programm.

«Alles in Ordnung?», fragte Garret besorgt und sah mich aufmerksam an.

Ich räusperte mich und versuchte, meine Fassung wiederzugewinnen.

«Ja», antwortete ich mit belegter Stimme. Ich konnte dem Team nicht sagen, dass der Gewerbemieter unsere Dessertcaterer für das Weihnachtsevent war und ich eine persönliche Verbindung zu der Inhaberin hatte. Ich durfte mich nicht von meinen Emotionen lenken lassen, sondern musste an das Geschäft denken. Die Besprechung ging weiter und wir diskutierten verschiedene Möglichkeiten für den Umgang mit den aktuellen Mietern. Meine Gedanken schweiften immer wieder zu Ella. Wie würde sie auf die Nachricht reagieren? Sie hatte all ihr Herzblut in ihre Konditorei fließen lassen. Die Besprechung ging zu Ende und ich war emotional aufgewühlt. Wie versteinert saß ich auf dem Stuhl. Die Tür des Besprechungszimmers fiel leise ins Schloss. Garret und die anderen waren gegangen, aber ich konnte mich nicht dazu bringen, aufzustehen. Die Unterlagen lagen immer noch vor mir auf dem Tisch, doch meine Gedanken waren weit weg. Ella. Ihr Name schien in meinem Kopf zu widerhallen und ließ mich nicht los. Die Realität traf mich mit voller Wucht ins Gesicht. Wenn der Eigentümer beschloss, das Gebäude abzureißen, würde Ellas Gewerbebetrieb von unserer Rechtsabteilung gekündigt werden. Und das unmittelbar nach Weihnachten. Der Gedanke daran schnürte mir die Kehle zu und eine eiserne Faust schlug durch mein Herz. Ich konnte mir vorstellen, wie Ella sich fühlen würde. Wir hatten uns erst kennengelernt und sie hatte meinen Kopf aus der Schlinge gezogen, während ich den Knoten bei ihr bald gnadenlos zuziehen musste. Verzweiflung breitete sich in mir aus. Was sollte ich tun? Wie konnte ich ihr helfen? Meine berufliche Verantwortung kollidierte heftig mit meinen persönlichen Gefühlen. Ich wusste, dass wir als Team eine Lösung finden mussten, die sowohl unseren geschäftlichen Anforderungen, den Wünschen unseres Auftraggebers als auch den Bedürfnissen der Mieter gerecht werden wurde. Aber wie konnte ich sicherstellen, dass ich Ellas Existenz nicht zerstörte? Meine Gedanken rotierten weiter. Ich überlegte, ob es eine Möglichkeit gab, den Abriss hinauszuzögern oder alternative Unterkünfte für die Mieter zu finden. Aber selbst, wenn das realisierbar wäre, würde es

Zeit brauchen. Zeit, die wir nicht hatten. Zeit kostet meinem Unternehmen und dem Besitzer Geld. Aber was waren hunderttausend Dollar für eine große Firma im Gegensatz zu Ellas Lage? Aus den Unterlagen konnte ich entnehmen, dass die Miete für die Gewerbeflächen verblüffend gering war. Ella würde nie wieder Flächen zu dem niedrigen Preis anmieten können. Ich fühlte mich gefangen zwischen zwei Welten. Der professionellen Welt meiner Arbeit und der persönlichen Welt meiner Gefühle zu Ella. Beide waren wichtig für mich, aber in diesem Moment schienen sie unvereinbar. Ein Gefühl der Ohnmacht überkam mich. Ich wollte etwas tun. Irgendetwas, um die Situation abzuwenden. Aber ich wusste nicht was. Die Verantwortung lastete wie Eisen auf meinen Schultern und drückte mich fast nieder. Im Raum war es totenstill. Das erstickte mich. Immer wieder überflog ich die Bewohnerliste. Ellas Name starrte mich an und erinnerte mich daran, dass dies mehr als nur ein Geschäft war. Ich atmete tief durch und versuchte, meine Gedanken zu ordnen. Es musste einen Weg geben, diese Situation zu lösen. Ich stand auf und verließ den Besprechungsraum. Während ich den Flur entlangging und meine Schritte widerhallten, fühlte ich eine Mischung aus Angst und Entschlossenheit in mir aufsteigen.

Egal wie schwierig es sein mochte. Ich würde alles in meiner Macht Stehende tun, um sicherzustellen, dass Ella nicht unter diesem Projekt leiden musste.

Kapitel 29
Ella

Mein Bauch kribbelte ununterbrochen. Es war der Tag gekommen, an dem die Harrington Group ihr Weihnachtsevent feierte. Ich fuhr mit meinem Auto in die Tiefgarage des Gebäudekomplexes und suchte mir einen Parkplatz.

«Oh», sagte ich, denn ich fand direkt neben Miles Wagen einen Platz. Als ich ausstieg, hörte ich das leise Summen des Aufzugs und sah, wie sich die Türen öffneten. Miles trat heraus. Elegant gekleidet in einem dunkelblauen Anzug, der seine Augen zum Strahlen brachte. Unsere Blicke trafen sich und wir lächelten uns warm an.

«Hallo Ella.» Begrüßte er mich mit seiner tiefen, beruhigenden Stimme.

«Hallo», erwiderte ich und spürte, wie mein Blut in Wallung geriet. «Bereit für den großen Tag?»

Ein raues Lachen kam aus seinem Mund.

«So bereit, wie man nur sein kann. Hast du das Meiste dabei?», fragte er mich und linste in mein Auto. Ich nickte.

«Alles sicher verstaut in Kühlboxen. Caleb macht sich nachher auf den Weg und bringt den Rest, der aktuell fertig dekoriert wird», erklärte ich und guckte ebenfalls in mein Fahrzeug.

«Sehr gut. Grace wird heute Abend ein paar Stunden anwesend sein. Sie futtert die Menge in deinem Kofferraum ja schon alleine auf», sagte er glucksend. Ich lachte. Ich konnte mir lebhaft vorstellen, wie Grace sich über meine Torte und Plätzchen hermachte.

«Gehen wir hoch? Ich zeige dir alles. Der Tisch für deine Desserts ist vorbereitet. Simone wollte dir beim Arrangieren des Buffets freie Hand lassen», erklärte er mir und deutete auf den Aufzug. Ich nickte und folgte ihm. Ich war Simone dankbar, dass sie mir immer bei den Desserttischen freie Hand ließ. Wir waren uns vor Jahren darüber einig geworden, dass sie mir die Aufgabe für die Dekoration meiner Tische überließ. Dafür stellte sie mir ihre Dekoartikel zur Verfügung. Wir gingen gemeinsam zum Aufzug und fuhren nach oben in die Etage, wo das Event stattfinden sollte. Die Vorbereitungen waren in vollem Gange. Überall waren Menschen beschäftigt Dekorationen anzubringen, Tische zu decken und letzte

Handgriffe zu erledigen. Als ich den Raum betrat, klappte mir der Mund auf. Vor meinen Augen vermischte sich zeitgemäße und klassische Deko. Alles wirkte wie ein abgestimmter Walzertanz.

«Es sieht fantastisch aus», sagte ich bewundernd und betrat den Raum.

Miles nickte zustimmend. «Das Team von Reynolds hat großartige Arbeit geleistet.»

Die hohen Decken waren mit funkelnden Lichterketten geschmückt, die wie ein Sternenhimmel über uns leuchteten. Die Lichter reflektierten sich in den großen Fenstern, die einen atemberaubenden Blick auf die schneebedeckte Stadt boten. An den Wänden hingen elegante Kränze aus Tannenzweigen, verziert mit silbernen und goldenen Kugeln. Es waren sogar dezente weiße Schleifen an ihnen zu sehen. In der Mitte des Raumes stand ein majestätischer Weihnachtsbaum, der bis zur Decke reichte. Neben den klassischen roten und goldenen Kugeln hingen geometrische Ornamente. An der Spitze des Baumes thronte ein großer Stern, der das gesamte Arrangement krönte. Auf den Tischen lagen schneeweiße Tischdecken und Mittelstücke aus frischem Tannengrün, weißen Amaryllisblüten und goldenen Kerzenhaltern. Die Teller bestanden aus feinem Porzellan und die Gläser waren aus Kristall gefertigt. Die Stühle waren mit weichen Samtbezügen in einem tiefen burgunderrot versehen, was dem Raum eine zusätzliche Note von Luxus verlieh. An einer Seite des Raumes befand sich eine stilvolle Bar aus dunklem Holz mit einer glänzenden Marmorplatte. Hier wurden edle Weine, Champagner und festliche Cocktails serviert. Hinter der Bar hing ein großes Gemälde eines winterlichen Stadtbildes. Eine Hommage an die Immobilienbranche und die Stadt selbst. In einer Ecke des Raumes war eine kleine Bühne aufgebaut worden, auf der später Reden gehalten und musikalische Darbietungen stattfinden sollten. Ein schwarzer Flügel stand bereit für den Pianisten, während daneben Mikrofone für die Redner und Musiker aufgestellt waren. Es war klar, dass viel Liebe zum Detail in die Gestaltung dieses Events geflossen war.

«Ella!», rief plötzlich eine vertraute Stimme hinter mir. Ich drehte mich um und sah Simone Reynolds auf mich zukommen. Sie strahlte über das ganze Gesicht.

«Simone!», rief ich zurück und ging ihr entgegen. Wir umarmten uns kurz zur Begrüßung.

«Alles ist perfekt gelaufen», sagte sie. «Einige der Mitarbeiter von Mr. Harrington haben bereitwillig mit angepackt und Tische und Stühle hereingetragen», fügte sie hinzu und deutete auf den Lastwagen, der draußen vor dem Fenster zu sehen war.

«Mein Personal freut sich eben auf diesen Abend und hilft dann erwartungsgemäß mit, damit alles perfekt ist», erklärte Miles lächelnd.

«Gehen deine Mitarbeiter heute gar nicht mehr ihrer normalen Tätigkeit nach?», fragte ich ihn. Miles schüttelte den Kopf.

«Die meisten sind heute zuhause geblieben und kommen erst am frühen Abend. Wir haben nur absolute Notbesetzung und einige Anwesende, die unbedingt zur Arbeit kommen wollten», erwiderte er lachend. Der Gedanke, dass Miles seinen Mitarbeitern heute die Möglichkeit gegeben hatte, einen freien Tag zu nehmen und erst am Abend zum Firmenevent zu erscheinen stimmte mich freudig.

«Oh nein. Bitte vorsichtig!», rief Simone plötzlich und stürmte zu ihren Helfern, die einen schweren kristallenen Kronleuchter durch die Tür hereinschleppten. Er war hart an den Türrahmen geknallt. Besorgt verzog ich das Gesicht.

«Das will ich mir gar nicht ansehen, sonst bekomme ich Herzrasen», murmelte Miles und wandte sich ab. Grinsend wandte ich mich ihm zu. Er wirkte blass.

«Ist alles in Ordnung?», fragte ich ihn. Er nickte. Er nahm plötzlich meine Hand und zog mich sanft mit sich.

«Komm, ich möchte dir den Tisch zeigen, auf dem du deine Desserts arrangieren darfst», sagte er mit einem Lächeln.

Ich spürte, wie sich die Wärme seiner Hand mit meiner verband. Ein angenehmes Kribbeln breitete sich in meinen Fingern aus und erstreckte sich auf meine Handfläche. Es war, als ob eine unsichtbare Verbindung zwischen uns entstanden wäre, die mich gleichzeitig beruhigte und aufregte.

«Sehr gut», antwortete ich und folgte ihm. Als wir den Tisch erreichten, blieb Miles stehen und ließ meine Hand los. Der Tisch war perfekt positioniert. Zentral im Raum, aber dennoch etwas abseits vom Hauptgeschehen, sodass die Gäste die Desserts in Ruhe bewundern konnten.

«Hier ist er», sagte Miles stolz. «Ich dachte, dieser Platz wäre ideal für deine Kreationen.»

Ich betrachtete den Tisch und war überwältigt. Er war mit einer weißen Tischdecke bedeckt und von kleinen goldenen Kerzenhaltern umgeben. Mit ihrem Licht hüllten sie den Platz in Wärme ein. In der Mitte des Tisches stand ein kunstvoller Blumenstrauß aus weißen Amaryllisblüten und Tannenzweigen.

«Es ist perfekt», sagte ich ehrfürchtig und sah Miles an. «Danke.»

Er lächelte und nickte.

«Wie gesagt, wollte Simone dir die Gestaltung des Tisches überlassen. Die Blüten und Zweige hat sie hier abgestellt.»

Wissend nickte ich. «Das ist so ein Ding zwischen uns. Als wir das erste Mal miteinander gearbeitet haben, sind wir erheblich aneinandergeraten, weil ihre Tischdekoration nicht so zu meinen Desserts gepasst hatte und ich bisschen umgestellt hatte. Seitdem überlässt sie mir die Gestaltung, solange ich ihre Sachen verwende und mich am Grunddesign des Events orientiere.»

«Gute Entscheidung, denke ich», erwiderte Miles und grinste schief. Simone trat an uns heran. Schweißperlen liefen ihr an der Schläfe hinab. Spielerisch tupfte ich ihr mit einer herumliegenden Serviette die Stirn ab. Sie riss mir schnaubend den Stoff aus der Hand. Ich kicherte und Simone harkte sich bei mir unter. Miles beobachtete uns amüsiert.

«Ich möchte euch beiden danken, dass ihr so spontan Zeit hattet, mein Event zu retten und sowas auf die Beine gestellt habt», sagte Miles. Simone und ich winkten beide ab.

«Es war uns eine Ehre, dich zu unterstützen», erwiderte ich und lächelte ihn an. Simone nickte müde und sah sich wieder nach ihrem Team um. Sie wirkte gehetzt.

«Ich möchte euch für den heutigen Abend eine Einladung aussprechen. Ihr seid herzlich eingeladen, an dem Firmenevent teilzunehmen, als meine Gäste», sagte Miles plötzlich. Unwillkürlich versteifte ich mich. Simone blickte ihn an und verzog gequält das Gesicht.

«Liebend gerne. Aber du bist heute leider nicht der Einzige, der auf meine beeindruckenden Dekorationsfähigkeiten vertraut. Nach diesem Auftrag sind zwei andere Firmengebäude zu dekorieren und ich muss gleich weiter. Danach falle ich abends todmüde in mein Bett. Tut mir echt leid», sagte Simone an Miles gewandt. Dieser winkte nur ab.

«Alles in Ordnung. Das kann ich verstehen», erwiderte er. Dann drehte er sich zu mir. Hitze breitete sich auf meinen Wangen aus. Fieberhaft suchte ich nach einer Ausrede, um nicht daran teilnehmen zu müssen. Miles war mein Kunde und ich nahm nie Einladungen an, um keine persönliche Verbindung aufzubauen. Doch was sollte ich hervorbringen? Ich hatte nur noch einen kleinen Auftrag in der Konditorei zu erledigen und dann Papierkram für den Nachmittag eingeplant. Ich seufze. War ich mit Miles Harrington nicht schon längst ein paar Schritte zu weit gegangen, was eine professionelle Geschäftsbeziehung ausmacht? Ich schaute in das abwartende Gesicht von Miles. Simone guckte zwischen uns hin und her. Ein Grinsen schlich sich auf ihre Lippen. Ich rieb mir über den Arm und druckste herum. Nun war es Simone, mir die Stirn abtupfte. Kichernd wich sie meinem leichten Schlag aus. Sie wandte sich zwinkernd von uns ab und ging einer ihrer Mitarbeiterinnen entgegen, die mit einem Klemmbrett auf uns zukam.

«Nun?», wollte Miles von mir wissen. Ich seufzte.

«Eigentlich habe ich noch etwas zu tun. Außerdem stapeln sich die Papiere in meinem Büro.», stotterte ich.

«Wir erwarten die Gäste erst gegen Abend. Du könntest in Ruhe deine Aufträge erledigen. Den Papierkram kannst du auf einen anderen Tag verschieben und später kommen», erwiderte Miles und sah mich bittend aus seinen schokoladensouffleefarbigen Augen an. Ich seufzte erneut und sah mich hilfesuchend um. Doch dann fasste ich mir ans Herz. Ich fühlte mich in Miles Nähe wohl. Das Event sah vielversprechend aus und ich hatte Lust, einen unbeschwerten Abend zu verbringen. Auch wenn es mit meinem Auftraggeber war. Ich wendete mich wieder Miles zu und ich spürte, wie sich ein Lächeln auf meinem Gesicht ausbreitete.

«Na gut. Ich werde es mir überlegen», ergab ich mich. «Aber erst muss ich die Desserts aus meinem Auto schaffen und hier kühlen.»

Miles stieß einen Jubelschrei aus und vollführte einen Freudentanz. Mir wurde warm ums Herz, als ich ihn betrachtete. Lachend wandte ich mich ab und zeigte ihm per Handsprache, dass ich in die Tiefgarage ging. Ein Mitarbeiter kam auf uns zu, um eine Angelegenheit mit Miles zu besprechen. Auf dem Weg nach unten lief Simone an mir vorbei.

«Dein Hintern würde in dem grünen Abendkleid bombastisch aussehen», ließ sie mich wissen und zwinkerte mir zu. Röte schoss mir in die Wangen und ich kicherte verlegen.

Kapitel 30
Miles

Ich sah, wie Ella in den Aufzug stieg. Ein Teil von mir wollte sie zurückrufen, aber ich wusste, dass sie ihre Arbeit erledigen musste. Ihre Anwesenheit hatte ein zartes Gefühl in mir hinterlassen. Als die Aufzugtüren sich schlossen, hörte ich eine Stimme hinter mir.

«Miles, hast du einen Moment?»

Es war Richard, ein Kollege der Harrington Group. Er wirkte besorgt und hielt einige Dokumente in der Hand.

«Natürlich, Richard», antwortete ich und wandte mich ihm zu. «Was gibt es?»

Er seufzte und reichte mir die Papiere.

«Es geht um eine Kundenangelegenheit. Wir haben einige Beschwerden über Verzögerungen bei einem unserer Bauprojekte erhalten.»

Ich nahm die Dokumente entgegen und begann sie durchzublättern.

«Welche Projekte sind betroffen?», fragte ich und versuchte, mich auf das Gespräch zu konzentrieren.

«Das neue Wohnkomplex-Projekt in der Innenstadt», erklärte Richard. «Einige der Käufer sind unzufrieden mit dem Fortschritt und drohen mit rechtlichen Schritten.»

Ich nickte langsam und las weiter. Die Beschwerden waren detailliert und zeigten deutlich die Frustration der Kunden.

«Wir müssen sofort Maßnahmen ergreifen», sagte ich. «Hast du schon mit dem Bauleiter gesprochen?»

Richard nickte. «Ja, aber er behauptet, dass die Verzögerungen auf unerwartete Wetterbedingungen und Lieferprobleme zurückzuführen sind.»

«Das kann sein», erwiderte ich stirnrunzelnd, «aber wir können uns keine unzufriedenen Käufer leisten.»

Ich überlegte kurz.

«Lass uns ein Treffen mit dem Bauleiter arrangieren und sehen, wie wir den Prozess beschleunigen können. Vielleicht können wir zusätzliche Ressourcen bereitstellen oder alternative Lieferanten finden.»

Richard schien erleichtert über meinen Vorschlag zu sein.

«Das klingt nach einem Plan. Ich werde das sofort in die Wege leiten.»

«Gut», sagte ich und klopfte ihm beruhigend auf die Schulter. «Wir werden das schon regeln.»

Nachdem Richard gegangen war, blieb ich einen Moment stehen und ließ meinen Blick durch den festlich geschmückten Raum schweifen. Die Vorbereitungen liefen weiterhin auf Hochtouren und überall herrschte geschäftiges Treiben. Trotz der anstehenden Herausforderungen fühlte ich mich optimistisch. Das Event würde ein Erfolg werden. Davon war ich überzeugt. Ich schaute ein letztes Mal auf den Aufzug und begann, meine eigenen Aufgaben für den Tag zu erledigen. Es gab viel zu tun.

Ich saß in meinem Büro und sah mir wichtige Dokumente an. Der Nachmittag war friedlich und ich nutzte die Zeit, um mich auf einige anstehende Projekte zu konzentrieren. Die Beschwerden, über das Bauprojekt in der Innenstadt hatten meine volle Aufmerksamkeit erfordert. Aber ich war zuversichtlich, dass wir eine Lösung finden würden. Plötzlich ging die Bürotür auf und Grace hüpfte herein, strahlend in einem roten Kleid. Ihr Lachen erfüllte den Raum und brachte sofort ein Lächeln auf mein Gesicht.

«Daddy!», rief sie begeistert und lief auf mich zu.

«Hallo, mein Schatz», sagte ich und hob sie hoch, um sie fest zu umarmen. Ihre Freude war ansteckend und für einen Moment vergaß ich alle Sorgen. Doch dann trat Juliana ein. Ihre Aura strahle vor Selbstbewusstsein. Sie sah wie immer makellos aus und war elegant gekleidet. Unsere Blicke trafen sich kurz, aber wir schauten schnell wieder weg. Seit der Scheidung vor einem Jahr war eine distanzierte Professionalität zwischen uns entstanden.

«Hallo Miles», sagte sie kühl und setzte sich auf den Stuhl vor meinem Schreibtisch.

«Juliana», erwiderte ich knapp und setzte Grace wieder ab. «Wie geht es dir?»

«Gut», antwortete sie nur und wandte sich dann an Grace. «Schatz, möchtest du nicht draußen im Flur spielen? Ich muss kurz mit deinem Vater sprechen.»

Grace nickte eifrig und lief zur Tür hinaus. Als sie weg war, breitete sich eine unangenehme Stille im Raum aus. Ich räusperte mich und versuchte, meine Gedanken zu ordnen. Die Trennung war nicht von mir ausgegangen. Es war Juliana gewesen, die entschieden hatte, dass unsere Ehe nicht mehr funktionierte. Trotz der Zeit, die vergangen war, trauerte ich immer noch den gemeinsamen Momenten hinterher.

«Was gibt es?», fragte ich und hatte Mühe, meine Stimme neutral zu halten.

Juliana seufzte leise und legte ihre Hände in den Schoß.

«Ich muss kurz vor Weihnachten für einen Termin nach Los Angeles. Grace muss einige Tage bei dir bleiben. Mein Rückflug geht erst nach den Feiertagen. Ich hoffe, das ist in Ordnung für dich.»

Ich nickte unschlüssig.

«Das ist okay. Wir hatten das letzte Mal Spaß zusammen.»

Julianas Mund verformte sich zu einem steifen Lächeln und sie knetete ihre Hände.

«Damit du dich darauf einstellen kannst, ich werde heute Abend eine Begleitung mitbringen», sagte sie. Unweigerlich versteifte ich mich.

«Was meinst du damit? Das Event ist für Mitarbeiter und geladene Gäste. Jeder hat eine spezielle Einladung erhalten und die Plätze sind begrenzt», erklärte ich und verzog das Gesicht.

Juliana nickte. «Ich weiß. Ich habe es mit dem Vorstand abgesprochen und er hat eine Einladung erhalten», erwiderte sie.

«Warum weiß ich davon nichts?», fragte ich und musterte sie von oben bis unten. «Wen bringst du überhaupt mit?»

«Einen Freund», erwiderte sie knapp.

«Gehst du mit ihm ins Bett?», fragte ich schnippisch und spürte unweigerlich eine Eifersuchtswelle über mich rollen. Juliana verdreht die Augen.

«Ich wüsste nicht, dass dich das etwas angehen würde», zischte sie und stand auf. Ich schoss ebenfalls hoch.

«Wir sind grade mal ein Jahr getrennt. Grace kommt immer noch nicht damit klar», sagte ich aufgebracht. Juliana schnaubte verächtlich.

«Als hättest du seit der Trennung keine Frau mehr in deinem Bett gehabt», zischte sie und lachte freudlos. Verwirrt starrte ich sie an.

«Hatte ich nicht», flüsterte ich. Das war die Wahrheit. Seit unserem Auseinanderleben hatte ich mich in die Arbeit und den Sport gestürzt.

«Und wer bitteschön ist dann Ella, von der Grace andauernd spricht?», fragte sie mich und verschränkt die Arme vor der Brust. Ich glotzte Juliana verständnislos an und schüttelte dann den Kopf.

«Ella ist die Inhaberin des Caterers Winters Delight für den heutigen Abend. Grace hatte sie kennengelernt, weil ich spontan für die Detailbesprechung in die Konditorei musste», erwiderte ich kühl. Verdutzt blickte mich Juliana an.

«Ach ja?», brachte sie nur heraus.

«Ja!», erwidere ich eindringlich und starrte sie dabei kopfschüttelnd an. Ein weiteres Schweigen folgte. Meine Gedanken drifteten zurück zu den glücklichen Zeiten unserer Ehe. Die gemeinsamen Urlaube, die Abende zu zweit nach einem langen Arbeitstag, die Geburt von Grace. Dass diese Zeiten vorbei waren, quälte mich noch immer wie eine klaffende Wunde.

«Miles», sprach Juliana zögernd, «Ich weiß, dass es nicht einfach für dich war. Für uns beide nicht.»

Ich sah sie an und konnte den Schmerz in ihren Augen erkennen. Einen Schmerz, den ich nur allzu gut kannte.

«Nein», stimmte ich leise zu. «Es war nicht einfach.»

Sie nickte langsam.

«Ich möchte nicht länger stören. Wir sehen uns heute Abend.»

«Ja», sagte ich. «Bis später.»

Als sie ging, blieb ich einen Moment lang stehen und starrte auf die geschlossene Tür. Die Erinnerungen an unsere gemeinsame Zeit waren bittersüß. Voller Freude, aber ebenso voller Trauer. Ich wusste, dass sie heute Abend ebenfalls anwesend sein würde. Ich hatte damit schon gerechnet, dass sie sich das Weihnachtsevent nicht entgehen lassen würde. Immerhin war sie Jahre mit mir verheiratet gewesen, hatte viele Freunde im Unternehmen und ihre Familie hatte kurz nach der Hochzeit Anteile an der Firma gekauft. Ich hatte die Gästeliste nicht Kopf, aber ich war mir sicher, dass meine Ex-Schwiegereltern heute ebenfalls anwesend sein werden. Es wird problematisch werden, ihrem Vater gegenüberzutreten. Wir hatten in den vergangenen Jahren ein äußerst freundschaftliches Verhältnis gepflegt und waren sogar zweimal im Monat beim Golfen oder spielten Tennis. Laut meinen Eltern habe ich alleine die Ehe zu Juliana vermasselt. Sie ist das einzige Kind einer einflussreichen Familie in New York City und somit die alleinige Erbin. Meine Eltern machten mir den Vorwurf, den Kontakt zu dieser Familie verbockt zu haben. Ich seufzte tief und fuhr mir durch die Haare. Ein Blick auf die Uhr verriet mit, dass es nur wenige Stunden waren, bis ich das Event offiziell eröffnen musste.

Kapitel 31
Ella

Caleb müsste jeden Augenblick die Tiefgarage der Harrington Group herunterfahren. Während ich auf ihn wartete, ging ich gedanklich die Dekoration durch. Dann hörte ich Motorengeräusche. Als Caleb aus dem Auto stieg, winkte ich ihm zu.

«Hey», rief ich und schlenderte auf ihn zu. «Alles gut gelaufen?»

«Ja, alles bestens», antwortete er grinsend und zeigte einen Daumen nach oben. Er öffnete den Kofferraum. «Die Desserts sind alle sicher angekommen.»

Gemeinsam luden wir die Dessertstücke aus dem Auto und stellten sie vorsichtig auf einen fahrbaren Tisch. Die Kühlboxen waren schwer, aber mit vereinten Kräften schafften wir es schnell.

«Das wird großartig aussehen», schwärmte Caleb. Im gleichen Moment schaute er auf die kunstvoll dekorierten Törtchen und Plätzchen.

«Ich hoffe, die Gäste werden es genießen.»

Als wir alles sicher verstaut hatten, schoben wir den Tisch zum Aufzug. Die Räder quietschten leicht auf dem Boden, aber wir achteten darauf, dass nichts verrutschte. Im Lift herrschte Stille. Ich konnte spüren, wie Caleb genauso gespannt war wie ich. Die Türen sich öffneten sich und wir betraten den festlich geschmückten Saal. Caleb blieb stehen und ließ seinen Blick durch den Raum schweifen. Ihm stand der Mund offen.

«Wow», hauchte er leise. «Simone hat ganze Arbeit geleistet», fügte er lauter hinzu.

Ich nickte zustimmend. Der Raum sah atemberaubend aus.

«Caleb», sagte ich und legte ihm eine Hand auf die Schulter. «Ich schaffe das hier alleine. Du hast dir dein Wochenende verdient.»

Er sah mich überrascht an.

«Bist du sicher? Ich kann dir helfen.»

«Ganz sicher», antwortete ich bestimmt und lächelte ihn an. «Geh und hab Spaß mit deinen Freunden.»

Er zögerte einen Moment, dann nickte er langsam.

«Okay, wenn du meinst.» Er grinste breit. «Dann wünsche ich dir Erfolg heute Abend!»

«Danke», sagte ich. «Und dir ein traumhaftes Wochenende!»

Mit einem letzten Nicken drehte sich Caleb um und trottete Richtung Aufzug zu seinem Auto.

Ich stand einen Moment lang allein im geschmückten Saal und ließ die Atmosphäre auf mich wirken. Ich öffnete die Kühlkammern und holte vorsichtig die kunstvoll dekorierten Törtchen und Plätzchen heraus, die ich heute Mittag bereits gebracht hatte. Während ich die Desserts auf den fahrbaren Tisch stellte, spürte ich eine Mischung aus Stolz und Nervosität in mir aufsteigen. Dies ist mein Moment und ich musste mein Bestes geben. Langsam rollte ich den Tisch zurück in den Saal und steuerte das Dessertbuffet an. Am Buffetbereich hielt ich kurz inne, dann ließ meinen Blick über die leeren Platten und Schalen schweifen. Was würde wo gut hinpassen? Ich stellte mir vor, wie die Gäste durch den Raum schreiten würden. Ihre Augen voller Vorfreude auf die Leckereien gerichtet. Ich wollte sicherstellen, dass jedes Dessertstück ins rechte Licht gerückt wurde und dass jeder Bissen ein Genuss für Auge und Gaumen sein würde. Bevor ich die Stücke auf die Platten stellte, legte ich unter jede eine zusätzliche Kühlplatte, damit alles frisch und gekühlt blieb.

Zuerst nahm ich den traditionellen Christstollen aus der Mitte des fahrbaren Tisches. Ich hatte ihn spontan gebacken und mit Puderzucker bestäubt. Ich platzierte ihn sorgfältig in der Mitte des Buffets. Dieser Christstollen sollte das Herzstück des Tisches sein.

Als Nächstes kamen die Winterbeeren Tartelette an die Reihe. Ich platzierte sie am Rand des Buffets. Daneben platzierte ich die Bratapfeltorte und die Schokoladen Eclairs mit Orangenfüllung. Auch hier sorgte eine Kühlplatte dafür, dass sie frisch blieben. Die Mitarbeiter würden diese Schokoladenmousse-Törtchen lieben.

Danach nahm ich die Schneeflockenplätzchen zur Hand. Diese legte ich auf eine ovale Platte neben den Schokoladeneclairs. Die Lebkuchenmacarons folgten als Nächstes. Ich arrangierte sie in einem sternförmigen Muster auf einer flachen Platte und stellte sie neben die Schneeflockenplätzchen.

Als Letztes kamen die Gewürzkuchenwürfel an die Reihe. Diese stellte ich auf eine dreistöckige Etagere neben den Lebenkuchenmacarons. Ich trat einen Schritt zurück und betrachtete mein Werk kritisch. Eine tiefe Zufriedenheit durchströmte mich. Dies war genau das Ergebnis, was ich mir durch meine harte Arbeit erhofft hatte. Plötzlich hörte ich leise Stimmen hinter mir und drehte mich um. Die Mitarbeiterinnen und Mitarbeiter, die beim Aufbau geholfen hatten, standen da und bestaunten das Dessertbuffet mit großen Augen. Ich lächelte. All meine Anstrengungen hatten sich gelohnt.

Kapitel 32
Miles

An einer Säule blieb ich stehen und beobachtete Ella heimlich. Es war schön, mit anzusehen, wie sie die Desserts für das Buffet anrichtete. Mein Blick fiel unweigerlich immer wieder auf ihren runden Hintern, der in engen Jeans steckte. Den besten Ausblick hatte ich, wenn sie sich ein wenig vorbeugte, um die Platten zu platzieren. Es war schwer, den Blick abzuwenden. Ihre Bewegungen hatten etwas Hypnotisches. Ella war völlig in ihre Arbeit vertieft. Ihre Präzision faszinierte mich. Wenn sie besonders konzentriert war, biss sie sich leicht auf die Lippen. Es war ein winziges Detail, aber es machte sie nur anziehender in meinen Augen. Ihre Hingabe und Leidenschaft für das, was sie tat, waren beeindruckend. Ich fragte mich, was in ihren Kopf vorging. War sie zufrieden mit ihrer Arbeit? War sie nervös wegen der bevorstehenden Feier? Oder dachte sie an etwas

anderes? Diese Gedanken gingen mir durch den Kopf, während ich weiterhin jede ihrer Bewegungen verfolgte. Plötzlich drehte Ella sich um und unsere Blicke trafen sich für einen kurzen Moment. Ich fühlte mich ertappt und hoffte inständig, dass sie nicht bemerkt hatte, wie intensiv ich sie beobachtet hatte. Ein schönes Lächeln breitete sich auf ihrem Gesicht aus. Ich lächelte zurück und ging langsam auf das Buffet zu.

«Das sieht fantastisch aus», sagte ich.

Ella strahlte vor Freude über das Lob.

«Danke, Miles!»

Ich versuchte, meine Faszination für sie zu verbergen. Ella wendete sich von mir ab und verteilte ein paar Schokoladenraspeln auf einem Schokoladeneclair. Dabei biss sie sich wieder auf die Lippen. Das zog mich völlig in ihren Bann. Es war mehr als nur Bewunderung für sie. Es war Zuneigung.

«Ich denke, jetzt ist alles perfekt», murmelte sie.

Sie drehte sich zu mir um und unsere Blicke trafen sich erneut. In ihren Augen lag ein magisches Funkeln, was meinen Puls erhöhte.

«Danke für die Möglichkeit», sagte sie und lächelte mich warm an. Einige ihrer roten Strähnen hatten sich aus ihrem Dutt gelöst und hingen ihr in der Stirn. Während wir uns gegenüberstanden und intensiven Augenkontakt hielten, raste mein

Herz in einem ungesunden Tempo. Es war, als ob die Zeit für einen Moment stillstand und nur Ella und ich existierten. Sie zog mich in eine Tiefe, die mich völlig in ihren Bann zog. Ich konnte den Blick nicht von ihr abwenden und sie schien genauso zu empfinden. Meine Hände wurden feucht vor Nervosität und ich versuchte, unauffällig die Handflächen an der Hose abzuwischen. Mein Atem ging schneller und ich hatte das Gefühl, dass jeder Herzschlag laut genug war, um von ihr gehört zu werden. Plötzlich wurde unser Moment abrupt unterbrochen. Juliana schob sich zwischen uns. Ihr Auftauchen war so unerwartet wie ein kalter Windstoß an einem warmen Sommertag.

«Hallo, Ella», sagte Juliana mit einem kühlen Lächeln. «Die Desserts sehen nett aus.»

Ellas Gesichtsausdruck veränderte sich kaum merklich. Sie lächelte höflich, aber ich konnte sehen, dass sie von Julianas plötzlichem Erscheinen überrascht war.

«Danke», antwortete sie knapp und wandte sich von mir ab.

Eine Welle der Frustration stieg in mir auf. Juliana hatte immer das beste Timing, genau im falschen Moment aufzutauchen und die Stimmung zu kippen. Ich wusste nicht, was sie hier wollte oder warum sie diese Show abzog.

«Juliana», sagte ich mit einer stoischen Ruhe, obwohl ich sie am liebsten erwürgen wollte.

«Das ist Ella.» Dann wandte ich mich an Ella. «Das ist Juliana. Meine Exfrau.»

Ihre Augen weiteten sich überrascht.

«Deine Exfrau?», fragte sie ungläubig.

«Ja, meine Exfrau», erklärte ich mit rauer Stimme. «Wir haben uns vor einem Jahr getrennt.»

Juliana lächelte weiterhin kühl und nickte leicht zur Begrüßung.

«Freut mich, dich kennenzulernen», sagte sie mit einem Tonfall, der selbst einem Eisberg Konkurrenz machte.

Ella erwiderte das Nicken höflich.

«Ebenso», antwortete sie knapp und verzog kaum merklich das Gesicht. Ich konnte die Spannung in der Luft förmlich spüren und überlegte mir eine Möglichkeit, diese unangenehme Situation aufzulösen.

«Nun ja», sagte ich steif zu Juliana. «Wie du siehst, bin ich beschäftigt.»

Sie zuckte mit den Schultern und ihr Lächeln wurde breiter, aber ihre Augen blieben starr.

«Natürlich», sagte sie gespielt süßlich. «Ich wollte nur sicherstellen, dass alles in Ordnung ist.»

Mit diesen Worten drehte sie sich um und ging davon, ließ jedoch eine Wolke Unbehagen hinter sich zurück. Ich atmete tief durch und kämpfte

um meine Fassung. Als ich mich wieder Ella zuwandte, sah ich einen verständnisvollen Seiten-
blick von ihr.

«Es tut mir leid», murmelte ich verlegen und rieb
mir den Nacken.

Ella schüttelte leicht den Kopf.

«Schon gut», flüsterte sie. «Ich wusste nicht, dass
du geschieden bist. Das tut mir aufrichtig leid.»

Ich winkte ab und zwang mich zu einem Grinsen, das eher einer Grimasse glich.

«Ich muss ein kurzes Telefonat führen», äußers-
te ich und versuchte, meine Stimme ruhig zu halten. «Aber ich freue mich darauf, dich heute
Abend auf dem Event zu sehen.»

Ella lächelte erneut, aber es wirkte gezwungen.
Sie druckste herum und schien nach den richtigen
Worten zu suchen.

«Ja … ähm, sicher», antwortete sie zögerlich.

Ein Gefühl der Verwirrung überkam mich.
Warum war sie plötzlich so zurückhaltend? Hatte
Julianas Auftauchen sie abgeschreckt? Oder gab
es etwas anderes, das sie zögern ließ? Während ich
mich von ihr entfernte und das Handy aus der
Tasche zog, kreisten meine Gedanken um ihre
Reaktion. Ich konnte nicht verstehen, warum sie
insgeheim abgeneigt schien, meiner Einladung zu
folgen. War es etwas, das ich gesagt oder getan
hatte? Oder lag es an ihrer eigenen Unsicherheit?

Ich bestätigte dem Kunden den Termin für die erste Januarwoche und beantworte seine Fragen, aber meine Gedanken blieben bei Ella. Ich konnte die Sorge nicht abschütteln, dass ich vielleicht eine Chance vertan hatte. Als ich das Gespräch beendete und zurück zum Event ging, suchten meine Augen nach ihr. Ich wollte sicherstellen, dass alles in Ordnung war und dass sie sich wohlfühlte. Doch gleichzeitig nagte die Unsicherheit an mir. Was, wenn sie sich entschied, nicht zu kommen? Was, wenn Julianas Anwesenheit einen Keil zwischen uns getrieben hatte? Ich seufzte leise und versuchte, meine Gedanken zu ordnen. Vielleicht machte ich mir unnötig Sorgen.

Kapitel 33
Ella

Der Abend rückte immer näher und ich hatte den letzten Auftrag beendet und in die Kühlung gestellt. Mit einem zufriedenen Seufzer schloss ich die Konditorei ab und latschte zu meinem Auto. Die Straßen waren vollgestopft und während ich nachhause fuhr, konnte ich meine Gedanken nicht von Miles abwenden. Zuhause angekommen, ließ ich mich erschöpft auf das Sofa fallen. Meine Gedanken kreisten unaufhörlich um Miles und seine Einladung für das Event. Ich wusste, dass es eine Gelegenheit war. Eine Chance, ihn besser kennenzulernen und herauszufinden, wohin diese unerwarteten Gefühle uns führen könnten. Ich entschloss mich, eine Ausnahme zu machen und die Einladung tatsächlich anzunehmen. Ein leichtes Kribbeln durchlief meinen Körper bei dem Gedanken daran, ihn wiederzusehen. Doch gleichzeitig nagte

die Unsicherheit an mir. Was würde der Abend bringen? Würde es unangenehm wegen Juliana werden? Während ich darüber nachdachte, was ich anziehen sollte, fiel mir plötzlich das Kleid ein, das Simone angesprochen hatte. Es war ein elegantes, dunkelgrünes Kleid. Perfekt für einen Anlass wie diesen. Ich stand auf und lief zum Kleiderschrank. Als ich das Kleid herausnahm und es vor mir hielt, schlich sich ein Lächeln auf mein Gesicht. Ich betrachtete mein Spiegelbild und dachte erneut an Miles. Seine warmen Augen, sein charmantes Lächeln und seine ganze Art, hatte mich von Anfang an fasziniert. Doch trotz all dieser positiven Gefühle gab es Zweifel in meinem Herzen. War es sinnvoll, sich auf jemanden einzulassen, der Gepäck aus der Vergangenheit mit sich brachte? Hing er noch an seine Exfrau? Schließlich hatten sie eine Tochter zusammen. Diese Fragen nagten an mir und ließen mich zögern. Aber dann erinnerte ich mich an den Moment heute Nachmittag. Den intensiven Blickkontakt zwischen uns und das Gefühl der Verbundenheit. Vielleicht war es einen Versuch wert. Vielleicht musste ich mutig genug sein, um diese Chance zu ergreifen. Mit einem tiefen Atemzug entschied ich mich endgültig. Ich würde heute Abend hingehen und sehen, wohin dieser Weg uns führte. Ich ging ins Badezimmer.

Eine heiße Dusche war genau das, was ich jetzt brauchte, um meine Nerven zu beruhigen und mich auf den Abend vorzubereiten. Das Wasser prasselte auf meine Haut und ummantelte mich mit seiner Wärme. Die ganze Anspannung des Tages fiel von mir ab. Ich schloss die Augen und genoss den Moment der Ruhe. Beim Einseifen wanderten meine Gedanken wieder zu Miles. Wie hatte er es bloß geschafft, mich zu beeindrucken? Seine Wärme und Aufrichtigkeit ließen mich gut fühlen und doch war da diese Unsicherheit wegen seiner Vergangenheit. Ich griff nach dem Rasierer und enthaarte meine Beine. Die glatten Bewegungen halfen mir, meine Gedanken zu ordnen. Ich hielt kurz inne und entschloss mich, den Intimbereich ebenfalls zu rasieren. Nachdem ich fertig war, wickelte ich mich in ein weiches Handtuch und trat aus der Dusche. Der Spiegel war beschlagen, aber ich konnte mein verschwommenes Spiegelbild erkennen. Mit einem Schmunzeln wischte ich den Dampf weg und sah mein Gesicht klar vor mir. Ich lief zurück ins Schlafzimmer und sah das dunkelgrüne Kleid auf meinem Bett liegen. Der Samtstoff schimmerte je nach Lichteinfall leicht. Es schmiegte sich an meine mollige Figur an und betonte meine Kurven auf eine elegante Weise. Als ich das Kleid anzog und vor dem Spiegel stand, fühlte ich mich seit Langem wieder richtig wohl in meiner Haut. Es harmonierte wunderbar mit meinen roten Haaren und brachte meine ebenfalls grünen Augen zum Leuchten. Ich setzte mich an den Schminktisch und trug eine leichte Foundation auf, um den Teint auszugleichen. Meine Wangen bedeckte ich mit etwas Rouge und für meine Augen betonte ich in dezenten Braun- und Goldtönen. Ich prüfte mein Make-up im Spiegel und fühlte mich selbstbewusst und bereit für den Abend. Mit einem letzten tiefen Atemzug griff ich nach der kleinen Handtasche, schmiss das Puder sowie meinen Lippenstift hinein und ging in die Küche. Ich füllte ein Glas mit kaltem Wasser und setzte mich an den Küchentisch. Während ich trank, nahm ich mein Handy zur Hand und öffnete die Uber-App. Ich gab die meine Adresse und die Zieladresse der Harrington Group ein. Ich überprüfte alle Details und bestellte dann das Auto. Mein Handy be-nachrichtigte mich nach zehn Minuten, dass der Fahrer unterwegs sei. Ich stellte das leere Glas in die Spüle und atmete tief durch. Hoffentlich würde es ein schöner Abend werden, dachte ich und verließ die Wohnung. Die Abendluft empfing mich mit ihrer kühlen Umarmung. Das Uber hielt direkt vor mir an und ich trag näher ran.

«Guten Abend», ich mit einem Lächeln. Ich öffnete die Tür und setzte mich auf den Rücksitz.

«Guten Abend», erwiderte der Fahrer höflich. «Sie möchten zur Harrington Group?»

Ich nickte. «Ja, genau.»

Er tippte auf sein Navigationsgerät, um die Adresse zu bestätigen, bevor er losfuhr. Ich lehnte mich in den Sitz und ließ meinen Blick aus dem Fenster schweifen. Die Straßenlichter zogen in verschwommenen Streifen vorbei und die Dunkelheit der Nacht schien meine Gedanken intensiver zu machen. Die Nervosität wuchs mit jeder Minute. Ich konnte spüren, wie das Herz schneller schlug und meine Hände zitterten. Was würde mich bei diesem Weihnachtsevent erwarten? Ich versuchte, positiv zu denken, aber es war schwer, die aufkommenden Zweifel zu verdrängen. Hatte ich die richtige Entscheidung getroffen? Oder hätte ich lieber zuhause bleiben sollen. Während meine Gedanken um diese Fragen kreisten, bemerkte ich kaum die vorbeiziehenden Gebäude und Menschen. Stattdessen malte sich mein Kopf Szenarien aus. Einige positiv und hoffnungsvoll, andere voller Unsicherheit und Angst. Die Lichter der Stadt spiegelten sich in meinen Augen wider und schienen meine inneren Turbulenzen widerzuspiegeln. Ich erinnerte mich daran, wie Miles mich zum Lachen gebracht hatte und wie seine Augen funkelten, wenn er sprach. Diese Erinnerungen gaben mir einen Funken Hoffnung und halfen mir dabei, meine Nervosität ein wenig zu lindern. Doch dann kamen wieder die Zweifel. Was wäre, wenn seine Vergangenheit uns im Weg stehen würde? Was wäre, wenn wir beide zu unterschiedlich waren? Der Fahrer schaute mich kurz im Rückspiegel an.

«Alles in Ordnung?», fragte er.

Ich zwang mich zu einem Lächeln und nickte.

«Ja, danke.»

Die Minuten vergingen quälend langsam, während wir uns unserem Ziel näherten. Das Uber hielt vor dem Gebäude der Harrington Group. Ich befüllte meine Lungen mit Luft. Mit einem letzten dankbaren Nicken zum Fahrer öffnete ich die Tür und stieg aus dem Auto. Jetzt gab es kein Zurück mehr. Nur nach vorne.

Kapitel 34
Miles

Ich stand im Saal und betrachtete die Szenerie des Weihnachtsevents. Obwohl ich Weihnachtsdeko hasste, musste ich zähneknirschend zugeben, dass Simone Reynolds ein Händchen für solche Dinge hatte. Alles passte stimmig zueinander und wirkte nicht überladen. Draußen war es mittlerweile dunkel geworden und die Lichter im Saal schienen mit den Sternen am Himmel zu konkurrieren. Die Gäste erstrahlten in ihren Abendgarderoben und schritten durch den Raum, während im Hintergrund klassische Musik ertönte. Ein Kellner kam mit einem Tablett voller Champagnergläser an mir vorbei und ich nahm mir eins. Das Prickeln erfrischte mich. Meine Augen suchten immer wieder die Umgebung ab, in der Hoffnung, Ella zu entdecken. Hatte ich sie mit einer spontanen Einladung überrumpelt? War es zu viel verlangt

gewesen? Unsere letzten Gespräche hatten eine Verbindung zwischen uns geschaffen, die ich nicht ignorieren konnte. Die Minuten quälten mich. Ich versuchte, mich mit Smalltalk abzulenken, und unterhielt mich mit einigen Kollegen und Geschäftspartnern. Doch meine Gedanken kehrten immer wieder zu Ella zurück. Wie würde sie aussehen? Ich nahm einen weiteren Schluck Champagner und ließ meinen Blick erneut durch den Raum schweifen. Plötzlich bemerkte ich eine Bewegung am Eingang des Saals. Mein Herz stockte bei jedem Gast, der eintrat. Aber es handelte sich nie um Ella. Was wäre, wenn sie sich entschieden hätte, nicht zu kommen? Was wäre, wenn ihre Zweifel stärker gewesen waren? Ich stellte mein leeres Champagnerglas auf einem nahegelegenen Tisch ab und griff nach einem neuen Glas vom Tablett eines vorbeigehenden Kellners. Doch das half mir kaum, meine Nervosität zu lindern. Während ich weiterhin den Raum nach ihr absuchte, erinnerte ich mich daran, wie Ella mich zum Lachen gebracht hatte und wie ihre Augen funkelten, wenn sie sprach. Ich atmete tief durch und versuchte, mich auf das hier und jetzt zu konzentrieren. In wenigen Minuten musste ich auf das Podium, um meine jährliche Weihnachtsansprache abzuhalten. Endlich betrat

Ella den Saal. Mein Herz setzte für einen Moment aus. Ich hatte das Gefühl zu träumen. Ihr langes, dunkelgrünes Kleid funkelte mit den Lichtern des Saals um die Wette. Es umschmeichelte ihre Kurven wie eine zweite Haut. Ich konnte meinen Blick nicht von ihr abwenden. Jeder Schritt, den sie machte, schien in Zeitlupe zu erfolgen. Ihr Haar fiel in weichen Wellen über ihre Schultern und rahmte ihr Gesicht perfekt ein. Mein Herz schlug schneller und lauter, als ich es je zuvor gespürt hatte. Es war, als ob die Welt um mich herum verschwommen wäre und nur Ella und ich existierten. Ein Gefühl der Ehrfurcht mischte sich mit einer tiefen Freude. Sie war gekommen. Sie hatte sich entschieden, hier zu sein. Meine Hände wurden feucht und mein Atem ging schneller. Ich wusste nicht, was ich sagen oder tun sollte. Aber eines war klar: Dieser Moment war etwas Besonderes. Ella sah sich kurz im Raum um, dann trafen sich unsere Blicke. Ein Lächeln huschte über ihr Gesicht. Ich fühlte eine Wärme in meiner Brust aufsteigen. Mit zitternden Händen stellte ich mein Champagnerglas ab und ging zu ihr. Jeder Schritt fühlte sich an wie ein kleiner Triumph über meine eigenen Ängste und Zweifel. Als ich vor ihr stand, konnte ich kaum glauben, dass dieser Moment real war.

«Ella», sprach ich leise, fast ehrfürchtig. «Du siehst atemberaubend aus.»

Sie lächelte wieder und dieses Mal erreichte das Lächeln ihre Augen vollständig.

«Danke, Miles», antwortete sie sanft. «Du ebenfalls», fügte sie hinzu und deutete auf meinen Smoking. Ich reichte Ella ein Glas Champagner und wir stießen miteinander an.

«Auf einen wundervollen Abend», sagte ich und versuchte, die Nervosität in meiner Stimme zu verbergen.

«Auf einen wundervollen Abend», wiederholte sie schmunzelnd und nahm einen Schluck von ihrem Glas.

«Danke, dass du gekommen bist», sagte ich. «Das bedeutet mir viel.»

«Ich freue mich, hier zu sein», antwortete sie sanft. Ihr Lächeln verzauberte mich, doch ich konnte nicht verhindern, dass mein Blick unweigerlich zu ihrem Ausschnitt wanderte. Ich spürte, wie das heiße Blut in meine Wangen stieg und zwang mich sofort, wieder in ihre Augen zu sehen. Ella schien es nicht bemerkt zu haben oder sie war zu diskret, um etwas zu sagen. Stattdessen sah sie sich immer wieder im Raum um. Zuerst war ich verwirrt. Suchte sie nach jemandem? War sie nervös? Dann wurde mir klar, warum sie das tat. Sie wollte sicherstellen, dass der Desserttisch so stand, wie sie ihn arrangiert hatte. Ihre Hingabe an ihre Arbeit war bewundernswert und ich konnte verstehen, warum sie sichergehen wollte, dass alles perfekt war. Unweigerlich musste ich grinsen.

«Mach dir keine Sorgen», sagte ich leise und legte eine Hand sanft auf ihren Arm. «Deine Desserts sehen fantastisch aus. Ich habe schon einige Komplimente darüber gehört.»

Sie sah mich an und ihr Gesicht entspannte sich ein wenig.

«Danke», sagte sie mit einem Hauch von Erleichterung in ihrer Stimme. «Es ist nur … ich möchte, das alles perfekt ist.»

«Und das ist es», versicherte ich ihr. «Du hast großartige Arbeit geleistet.»

Für einen Moment standen wir da und genossen die Gesellschaft des anderen. Die Musik spielte weiter im Hintergrund und die Gäste lachten und unterhielten sich ausgelassen um uns herum.

«Komm», sagte ich und bot ihr meinen Arm an. «Lass uns ein wenig durch den Saal schlendern.»

Sie nahm meinen Arm mit einem dankbaren Lächeln und gemeinsam bahnten wir uns einen Weg durch die Menge. Während wir durch den Saal schlenderten, trat plötzlich einer meiner Assistenten an mich heran.

«Mr. Harrington, es ist jetzt Zeit für die Ansprache», flüsterte er diskret.

Ich nickte und bedankte mich bei ihm. Dann wandte ich mich an Ella.

«Es scheint, als wäre es Zeit für meine Rede», sagte ich mit einem verlegenen Grinsen «Würdest du mir folgen?»

Ella nickte. Beim Podium ließ ich sie am Rand bei den anderen Gästen stehen.

«Ich bin gleich wieder bei dir», flüsterte ich ihr zu und sie lächelte verständnisvoll.

Als ich das Podium betrat, spürte ich ein Kribbeln in meinem Magen. Obwohl ich schon oft vor vielen Menschen gesprochen hatte, war ich immer ein wenig nervös. Die Menge der versammelten Gäste schien endlos und die vielen Augenpaare, die auf mich gerichtet waren, verstärkten das Gefühl der Anspannung. Ich befüllte meine Lungen mit Luft und versuchte, meine Gedanken zu ordnen. Mein Herz klopfte schneller als gewöhnlich und ich fühlte, wie meine Hände klebrig wurden. Diese Ansprache war wichtig. Nicht nur für mich, sondern für alle anwesenden Personen. Es war eine Gelegenheit, unsere Erfolge zu feiern und den Menschen zu danken, die dazu beigetragen hatten. Mein Blick wanderte kurz zu Ella, die am Rand des Podiums stand und mich ermutigend ansah. Ihre Anwesenheit beruhigte mich ein wenig und gab mir die Kraft, die ich brauchte, um eine vernünftige Ansprache zu halten. Ich erinnerte mich daran, warum wir alle hier waren und was dieser Abend bedeutete. Mit einem letzten tiefen Atemzug hob ich mein Glas Champagner und bat um die Aufmerksamkeit der Gäste.

«Verehrte Gäste», sprach ich mit fester Stimme. «Ich möchte Sie herzlich willkommen heißen und Ihnen für Ihr Kommen danken.»

Während ich sprach, spürte ich langsam, wie sich meine Nervosität legte. Die Worte flossen leichter von meinen Lippen und ich konnte sehen, dass die Gäste aufmerksam lauschten. Das Kribbeln in meinem Magen wurde allmählich weniger.

«Dieser Abend ist nicht nur eine Gelegenheit, das vergangene Jahr zu feiern», fuhr ich fort, «sondern ein Moment, um innezuhalten und all jene zu würdigen, die hart gearbeitet haben, um unsere gemeinsamen Erfolge möglich zu machen.»

Ein leises Murmeln der Zustimmung ging durch die Menge und mein Blick wanderte erneut zu Ella. Ihr Lächeln ermutigte mich, weiterzumachen.

«Besonders möchte ich heute Abend unser großartiges Team hervorheben», sagte ich weiter. «Ohne ihre Hingabe und ihren unermüdlichen Einsatz wären wir nicht da, wo wir heute sind.»

Ein Applaus erhellte den Raum. Das verjagte meine Nervosität vollständig und stimmte mich zufrieden.

«Lassen Sie uns gemeinsam auf ein erfolgreiches Jahr anstoßen», schloss ich meine Ansprache ab. «Und auf viele weitere gemeinsame Erfolge in der Zukunft!»

Die Gäste hoben ihre Gläser und stimmten in den Toast mit ein. Ich nahm einen Schluck Champagner und trat dann vom Podium zurück zu Ella.

«Du hast das toll gemacht», flüsterte sie.

«Danke», antwortete ich mit einem Grinsen. «Und danke noch einmal fürs Kommen.»

Wir standen einen Moment schweigend nebeneinander, während die Musik wieder einsetzte und die Gespräche im Saal erneut auflebten.

Kapitel 35
Ella

Miles wurde nach seiner Rede in ein Gespräch verwickelt, deswegen zog ich mich ein wenig zurück und wanderte zu den Buffettischen. Meine Aufmerksamkeit richte sich sofort dem Desserttisch zu. Ich wollte überprüfen, dass alles in Ordnung war und die Gäste weiterhin zufrieden waren. Zum Glück stand ein Kellner dort, der für die Ordnung der Tische sorgte. Während ich dort stand, lauschte ich unwillkürlich einem Gespräch von zwei grauhaarigen Männern in Smokings. Sie unterhielten sich direkt neben dem Desserttisch.

«Diese Törtchen sind himmlisch», schwärmte der eine und nahm sich noch eines vom Tablett.

«Absolut», stimmte der andere zu und biss genüsslich in sein Törtchen. «Ich habe selten etwas so Gutes gegessen.»

Ein Gefühl des Stolzes durchströmte mich. Es war immer wieder schön, zu hören, dass meine Arbeit geschätzt wurde. Die beiden Männer griffen nach den Visitenkarten, die ich auf dem Tisch ausgelegt hatte, und steckten sie in ihre Smokingtaschen.

«Wir sollten sie definitiv für unser nächstes Event engagieren», sagte einer der Männer zu seinem Freund.

«Gewiss», antwortete der andere begeistert. «Solche Desserts findet man nicht überall.»

Ein Lächeln stahl sich auf mein Gesicht. Es war genau dieser Moment, der all die Mühe und den Stress wert machte. Ich ließ den Blick durch den Saal schweifen. Die Gäste amüsierten sich prächtig. Sie lachten und unterhielten sich angeregt. Die Musik ertönte im Hintergrund und schuf eine angenehme Atmosphäre. Ich nahm einen kleinen Teller und schlenderte zum Fingerfood Buffet. Die Auswahl war beeindruckend und jedes Häppchen war ein kulinarisches Kunstwerk. Zuerst griff ich nach einem zarten Lachstatar auf einem knusprigen Kartoffelrösti. Der Lachs war perfekt gewürzt und die Rösti bot einen wunderbaren Kontrast in der Textur. Dann nahm ich mir noch etwas von den Blinis Crème fraîche und von den Caprese-Spießen. Der Duft der Quiche lorraine stieg mir in die Nase und ich nahm mir ein Stück, denn die Kombination aus Speck, Zwiebeln und Käse versprach eine Geschmacksexplosion. Doch das Highlight waren die winzigen Rinderfilet-Medaillons, die auf geröstetem Baguette angerichtet waren. Sie waren garniert mit einer feinen Trüffelcreme. Das Fleisch sah unglaublich zart aus und mir lief das Wasser im Munde zusammen. Mit meinem Teller suchte ich mir einen freien Platz an einem der Tische am Rande des Geschehens. Von dort konnte ich das Treiben beobachten. Ich setzte mich und begann zu essen. Ich genoss jeden Bissen. Wann bekam man schon solch leckeren Speisen zwischen die Zähne? Die verschiedenen Aromen tanzten auf meiner Zunge und ich fühlte mich für einen Moment wie im siebten Himmel. Beim Essen entdeckte ich Miles an den Büffets. Durch seinen maßgeschneiderten Anzug konnte ich seine schlanke, muskulöse Figur erkennen. Seine selbstbewusste Körperhaltung zog mich in den Bann. Er schien seine Speisen sehr genau zu wählen. Ein warmes Gefühl machte sich in mir breit, als ich ihn so beobachtete. Es war nicht nur Bewunderung für sein äußeres Erscheinungsbild, sondern auch für die Art und Weise, wie er sich in dieser Rolle bewegte. Souverän und doch zugänglich. Er hatte mich nicht entdeckt, was mir einen Moment der Ruhe gab, um meine Gedanken zu ordnen. Ich erinnerte mich daran, wie wir uns kennengelernt hatten und wie unsere Zusammenarbeit im Laufe der Zeit gewachsen war. Es erstaunte mich, was daraus geworden war. Miles nahm sich ein Quiche lorraine vom Buffet und lächelte dabei leicht vor sich hin. Es strahlte eine Wärme aus, die mich immer wieder aufs Neue faszinierte. Ich nahm einen weiteren Bissen von meinem Lachstatar. Es war schwer zu sagen, was genau ich für Miles empfand. Ob es reine Bewunderung oder doch mehr war, konnte ich nicht sagen. Aber in diesem Moment spielte das keine Rolle. Als Miles seinen Teller gefüllt hatte und sich umdrehte, trafen sich unsere Blicke für einen kurzen Augenblick. Ein Lächeln huschte über sein Gesicht. Er hob seine Hand zum Gruß und kam dann in meine Richtung. Ich beobachtete, wie er sich einen Weg zu mir bahnte. Immer wieder wurde er dabei von Gästen angesprochen, die ihm gratulierten oder ein paar Worte mit ihm wechselten. Er verweilte überall nur wenige Minuten, lächelte höflich und nickte zustimmend, bevor er wieder auf mich zusteuerte. Es war faszinierend, wie geschickt er mit den Menschen umging. Er gab jedem das Gefühl gehört und geschätzt zu werden. Ein Glucksen entwich mir. Es war fast so, als würde ich einem Schauspiel zusehen. Einem gut inszenierten Stück, in dem Miles die Hauptrolle spielte. Die Art und Weise, wie seine Augen bei jedem Gesprächspartner kurz aufleuchteten, das leichte Neigen des Kopfes, wenn er jemandem zuhörte und das freundliche Lächeln, das nie aus seinem Gesicht verschwand. Er erreichte mich und blieb direkt vor mir stehen.

«Ella», sagte er mit einem breiten Grinsen. «Ich hoffe, du genießt den Abend genauso wie meine Gäste.»

«Absolut», antwortete ich und erwiderte sein Lächeln. «Es ist ein wunderbarer Abend.»

Er setzte sich neben mich und stellte seinen Teller auf den Tisch.

«Ich habe gesehen, dass du dir ein paar Häppchen gegönnt hast», bemerkte er und deutete auf meinen fast leeren Teller.

«Ja», sagte ich lachend. «Ich konnte nicht widerstehen. Die Auswahl ist zu verlockend.»

«Das freut mich zu hören», sagte Miles und nahm einen Bissen von seinem Quiche. «Es ist schön, zu sehen, dass all die Mühe sich gelohnt hat», fügte er hinzu. Ich nickte. «In letzter Minute haben wir doch noch einen Caterer beauftragen können. Eigentlich hätte der Vorstand lieber ein richtiges Menü gehabt, aber dafür blieb die Zeit nicht mehr.»

«Fingerfood ist viel ungezwungener und jeder kann sich frei bewegen», antwortete ich. Miles nickte.

Wir saßen eine Weile schweigend nebeneinander und genossen unser Essen. Es war ein angenehmes Schweigen. Eines dieser seltenen Momente der Ruhe inmitten des Trubels.

«Weißt du», äußerte Miles mit gekräuselter Stirn. «Ohne deine Hilfe wäre dieser Abend nicht halb so erfolgreich gewesen.»

Ich spürte eine leichte Röte in meine Wangen steigen.

«Danke», murmelte ich verlegen. «Aber du hast einen großartigen Job gemacht.»

Er schüttelte den Kopf. «Nein wirklich, Ella. Du hast einen großen Teil dazu beigetragen.»

Ich konnte die Aufrichtigkeit in seiner Stimme hören.

Ein Glücksgefühl ummantelte mich und ich war unglaublich dankbar für diesen Moment. Seine Anerkennung und die Freundschaft waren unbezahlbar.

«Danke», murmelte ich und sah ihm in die Augen. «Das bedeutet mir viel.»

Er schenkte mir wieder dieses warme verschmitzte Grinsen und wir setzten unser Gespräch fort. Während wir dort saßen und redeten, wusste ich tief in meinem Herzen, dass dies einer jener besonderen Abende war, an die man sich lange erinnern würde.

Die Musik wechselte zu einem ruhigen, melodischen Song und ich bemerkte, wie die ersten Paare sich auf die Tanzfläche begaben. Die Lichter wurden gedimmt und eine sanfte, romantische Atmosphäre breitete sich im Raum aus.

«Ella, möchtest du mit mir tanzen?», fragte mich Miles plötzlich. Mit geweiteten Augen und aufgeklappten Mund starrte ich ihn an. Mein Herz hämmerte gegen meine Brust. Nervös zupfte ich an einer Serviette herum, bevor ich nickte.

«Ja, gerne.»

Miles stand auf und reichte mir seine Hand. Ich nahm sie zögernd und ließ mich von ihm auf die Tanzfläche führen. Die Schmetterlinge in meinem Bauch flatterten wild durcheinander, als wir uns in Position brachten. Er legte eine Hand sanft auf meinen Rücken und nahm meine Hand in seine. Ich spürte die Wärme seiner Berührung durch den Stoff meines Kleides hindurch und es war, als ob ein elektrischer Funke zwischen uns übersprang. Langsam bewegten wir uns im Takt der Musik. Unsere Schritte waren zunächst vorsichtig und zurückhaltend, aber nach und nach fanden wir einen gemeinsamen Rhythmus. Miles führte mich sicher über die Tanzfläche, seine Bewegungen waren fließend und elegant. Ich versuchte, mich zu entspannen und mich von der Musik tragen zu lassen. Während wir tanzten, schaute ich ihm in die Augen. Sie funkelten im soften Licht des Saals. Ein unbeschreibliches Gefühl breitete sich in mir aus. Eine Mischung aus Aufregung, Freude und etwas Unbestimmtem, das ich nicht greifen konnte.

«Du tanzt gut», flüsterte Miles und sein Atem streifte mein Ohr.

«Danke», antwortete ich schüchtern und spürte die Hitze in meinen Wangen. «Du tanzt aber auch nicht schlecht», sagte ich neckend. Miles verzog sein Gesicht zu einem Grinsen. Wir drehten uns langsam im Kreis, unsere Bewegungen wurden synchroner und harmonischer. Es war fast so, als ob die Welt um uns herum verschwunden wäre. Nur er und ich existierten in diesem Moment. Das Prickeln in meinem Bauch wurde heftiger bei jedem Schritt und bei jeder Berührung seiner Hand auf meinem Rücken. Ich konnte das leichte Zittern meiner eigenen Hände spüren, doch Miles hielt sie fest und sicher.

«Ich bin froh, dass du hier bist», flüsterte er plötzlich.

Seine Worte ließen mein Herz einen Schlag aussetzen.

«Ich auch», erwiderte ich leise.

«Ella», sagte Miles und seine Stimme hörte sich belegt an. Er schürzte die Lippen und sah kurz zu Seite.

«Ja?», fragte ich und sah ihn an.

«Ich weiß, wir sind eine geschäftliche Beziehung eingegangen, die nach heute Abend endet. Dein Vorschuss wurde schon überwiesen und die Zahlung deiner Endrechnung wurde ebenfalls heute Nachmittag angewiesen. Eigentlich gäbe es keinerlei Gründe mehr, uns nach heute Abend nochmal zu sehen», flüsterte er. Ich konnte seine Lippen an meinem Ohr fühlen.

«Aber ich will nicht, dass es endet. Ich will dich weiter sehen», äußere er weiter und sah mir dann in die Augen. Mein Blick senkte sich unweigerlich auf seine Lippen und ich schluckte den Kloß herunter, der sich in meiner Kehle gebildet hatte. Mein Herz raste so verdammt schnell. Der Song neigte sich dem Ende zu und unsere Bewegungen wurden langsamer. Schließlich standen wir still da, immer noch eng umschlungen. Wir sahen uns nur an. Ich wollte mich von ihm lösen, doch Miles hielt mich noch länger fest. Seine Augen suchten meinen Blick und ich konnte die Ernsthaftigkeit in ihnen sehen.

«Ella», wisperte er. «Ich wollte dich schon seit einiger Zeit etwas fragen.»

Mein Herz donnerte gegen meine Rippen und das Kribbeln in meiner Brust wurde heftiger.

«Ja?», fragte ich, meine Stimme kaum mehr als ein Flüstern.

«Würdest du mit mir ausgehen?»

Seine Worte waren sanft, aber sie trafen mich wie ein Blitz. Für einen Moment schien die Zeit stillzustehen. Ein wohliges Gefühl durchströmte mich wie ein Wasserfall. Es war eine Mischung aus Freude, Aufregung und einer tiefen Zuneigung, die ich bisher nur vage gespürt hatte. Ich konnte das Lächeln nicht unterdrücken, das sich auf meinen Lippen ausbreitete.

«Ja», stammelte ich. Meine Stimme bebte vor Aufregung. «Ich würde gerne mit dir ausgehen.»

Miles Gesicht hellte sich auf und sein Lächeln wurde breiter.

«Das freut mich», sagte er und seine Hand glitt sanft von meinem Rücken hinunter zu meiner Taille.

Kapitel 36
Miles

Ihr heißer Atmen kitzelte meinen Hals. In meinem Nacken kribbelte es und eine Gänsehaut kroch an meinen Armen hinauf.

«Danke für den Tanz», flüsterte ich ihr ins Ohr. Ella erschauderte und ich musste schmunzeln. Vorsichtig lösten wir uns ein Stück voneinander. Ella lächelte mich scheu an und strich sich eine Haarsträhne hinter die Ohren, die sich aus ihrer Frisur gelöst hatten.

«Ich würde mich gerne kurz frisch machen gehen», sagte sie und deutete vage in die Richtung, in der die Sanitätsräume lagen. Ich nickte und lächelte sie an. Plötzlich wurde mir bewusst, dass meine Hand noch immer auf ihrem Rücken lag und sogar ein Stück zu weit nach unten gerutscht war. Ich konnte durch den dünnen Stoff ihres Kleides eine kleine Einkerbung an ihrem Rücken füllen. Mir wurde siedendheiß bewusst, dass sich

meine Hand viel nah an ihrem Hintern befand. Rasch ließ ich sie los. Es schien nicht so, als hätte Ella es gestört. Vielleicht hatte sie es nicht einmal bemerkt. Verlegen kratze ich mich am Nacken. Ella nickte rasch und verschwand dann in Richtung der Toiletten. Ich sah ihr nach, bevor ich die angestaute Luft in meinen Lungen ausblies. Mir wurde etwas schwindelig. Ich brauchte einen Drink. Ich fuhr mir durch die Haare und sah mich dann nach der Bar um. Mit eiligen Schritten hetzte ich auf den Barkeeper zu, der mich bereits entdeckt hatte.

«Was kann ich Ihnen machen?», fragte er mich und ich legte meine feuchten Hände auf der Theke ab.

«Einen Old Fashioned, bitte», sagte ich zu dem Kellner, ohne einen Blick auf die Karte zu werfen, die er mir hingelegt hatte. Der Barkeeper nickte knapp und begann dann, meinen Drink zuzubereiten. Nur kurze Zeit später stellte er den Drink vor mich ab.

«Danke.»

Ich nahm mein Getränk und verließ die Bar. Als ich durch den Raum schlenderte, entdeckte ich plötzlich eine vertraute Gestalt. Juliana stand in einer Ecke des Raumes und unterhielt sich angeregt mit einem Mann. Sie hatte erwähnt, dass sie jemanden mitbringen würde, aber ich hatte nicht weiter darüber nachgedacht. Jetzt war ich neugierig, wer ihre Begleitung war. Ich schlich auf die beiden zu und versuchte, einen Blick auf den Mann zu erhaschen, der ihr gegenüberstand. Doch als ich näherkam und ihn erkannte, erstarrte ich. Es war niemand anderes als Sebastian. Mein ehemaliger bester Freund. Er arbeitete mittlerweile bei der Harrington Group Niederlassung in Los Angeles. Ein Feuer der Wut entfachte in mir. Wie konnte Juliana nur? Und wie konnte Sebastian mir das antun? Wir hatten so viel zusammen durchgemacht und jetzt stand er hier an ihrer Seite, als wäre nichts gewesen. Juliana bemerkte mich zuerst und ihr Mund verzerrte sich zu einem verkrampften Lächeln.

«Miles», sagte sie mit Unbehagen in ihrer Stimme. «Sebastian kennst du ja.»

Sebastian drehte sich um und sein Gesicht zeigte dieselbe Unzufriedenheit wie ihres.

«Hey Miles», sagte er zögernd.

«Sebastian», antwortete ich kühl und versuchte, meine Wut im Zaum zu halten. «Lange nicht gesehen.»

Die Spannung zwischen uns war greifbar. Ich konnte kaum glauben, dass die beiden hier zusammen waren.

«Wie geht es dir?», fragte Sebastian und versuchte, ein Lächeln aufzusetzen.

«Gut», antwortete ich knapp und sah ihn direkt an. «Und dir?»

«Ebenfalls», sagte er zögernd. «Ich bin beruflich hier.»

«Natürlich», murmelte ich sarkastisch. «Beruflich.»

Juliana trat einen Schritt näher an Sebastian heran und legte eine Hand auf seinen Arm.

«Miles, wir wollten dir das nicht so überbringen ...»

«Ach wirklich?», unterbrach ich sie scharf. «Wann wolltet ihr es mir dann sagen?»

Die beiden schwiegen betreten und wussten nicht, was sie darauf antworten sollten. Ich ließ die Luft langsam durch meine Lungen sickern und versuchte, meine Fassung wiederzugewinnen. Die Wut in mir brodelte gefährlich nahe an der Oberfläche. Meine Hände ballten sich zu Fäusten und ich spürte, wie mein Herzschlag sich beschleunigte. Gerade, als ich kurz davor war, meine Beherrschung zu verlieren und etwas zu sagen, das ich später bereuen würde, bemerkte ich eine Bewegung aus dem Augenwinkel. Mein ehemaliger Schwiegervater, Julianas Vater, trat zusammen mit Grace zu uns. Ihre Anwesenheit traf mich wie ein Blitzschlag und brachte mich sofort zur Besinnung. Grace rannte auf mich zu und umarmte mich fest.

«Daddy!», rief sie fröhlich. Ich kniete mich hin und umarmte sie zurück, wobei ich versuchte, meine aufgewühlten Gefühle zu verbergen.

«Hey Prinzessin», sagte ich sanft und küsste sie auf die Stirn. «Wie geht es dir?»

«Gut», antwortete sie strahlend. «Grandpa hat mir die Wasserspiele gezeigt.»

Ich zwang mich zu einem Lächeln und sah dann zu meinem ehemaligen Schwiegervater hinüber. Er nickte mir zu, aber sein Blick bleib kühl.

«Alexander», sagte ich höflich und stand wieder auf.

«Miles», erwiderte er mit einem kurzen Nicken.

«Es ist schön, dich zu sehen.»

Juliana trat einen Schritt näher an ihren Vater heran und legte eine Hand auf Graces Schulter.

«Cornelia müsste hier auch irgendwo mit Violetta herumlaufen», erklärte er knapp. Cornelia war seine Ehefrau und die Mutter von Juliana. Violette war die jüngere Schwester meiner Ex-Frau. Ich nickte und versuchte, meine Wut zu kontrollieren. Die Anwesenheit meiner Tochter erinnerte mich daran, was wichtig war. Ihre Unschuld und ihr Glück durften nicht durch unsere Konflikte getrübt werden. Sebastian stand schweigend daneben und schien nicht recht zu wissen, wohin mit sich selbst. Seine Augen waren voller Schmerz. Vielleicht bedauerte er seine

Entscheidung zu Kommen genauso sehr wie ich meinen Zorn.

«Miles», rief plötzlich eine helle Frauenstimme. Ich drehte mich und sah meine Eltern auf mich zukommen. Auch das noch. Genervt verzog ich das Gesicht.

«Schön, dass ihr da seid», sagte ich, als sie bei uns ankamen. Ich hatte den gesamten Abend noch kein Wort mit ihnen gewechselt. Ich war mir nicht einmal sicher, ob eines meiner Geschwister heute anwesend war. Eine Einladung hatte jeder von ihnen erhalten.

«Du hast uns nicht einmal begrüßt», schimpfte meine Mutter spielerisch und legte mir einen Arm um die Hüften. Mein Vater nickte mir nur kurz zu und wandte sich dann an Alexander. Sie gaben sich die Hand, aber ansonsten blieb die Begrüßung distanziert. Meine Eltern begrüßten Juliana, die die Begrüßung steif erwiderte. Der Blick meines Vaters blieb an Sebastian hängen, der sich immer weiter von unserer Gruppe entfernt hatte. Meine Mutter machte ein keuchendes Geräusch.

«Sebastian mein Lieber. Es ist schön, dich nach all den Jahren wieder zu sehen», äußerte sie und lächelte ihn herzlich an. «Was tust du hier?», fragte sie dann und musterte ihn. Mein Vater schnaubte und warf mir einen Blick zu. Juliana seufzte und griff nach seiner Hand. Ihre Finger verhakten sich dabei in seinen. Diesem schoss urplötzlich die Röte ins Gesicht und er stammelte Unverständliches vor sich hin. Das Lächeln meiner Mutter fiel in sich zusammen und ihr Blick wurde kalt und enttäuschend. Sie streichelte mir über den Rücken.

«Was bedeutet das?», fragte plötzlich meine Tochter, die zu ihrer Mutter hochsah. Hastig lies Juliana die Hand von Sebastian wieder los.

«Komm Kleines. Suchen wir uns etwas zu essen», sagte meine Mutter und zog meine Tochter hinter sich mir. Grace warf uns einen letzten traurigen Blick zu. Es zerriss mir das Herz. Verlegen blickte Juliana zu Boden.

«Man kann ja nicht immer am Alten festhalten», murmelte Alexander. Mein Vater sah ihn schnaubend an und entfernte sich dann ebenfalls von uns.

«Ich muss an die Luft», flüsterte Juliana und eilte zu den geschlossenen Flügeltüren, die zu einem beheizten Außenbereich führten. Sebastian und ich starrten uns ausdruckslos an. Wir gingen gemeinsam an die Universität und studierten dieselben Fächer. Wir teilten uns ein Wohnheimzimmer im ersten Semester und später gründeten wir eine Wohngemeinschaft mit ein paar anderen Studenten. Uns jetzt so gegenüber zu stehen, ließ alles in mir wie einen Turm zusammenfallen.

Kapitel 37
Ella

Ich stand vor dem Spiegel in der Damentoilette und wusch mir die Hände. Das kalte Wasser fühlte sich erfrischend an auf der Haut, aber es konnte die aufsteigende Hitze in mir nicht vertreiben. Ich griff nach dem Puder und trug eine dünne Schicht auf dem Gesicht auf, um den Glanz zu reduzieren. Dann zog ich den Lippenstift aus der Handtasche. Als ich fertig war, betrachtete ich mein Spiegelbild für einen Moment. Ich seufzte leise und steckte den Lippenstift zurück in meine Tasche. Ich verließ die Toilette. Ein Kellner kam mit einem Tablett mit Champagner vorbei. Ich nahm mir ein Glas und stürzte es in wenigen Zügen hinunter. Der prickelnde Geschmack half ein wenig, meine Nerven zu beruhigen. Doch kaum hatte ich das erste Glas geleert, griff ich nach einem zweiten. Die Hitze in mir wurde unerträglich und ich wusste, dass ich einen Moment für mich

brauchte. Mit dem zweiten Glas in der Hand latschte ich zum Außenbereich. Ich trat durch die Tür und die eisige Nachtluft schlug mir entgegen. Es war eine willkommene Erleichterung von der stickigen Wärme drinnen. Ich entschied mich dagegen, meinen Mantel von der Garderobe zu holen. Die Kälte war genau das, was ich jetzt brauchte.

Ich trat hinaus auf die Terrasse und sog die Luft in meine Lungen. Ich nippte an meinem Champagner und ließ meinen Blick schweifen. Die Stille stand im Kontrast zum Lärm drinnen. Es war fast surreal. Es schienen zwei verschiedene Welten existierten, getrennt durch eine Tür. Nur vereinzelte Raucher standen draußen. Ich lehnte mich gegen das Geländer und schloss kurz die Augen. Meine Gedanken wirbelten unaufhörlich um Miles und den Tanz herum. Der Moment, als er mich festhielt und wir uns im Takt der Musik bewegten. Es hatte sich so echt angefühlt, so intensiv. Aber dann endete die Melodie und es fiel alles auseinander. Ich hätte ewig so weitertanzen können. Warum musste alles so kompliziert sein? Warum konnte nichts einfach nur schön bleiben? Aber hatte ich überhaupt Zeit für solche Gefühle? Winters Delight nahm meine gesamte Zeit ein. Rund um die Uhr. Und Miles erging es genauso mit der

Harrington Group. Solche Gefühle hatten weder bei ihm noch bei mir Platz.

Ich nahm einen weiteren Schluck Champagner und spürte die Kälte der Nachtluft auf meiner Haut. Meine Augen schlossen sich. Vielleicht würde dieser Moment der Ruhe mir helfen, meine Gedanken zu ordnen. Oder zumindest genug Kraft geben, um den Rest des Abends durchzustehen. Würde es auffallen, wenn ich heimlich einen Uber rufe und nachhause fuhr? Ich öffnete wieder die Augen und sah hinauf zu den Sternen. Zumindest ging ich davon aus, dass sie dort oben waren. In einer vollgestopften Stadt wie New York City, in der unaufhörlich die Lichter der Werbeplakate und Gebäude leuchteten, sah man keine Sterne. Niemals.

«Ella Jennings, richtig?», fragte mich plötzlich eine helle Frauenstimme. Ich fuhr erschrocken zusammen und wandte rasch meinen Blick von dem bedeckten Himmel ab. Vor mir stand niemand anderes als die Ex-Frau von Miles. Juliana. Ich nickte und sie lächelte verkniffen.

«Was tun Sie hier draußen, Ella?», fragte sie mich und stellte sich ebenfalls an das Geländer. Sie zündete sich eine Zigarette an und blies den Rauch seufzend aus.

«Etwas frische Luft genießen», sagte ich trocken und schaute auf ihre Kippe in der Hand. Sie bemerkte meinen Blick.

«Auch mal ziehen?», fragte sie mich. Stumm schüttelte ich den Kopf.

«Ist auch besser so. Ein schweres Laster, dass ich mir im vergangenen Jahr angeeignet habe», sagte sie und lächelte wieder. Ihre Augen sahen in den Himmel. Was genau wollte sie von mir? Nach ihrer wahnsinnig unhöflichen Art am Nachmittag hatte ich keine Lust, mich mit ihr zu unterhalten. Ich war kurz davor, wieder reinzugehen, aber sie hielt mich zurück.

«Ich habe euch tanzen gesehen», flüsterte sie und lächelte gequält, während sie auf ihre glühende Zigarette starrte.

«Und?», fragte ich sie und erinnerte mich daran, dass ich beim Tanzen meine gesamte Umgebung ausgeblendet hatte. Juliana guckte mich an und ich sah, dass ihre Augen feucht schimmerten.

«Weißt du, Miles hat mich nie so angesehen, wie dich heute Abend», sagte sie und ihre Stimme hörte sich kratzig an. Sie räusperte sich. Ich erstarrte und Schweiß brach mir aus.

«Was?», stammelte ich und schaute ihr verwirrt ins Gesicht. Juliana lächelte mich an, was eher eine Grimasse glich.

«Hätte er mich geliebt, hätte er sich öfter für mich und seine Tochter Zeit genommen. Arbeit auf seine vorhandenen Mitarbeiter abgegeben und nicht jeden Dreck selbst geregelt. Er wollte nicht zuhause sein. Er wollte nicht bei mir sein. Ich sah die Scheidung als Ausweg, um ihn wieder freizugeben», stotterte sie. Warum erzählte sie mir das? Ich war eine völlig fremde Frau für sie. Nervös sah ich mich um.

«Okay», sagte ich nur, um irgendetwas zu sagen.

«Es kommt dir sicher seltsam vor, dass ich das so zu dir sage. Aber Miles ist mir wichtig. Er ist der Vater meiner Tochter und sie ist das Beste, dass aus dieser Beziehung hervorgegangen ist.»

Sie wischte sich grob über das, was ihr Make-up komplett verschmierten ließ. Sie zog unschön die Nase hoch und hustete kurz.

«Es tut mir leid, dass es mit euch nicht funktioniert hat», sagte ich. Ich wusste nicht, wie ich auf ihre Worte reagieren sollte, und trat unruhig von einem Fuß auf den anderen.

«Danke», flüsterte sie. Mir war die gesamte Situation unangenehm und ich zitterte langsam vor Kälte. Auch Juliana sah so aus, als würde sie in ihrem hauchzarten ärmellosen Kleid frieren. Gänsehaut hatte sich auf ihren gebräunten Armen gebildet und sie bibberte.

315

«Du frierst. Gehen wir lieber wieder rein», sagte ich behutsam. Ich kannte Juliana nicht, aber ich hatte unglaublich viel Mitgefühl für sie. Obwohl sie zu Beginn so unverschämt zu mir war. Es war nie leicht, wenn eine Beziehung zu Bruch geht. Das wusste ich selbst aus vergangenen Romanzen. Ich legte sanft einen Arm um ihre Schulter und bugsierte sie wieder zum Eingang. Sie machte einen labilen Eindruck und schwankte ein wenig. Als wir drinnen ankamen, sah ich mich sofort nach Miles um. Er würde wissen, was zutun ist. Er stand wenige Meter neben mir in einer Gruppe grauhaarigen Männer. Ich versuchte, auf mich aufmerksam zu machen. Er bemerkte mich und seine Augen weiteten sich. Sein Blick fiel unweigerlich auf Juliana, die mittlerweile fertig und verheult aussah. Miles gab den Männern ein Zeichen und eilte auf uns zu. Juliana schien ihn zu bemerken, denn sie drehte sich um und wandte sich mir zu.

«Ich denke, du bist eine gute Seele und ich hoffe, du kannst ihm das geben, was er braucht. Ich habe euch gemeinsam beobachtet und dass, was ich gesehen habe, ist stark», sagte sie zu mir. Ich nickte und schluckte trocken. «Er ist ein guter Mann», fügte sie flüsternd hinzu.

«Juliana», sagte Miles angespannt, als er zu uns stieß. «Was ist passiert?», fragte er an mich gewandt.

«Sie hat einen kleinen Nervenzusammenbruch», sagte ich leise an ihn gewandt. Einige der Anwesenden um uns herum bedachten uns mit neugierigen Blicken. Miles schien dies ebenfalls zu bemerken, denn er senkte noch weiter seine Stimme und versuchte Juliana vor den Augen der Gäste abzuschirmen.

«Was hat sie gesagt?», wollte er wissen und guckte sie mitfühlend an. Ich zuckte mit den Schultern. Dies war kein Thema für eine Firmenweihnachtsfeier, bei der sich zu viele neugierige Zuhörer befanden. Juliana zitterte noch immer, weswegen ich sie ein Stück von der Flügeltür wegzog.

«Ihre Eltern sind anwesend. Ich bring sie zu ihnen», sagte Miles. Behutsam nahm er Juliana am Arm und führte sie weg.

Ich blieb ratlos zurück und knetete meine Hände. Ich schlenderte eine Runde durch den Saal und fand mich dann bei meinem Desserttisch ein. Ich nahm mir eine Kleinigkeit von den Resten, die übrig geblieben waren. Insgesamt war das Buffet beinahe restlos leergegessen worden, was mich mit stolz erfüllte. Der Abend neigte sich langsam dem Ende zu. Immer mehr Gäste verließen das Event. Draußen hatte sich eine Schlange von

Taxis und Uber-Fahrer gebildet. Ich beschloss, dass es Zeit für mich war, nachhause zu fahren. Miles war beschäftigt mit seiner Exfrau und um jetzt noch mit potenziellen neuen Kunden zu reden, war es zu spät. Ich lief zu den Garderoben und ließ mir meinen Mantel aushändigen. Draußen angekommen, sah ich mich nach einem Taxi um, beschloss dann aber, nachhause zu laufen, um ein wenig runterzukommen.

Kapitel 38
Miles

Die Ereignisse des Abends hatten mich aufgewühlt und ich musste Ella finden, um mit ihr zu reden. Ich eilte zur Garderobe und sprach die Frau hinter dem Tresen an.

«Entschuldigung», sagte ich atemlos. «Haben Sie eine junge Frau gesehen?», ich beschrieb ihr rasch Ellas Aussehen.

Die Frau nickte nachdenklich.

«Ja, sie ist soeben gegangen», antwortete sie.

Mein Herz setzte einen Schlag aus.

«Danke», murmelte ich, ließ mir ebenfalls meine Jacke geben und hastete nach draußen. Ich ließ meinen Blick hektisch über die Straße schweifen, in der Hoffnung, Ella zu sehen. Da war sie. An einer Ampel und wollte die Straße überqueren.

«Ella!», rief ich und rannte in ihre Richtung.

Sie drehte sich um und sah mich überrascht an. Für einen Moment schien sie zu überlegen, ob sie

weitergehen oder stehen bleiben sollte. Schließlich entschied sie sich, auf mich zu warten.

Als ich bei ihr ankam, rang ich nach Luft. Puh, wieso war ich so außer Atem?

«Ella … bitte … warte.»

Sie sah mich mit einem undefinierbaren Ausdruck in den Augen an.

«Was ist los, Miles?», fragte sie leise. Ich nahm einen tiefen Atemzug und versuchte, meine Gedanken zu ordnen.

«Ich wollte mit dir reden», sagte ich. «Über das, was passiert ist. Über Juliana.»

«Du bist mir keine Erklärung oder Ähnliches schuldig», sagte sie und versuchte zu lächeln. Es glich eher einer gequälten Grimasse.

«Ich möchte aber mit dir darüber reden», sagte ich mit fester Stimme und schaute sie müde an. Ella nickte nur.

«Wieso bist du zu Fuß unterwegs?», fragte ich sie dann verwirrt, denn ich realisierte, dass wir uns an der Straße befanden. Ella zuckte mit den Schultern.

«Die Nacht ist jung und ich wollte ein bisschen spazieren, bevor ich nachhause gehe», sagte sie und schaute überall hin, nur nicht zu mir. Ich nickte verständnisvoll. Mir ging es auch manchmal so. Gerade wenn ich von anstrengenden Events oder Meetings kam.

«Darf ich dich begleiten und wir unterhalten uns?», fragte ich sie. Ella sah mich perplex an.

«Musst du nicht zurück auf dein Event?», fragte sie mich und verzog verwirrt das Gesicht. Ich schüttelte den Kopf.

«Das ist zu Ende. Die meisten Gäste gehen nachhause. Nur vereinzelte Personen befinden sich noch drinnen. In einer Stunde kommen die Reinigungskräfte und die Security sperrt ab», sagte ich abwinkend. Ella nickte wieder und begann in eine Richtung zu laufen. Ich folgte ihr stumm. Nach wenigen Metern sah ich sie von der Seite an.

«Ella, ich weiß nicht genau, was Juliana zu dir gesagt hatte und warum sie danach so durch den Wind war», fing ich leise an. Meine Gedanken fuhren Achterbahn. Ich hoffte, dass sie keine Lügengeschichten erfunden hatte. So wie damals, kurz nach unserer Trennung. Ella seufzte leise und schlang ihren Mantel enger um sich.

«Ich glaube, sie war ein wenig betrunken und neben der Spur», nuschelte sie und guckte mich an.

«Die Menge an Gläsern ist mir ebenfalls aufgefallen. Ihre Begleitung hat das bestätigt. Ich bin froh, dass Grace mit ihrer Grandma nachhause gegangen ist und sie ihre Mutter nicht so mitansehen musste.»

Ella starrte auf den Boden.

«Wir hatten uns auf dem College kennengelernt. Im zweiten Jahr gab es einige Kurse, die wir gemeinsam belegt hatten, da sich unser Studiengang ähnelte», erzählte ich. Ich verlor mich in meinen Erinnerungen. «Nach wenigen Dates kamen wir zusammen. Wir waren das Collegetraumpaar. Kurz nach unserem Abschluss machten wir gemeinsam ein Auslandsjahr. Wir reisten und arbeiteten in verschiedenen Jobs. Nach unserer Rückkehr stieg ich in die Firma ein. Kurz darauf ging mein Vater in Teilpension und ich übernahm den Standort hier in New York. Juliana machte ihre Maklerlizenz und arbeitete in einem Maklerbüro. Wir waren beschäftigt und hatten da schon kaum Zeit füreinander, weil wir beide absolute Workaholics waren», sprach ich weiter. Ella warf immer wieder ein «Mmh» ein, als Zeichen, dass sie mir zuhörte. «Dennoch heirateten wir und kurz nach der Hochzeit wurde sie schwanger. Es war nicht der richtige Zeitpunkt für ein Baby. Wir versanken beide völlig in Arbeit. Juliana drosselte ihr Arbeitspensum, um Grace groß zu ziehen. Ich hingegen arbeitete mehr. Heute kann ich nicht mal sagen, warum ich das tat. Ich hatte damals schon in der Firma ein großartiges Team gehabt, aber trotzdem alles auf mich geladen und selbst gemacht.»

«Verstehe», sagte Ella und wich einem Mann aus, der sturzbetrunken aus einem Pub taumelte.

«Ich ließ Juliana fast vollständig alleine. Sie konnte irgendwann ihrer Maklertätigkeit nicht mehr nachgehen und hängte ihre Karriere an den Nagel. Die Jahre vergingen und ich war immer weniger Zuhause. Ich kam mit dem Familienleben nicht klar. Ich bereue es zutiefst, für meine Frau und meine Tochter nicht da gewesen zu sein», sagte ich. Mein Herz zog sich schmerzhaft zusammen, wenn ich daran zurückdachte. Juliana hatte jeden Grund dazu, mich zu hassen.

«Wie kam es zur Scheidung?», fragte mich Ella und erinnerte mich daran, weiterzusprechen.

«Vor etwa zwei Jahren verlangte Juliana eine Beziehungspause. Sie wollte, dass ich auszog», antwortete ich und verzog gequält das Gesicht. Es zerriss mich damals. «Ich hatte bereits ein Penthouse in Manhattan. Dort übernachtete ich, wenn die Meetings bis spät in die Abendstunden fielen. Unser Zuhause lag ein wenig außerhalb der Stadt und abends durch die vollgestopften Straßen fahren zu müssen, wollte ich mir nicht antun», sagte ich. Im Nachhinein war alleine die Handlung meinerseits schon absurd. Ich konnte mir nicht vorstellen, was ich meiner Familie damit antat. Ella sah mich mit einem rätselhaften Blick an. «Ich zog gänzlich in das Penthouse ein und ließ die Zeit verstreichen, ohne das ich mich um meine Familie bemüht habe. Ich habe es einfach geschehen las-

323

sen», sagte ich eine Spur leiser. Ich war mir nicht mal sicher, ob Ella mich gehört hatte.

«Warum?», fragte sie plötzlich. Ratlos zuckte ich mit den Schultern.

«Ich weiß es nicht», flüsterte ich. «Ich dachte mir, Juliana würde sich melden, wenn sie möchte, dass ich wieder einzog. Das hat sie leider nie getan», antwortete ich wieder etwas lauter. Ella nickte. Eine tiefe Furche hatte sich auf ihrer Stirn gebildet.

«Es verging ein Jahr und ich lebte immer noch in diesem Penthouse. Meine Tochter sah ich nur alle paar Wochen. Ich habe mir nichts dabei gedacht, weil ich nur für meine Arbeit lebte. Ich glaube, zu dem Zeitpunkt war mir nicht mal klar, dass sich Juliana von mir getrennt hatte. Sie flog mit ihrer Schwester und Grace in den Urlaub. Einen Tag später wurden mir die Scheidungspapiere zugestellt», sagte ich. Ella klappte der Mund auf.

«Sie reicht die Scheidung ein und fliegt dann in den Urlaub? Wie lange war sie weg?», fragte mich Ella, nachdem sie sich wieder gefangen hatte.

«Drei Wochen. Ich glaube, sie tat das, weil sie mir nicht persönlich gegenüberstehen wollte», antwortete ich. «Bei der Gerichtsverhandlung sahen wir uns das erste Mal wieder.»

«Ihr habt vorher nicht einmal miteinander gesprochen?», fragte Ella.

«Nein. Alles lief über Anwälte. Sie hatte sich ein ganzes Team zusammengestellt, das mich mit Briefen über Unterhaltszahlungen, Immobilien und dem Sorgerecht bombardierte», erzählte ich und lachte kurz auf. Ich erinnerte mich daran, wie finster sie mich und meine Rechtsanwältin angesehen hatten, als wir uns zu einer Besprechung getroffen hatten. Juliana ist diesem Termin damals ferngeblieben.

«Hat sie ein ganzes Team benötigt?», fragte Ella vorsichtig. Ich schüttelte heftig den Kopf.

«Nein. Ich habe diesen Aufwand nicht verstanden, den sie da veranstaltet hatte. Ich überließ ihr ohne zu zögern unser Haus in Scarsdale und die Immobilie in den Hamptons, in dem wir Urlaub gemacht hatten. Ich zahle jeden Monat Unterhalt an Grace und an sie. Die Schulausbildung sowie alle außerschulische Aktivitäten bezahle ebenfalls ich, ohne zu zögern», sagte ich sofort. Bis heute konnte ich nicht begreifen, dass Juliana davon ausging, ich würde um die beiden gemeinsamen Häuser bei Gericht streiten oder würde die Unterhaltszahlungen verweigern. Ella nickte wieder und biss sich auf die Lippe.

«Wahrscheinlich hat sie gedacht, du würdest an den Häusern festhalten», murmelte sie. Ich zuckte nur mit den Schultern. «Wie ging es dann weiter?», fragte sie mich. Ich fuhr mir durch die Haare.

«Wir haben seit der Scheidung nur sporadisch Kontakt. Eigentlich nur, wenn es um Grace geht. Ich habe sie alle paar Wochen bei mir und schaufle mir manchmal einen Nachmittag unter der Woche frei, an dem wir etwas unternehmen. Wenn die Zeit zulässt», sagte ich schuldbewusst. «Ich habe viele Fehler in der Vergangenheit gemacht und bereue jeden einzelnen davon. Aber ich kann es nicht mehr rückgängig machen. Es ist geschehen und Juliana und ich müssen nun mal mit den Konsequenzen meiner Fehler leben.»

Wir liefen eine Weile schweigend nebeneinander her. Ich wusste nicht, wo sie wohnt und in welche Richtung wir liefen. Ich war so abgelenkt von meinen Erzählungen gewesen, dass ich nicht einmal bemerkt hatte, in welchem Teil der Stadt wir uns befanden.

Kapitel 39
Ella

Während Miles über seine Vergangenheit sprach, hörte ich ihm aufmerksam zu. Seine Stimme war ruhig, aber ich konnte die Emotionen dahinter spüren. Die Traurigkeit, die Enttäuschung und Reue. Zu Beginn war ich skeptisch gewesen. Wir waren Geschäftspartner und keine Freunde. Eine Stille hatte sich zwischen uns ausgebreitet, als wir am Bryant-Park vorbeiliefen. Der Duft von heißer Schokolade und Glühwein stieg mir in die Nase und weckte eine unerwartete Sehnsucht nach Wärme und Geborgenheit.

«Wie wäre es, wenn wir an einem der Stände im Winter Village etwas trinken?», schlug ich vor. «Es ist kalt und ein heißes Getränk könnte uns guttun.»

Miles sah mich überrascht an, dann lächelte er und nickte.

«Das klingt nach einer guten Idee», stimmte er zu.

Wir schlenderten gemeinsam zu einem der Stände. Die Lichtsterne am Dach zogen mich für einen kurzen Moment in den Bann. Ich bestellte für jeden von uns eine heiße Schokolade. Mit den dampfenden Bechern in den Händen suchten wir uns eine Bank am Rande des Parks. Die Wärme des Kakaos tat gut und half mir, mich ein wenig zu entspannen. Ich sah Miles an und bemerkte, dass seine verkrampfte Haltung nachließ.

«Danke, dass du mir das alles erzählst», sagte ich leise. «Ich weiß, es ist nicht selbstverständlich.»

Er nickte langsam und nahm einen Schluck von seiner Schokolade.

«Es ist wichtig», antwortete er ernst.

Wir saßen lange auf der Bank und unterhielten uns über die Vergangenheit. Die Zeit verging wie im Flug und mittlerweile hatten wir uns ein weiteres Getränk geholt. Dieses Mal hatte ich mir einen Bratapfeltee gegönnt. Miles hatte sich eine zweite Schokolade gekauft. Der kleine Park hatte sich gewaltig geleert. Nur vereinzelte Personen standen herum und die meisten Stände hatten geschlossen. Die Lichterketten, die den Park schmückten, warfen ein sanftes, warmes Licht auf die Szenerie und schufen eine sinnliche Atmosphäre. Es hatte sogar ein wenig angefangen zu schneien.

«Es ist seltsam», sagte ich nach einer Weile und sah in meinen Becher. «Wie schnell sich Dinge ändern können.»

Miles nickte nachdenklich.

«Ja», stimmte er zu. «Manchmal fühlt es sich an, als ob das Leben an einem vorbeizieht.»

Ich sah ihn an und lächelte bedauernd.

«Aber vielleicht ist das gut so», flüsterte ich. «Möglicherweise brauchen wir diese Veränderungen, um zu wachsen.»

Er erwiderte mein Lächeln und legte seine Hand auf meine.

«Vielleicht hast du Recht», sagte er sanft.

Eine angenehme Stille breitete sich zwischen uns aus. Es war keine unangenehme Stille mehr. Vielmehr eine Art von Frieden, den ich schon lange nicht mehr verspürt hatte.

«Weißt du», begann ich wieder, «ich habe oft darüber nachgedacht, was ich im Leben will.»

Ich zögerte kurz, bevor ich fortfuhr. «Und ich glaube, dass es nicht darum geht, alles perfekt zu machen oder immer die richtigen Entscheidungen zu treffen.»

Miles sah mich aufmerksam an und wartete darauf, dass ich weitersprach.

«Es geht darum, ehrlich zu sein. Zu sich selbst und zu anderen», fuhr ich fort. «Die Menschen, um sich herum, wertzuschätzen.»

Er nickte langsam und drückte leicht meine Hand.

«Das klingt nach einer guten Philosophie», flüsterte er.

Ich lächelte erneut und fühlte eine Wärme in mir aufsteigen. Nicht nur wegen des heißen Tees oder der Nähe von Miles, sondern wegen der Erkenntnis, dass wir beide bereit waren, einen neuen Weg einzuschlagen.

«Lass uns diesen Moment festhalten», wisperte ich. «Egal, was passiert. Lass uns daran erinnern, dass wir hier gesessen haben und beschlossen haben, ehrlich zueinander zu sein.»

In Miles Augen spiegelte sich tiefe Zuneigung für mich und er nickte.

«Das verspreche ich dir», sagte er.

Wir blieben noch etwas sitzen, bis die Kälte der Nacht durch unsere Kleidung drang und uns daran erinnerte, dass es Zeit war zu gehen.

«Komm», sagte Miles und stand auf. «Ich bringe dich nachhause.»

Wir wollten den Park verlassen, doch plötzlich rutschte mein Fuß auf einem vereisten Fleck weg. Mein Herz setzte einen Schlag aus und die Welt um mich herum verschwamm in einem Wirbel aus Schnee und Kälte. Doch bevor ich den Boden berührte, spürte ich Miles starke Arme, die mich auffingen. Er zog mich fest an sich heran. Unsere

Gesichter waren nur wenige Zentimeter voneinander entfernt. Sein warmer Atem streifte meine Haut und ich konnte das besorgte Flackern in seinen Augen sehen.

«Alles in Ordnung?», fragte er leise, seine Stimme war durchdrungen von Sorge.

Mein Herz klopfte wild in meiner Brust, nicht nur wegen des Schrecks, sondern auch wegen der plötzlichen Nähe zwischen uns. Der Duft seines Aftershaves stieg mir in die Nase und benebelte meine Sinne.

«Ja», flüsterte ich und versuchte, meine Atmung zu beruhigen. «Danke.»

Für einen Moment standen wir nur da, eng umschlungen, während die Zeit stillzustehen schien. Meine Gedanken rotierten. War das der richtige Moment? Sollte ich etwas sagen oder tun? Die Vertrautheit und Zärtlichkeit dieses Augenblicks überwältigten mich. Ich sah in seine Augen und bemerkte, wie sich unsere Seelen miteinander verbanden. Es war, als ob all die Worte, die wir bisher gesprochen hatten, in diesem einen Blick zusammengefasst worden.

«Ella», wisperte Miles und hob eine Hand, um sanft eine Haarsträhne aus meinem Gesicht zu streichen. «Ich …»

Seine Stimme brach ab, aber er musste nichts sagen. In diesem Moment wusste ich genau, was er fühlte. Weil ich es auch fühlte. Ohne weiter nachzudenken, hob ich meine Hand und legte sie sanft auf seine Wange. Ich zog ihn ein Stück näher zu mir. Unsere Lippen trafen sich in einem hauchzarten Kuss. Miles löste sich kurz von mir, nur um seinen Mund gleich wieder auf meinen zu legen. Die Intensität zwischen uns steigerte sich spürbar. Der sanfte, zärtliche Kuss verschmolz zu einem Feuer der Leidenschaft. Ein Kribbeln breitete sich von meinen Lippen über meinen gesamten Körper aus, als ob tausend kleine Funken auf meiner Haut tanzten. Meine Gedanken drehten sich, doch gleichzeitig schien alles um mich herum, stillzustehen. Es gab nur diesen Moment, nur Miles und mich. Die Welt verschwamm. Ich konnte nichts anderes mehr wahrnehmen. Mein Herz schlug schneller und meine Atmung wurde tiefer. Ich fühlte mich lebendig, wie schon lange nicht mehr. Jede Berührung, jeder Atemzug schien elektrisiert zu sein. Meine Hände wanderten unwillkürlich zu seinem Nacken und vergruben sich in seinem Haar, während ich ihn näher an mich zog. Miles Hände glitten sanft über meinen Rücken. Seine Berührungen fühlten sich gut an. Sein Kuss wurde fordernder, intensiver und ich konnte das Verlangen in ihm spüren. Ein Verlangen, das auch in mir widerhallte. In diesem Moment schienen all die Zweifel und Ängste der Vergangenheit von uns abzufallen. Es gab keine Unsicherheiten mehr, keine Zurückhaltung. Nur die Intensität des Augenblicks, die uns beide fest umschloss. Nur dieses überwältigende Gefühl der Nähe und Verbundenheit. Ein leises Stöhnen entwich meinem Mund, als seine Zunge sanft gegen meine stieß und unsere Küsse wilder wurden. Mein ganzer Körper stand in Flammen. Es war ein Gefühl der völligen Hingabe. Als ob wir beide bereit waren, uns vollkommen aufeinander einzulassen. Schließlich lösten wir uns atemlos voneinander. Miles lehnte seine Stirn an meine. Unser hektischer Atmen vermischte sich miteinander.

«Ella», flüsterte Miles heiser und sah mir tief in die Augen.

«Ich weiß», antwortete ich keuchend und legte eine Hand auf seine Wange. «Ich fühle es auch.»

Für einen Moment standen wir nur da. Eng umschlungen und mit einem Lächeln auf den Lippen.

«Lass uns zu mir gehen», sagte Miles leise. Ich lachte leise und nickte anschließend.

«Ja», antwortete ich sanft. Und so verließen wir den Park. Nicht mehr als Fremde oder Bekannte, sondern als etwas Größeres.

Kapitel 40
Miles

Wir waren auf dem Weg zu meiner Wohnung und Ellas Kuss ließ mich in anderen Sphären schweben. Die Straßenlaternen warfen lange Schatten auf den Gehweg und die kühle Nachtluft konnte kaum das Feuer in mir dämpfen. Ella hielt meine Hand fest und die Wärme ihrer Haut durchdrang mich. Jeder Schritt, den wir machten, schien uns näher zusammenzubringen. Nicht nur physisch, sondern auch emotional. Mein Herz schlug heftig in der Brust und ich konnte das Kribbeln der Erregung nicht abschütteln. Ich schaute zu ihr hinüber. Ihr Gesicht war leicht gerötet und ihre Augen funkelten im dämmrigen Licht der Laternen. Sie sah wunderschön aus. So lebendig und voller Emotionen. Es war schwer zu glauben, dass dieser Moment passierte.

«Miles», wisperte sie und brach damit die Stille zwischen uns. «Was denkst du?»

Ich zögerte, bevor ich antwortete.

«Ich denke daran, wie unglaublich sich dieser Kuss angefühlt hat», gestand ich. «Und wie sehr ich mich danach sehne, dich wieder zu küssen.»

Ein sanftes Lächeln spielte um ihre Lippen und sie drückte meine Hand etwas fester.

«Dann tu es», flüsterte sie. Ich sah sie an und blieb stehen. Mitten auf dem Gehweg legte ich meine Hände an ihre Wangen und zog sie an mich. Genervte Fußgänger wichen uns aus. Aber ich hatte nur Augen für Ella.

«Gehen wir weiter», wisperte ich, nachdem ich mich wieder von ihr gelöst habe. Sie nickte. Ihre Lippen waren feucht von meinen Küssen. Meine Erregung wuchs mit jedem Schritt, den wir näher an meine Wohnung kamen. Ich konnte das Verlangen in mir spüren. Ein tiefes Bedürfnis nach mehr Nähe, mehr Intimität. Es war fast überwältigend. Als wir vor meiner Tür standen, blieb Ella stehen und sah mich an. Ihre Augen suchten meine, als ob sie nach einer Bestätigung suchten. Ich öffnete die Tür und führte sie hinein. Kaum fiel sie ins Schloss, zog ich Ella in meine Arme und küsste sie erneut. Dieser Kuss war anders als der im Park. Er war intensiver, leidenschaftlicher. Meine Hände glitten über ihren Rücken, zogen sie näher an mich heran. Eine wohlige Wärme breitete sich in meinem Unterleib aus. Meine Lust nach ihr wuchs unaufhaltsam. Es war kaum zu kontrollieren. Ella erwiderte meinen Kuss mit gleicher Intensität, ihre Hände legten sich auf meine Brust. Ihre Berührungen trieben mich in den Wahnsinn und verstärkten das Gefühl der Erregung weiter. Mit einem leisen Klicken löste ich die Schnalle von ihrem Mantel. Ich öffnete ihn und schob meine Hände darunter. Ella schauderte leicht.

«Miles», flüsterte sie atemlos gegen meine Lippen. «Ich will dich.»

Diese Worte setzten eine Explosion in mir frei.

«Ich will dich auch», antwortete ich heiser. Wir kickten unsere Schuhe von den Füßen und warfen die Jacken achtlos zu Boden. Ich bemerkte, wie viel kleiner Ella ohne ihre Absätze war. Sie reichte mir kaum bis zur Brust und ich musste mich ein Stück zu ihr herunterbeugen, um sie wieder zu küssen. Der Größenunterschied machte sie nur bezaubernder. Ich zog Ella näher an mich heran und meine Hände ruhten auf ihren Hüften. Ihre Wärme strahlte durch den dünnen Stoff ihrer Kleidung. Mein Puls beschleunigt sich. Unsere Lippen fanden sich erneut in einem brennenden Kuss. Ich spürte das Verlangen in ihr, das genau das widerspiegelte, was in mir tobte. Meine Gedanken wirbelten durcheinander. Ein Sturm aus Emotionen. Es fühlte sich unwirklich an, als ob dieser Moment nur ein Traum wäre. Dass Ella hier bei mir war, dass wir uns so nah waren. Ellas Hände glitten über meine Brust. Ihr sanftes Stöhnen gegen meine Lippen ließ das Verlangen nach ihr ins Unermessliche steigen. Ich wollte mehr von ihr spüren, mehr von dieser unglaublichen Verbindung zwischen uns erleben. Ella presste sich an mich. Das Gefühl ihres Körpers so nah an meinem verstärkte das Kribbeln in meinem Unterleib und ließ den Hunger nach ihr weiter wachsen.

«Miles», flüsterte sie atemlos gegen meine Lippen. «Ich brauche dich.»

«Ich bin hier», antwortete ich heiser und küsste sie stürmisch. Ich ließ meine Hände an ihren Hüften hinabgleiten und legte sie unter ihren Hintern. Meine Finger verkrampften sich in dem seichten Stoff ihres Kleides. Mit einer raschen Bewegung raffte ich den störenden Stoff zusammen und hob sie in einer fließenden Bewegung hoch. Ella gab ein überrashtes Keuchen von sich. Ich trug sie durch den dunklen Flur in Richtung des Schlafzimmers. Sie wandte sich in meinen Armen.

«Ich bin zu schwer», flüsterte sie, doch ich ignorierte sie. Meine Gedanken waren nur auf Ella fokussiert. Auf ihre Nähe, ihre Wärme. Als wir das Zimmer erreichten, setzte ich sie auf dem Bett ab und sah ihr tief in die Augen. Ihre Wangen waren gerötet und ihre Augen schimmerten.

«Ella», sagte ich leise und strich sanft über ihre Wange. «Du bist unglaublich.»

Sie lächelte sanft und zog mich zu sich herunter. Ich wollte meinen Blick nicht von Ella abwenden. Ihre Augen suchten meine. Langsam und vorsichtig griff ich nach dem Reißverschluss ihres Kleides, der sich an ihrem Rücken entlangzog. Das leise Ratschen verstärkte die Stimmung. Ich wollte diesen Moment so lange wie möglich auskosten. Jede Sekunde davon in mein Gedächtnis einbrennen. Als der Reißverschluss vollständig geöffnet war, glitt das Kleid sanft von ihren Schultern und enthüllte ihre makellose Haut. Ella saß halb nackt vor mir im dämmrigen Licht des Schlafzimmers. Sie war nur mit ihrer Unterwäsche bekleidet. Ihr Anblick ließ meinen Atem stocken. Sie war atemberaubend schön. Ihre helle Haut schimmerte im Mondlicht und ihr Körper war eine perfekte Mischung aus Anmut und Sinnlichkeit. Meine Gedanken rotierten. Wieso hatte ich so viel Glück? Wie hatte ich jemanden wie Ella verdient? Doch all diese Fragen wurden von dem überwältigenden Gefühl der Zuneigung und des Verlangens übertönt.

«Ella», flüsterte ich heiser und ließ meinen Blick über ihren Körper wandern. «Du bist wunderschön.»

Ich beugte mich zu ihr herunter und küsste sie erneut, diesmal langsamer, intensiver. Meine Hände erkundeten ihre nackte Haut. Ich genoss ihre Wärme und Weichheit. Jeder Kuss und jede Berührung forderte mich zu mehr auf. Mein Herz schlug heftig in der Brust und die Erregung drückte schmerzhaft gegen den Stoff meiner Hose. Jeder Atemzug schien schwerer zu fallen, während ich mich darauf konzentrierte, diesen Moment so sanft und respektvoll wie möglich zu gestalten. Langsam hob ich meine Hände und legte sie auf ihre Schultern. Meine Finger glitten über ihre Haut, als ich die Träger ihres BHs nach unten schob. Ella hielt den Atem an und ich konnte das leichte Zittern ihres Körpers spüren. Mit einer fließenden Bewegung öffnete ich den Verschluss ihres BHs und ließ ihn sanft von ihren Schultern gleiten. Der BH fiel zu Boden und enthüllte ihre runden Brüste. Ich hielt einen Moment inne, um sie anzusehen. Jede Kurve, jede Linie ihres Körpers war perfekt. Meine Hände wanderten weiter nach unten zu ihrer Taille, wo der Bund ihrer Strumpfhose saß. Neckend zog ich sie nach unten, Stück für Stück, bis sie über ihre Beine glitt und auf dem Boden landete. Das Feuer in mir war fast unerträglich geworden. Ein intensives Kribbeln breitete sich in meinem Unterleib aus. Doch trotz dieses überwältigenden Gefühls wollte ich sicherstellen, dass Ella sich wohlfühlte und dass jeder Moment zwischen uns bedeutungsvoll war. Unsere Lippen fanden sich erneut in einem leidenschaftlichen Kuss und ich konnte die Flammen in mir weiter auflodern spüren. Jeder Kuss und jede Berührung schien die Welt um uns herum verblassen zu lassen. Meine Hände glitten zärtlich über ihren nackten Rücken, während ich versuchte, jeden Moment dieses Augenblicks in mich aufzunehmen. Ellas Atem wurde schneller und unregelmäßiger, als sie sich enger an mich drückte. Ihre Hände strichen fahrig über meine Brust und meinen Rücken. Ich konnte das leichte Zittern in ihren Fingern spüren.

«Miles», flüsterte sie atemlos gegen meine Lippen. Ihre Stimme voller Verlangen und Zuneigung.

Ich zog sie näher an mich heran und meine Hände ruhten fest auf ihren Hüften.

«Ella», antwortete ich heiser, «du machst mich verrückt.»

Sie lächelte und ließ ihre Hände weiter nach unten gleiten, bis sie den Bund meiner Hose erreichten. Mit geschickten Fingern öffnete sie den Knopf und zog den Reißverschluss nach unten. Jeder Moment schien sich endlos hinzuziehen. Ella schob meine Hose über meine Hüften. Der Druck ließ etwas nach, aber die Intensität meines

Verlangens blieb unverändert. Sie sah mir tief in die Augen und ihre Wangen waren gerötet vor Erregung. Unser Atem ging schwerer und unsere Bewegungen wurden ungeduldiger. Sie drückte sich enger an mich und ihre Brüste pressten sich gegen meine Brust. Das Gefühl, ihrer nackten Haut an meiner, verstärkte das Kribbeln in meinem Unterleib.

Kapitel 41
Ella

Es war, als ob die Zeit stillstand, während ich Miles ansah. Sein Blick war voller Verlangen und Zuneigung. Ich konnte das gleiche Feuer in mir spüren. Mit zittrigen Händen öffnete ich die Knöpfe seines Hemdes. Jeder Knopf schien eine Ewigkeit zu brauchen, aber schließlich glitt der Stoff auseinander und enthüllte seine nackte, leicht behaarte Brust. Mein Atem stockte bei seinem Anblick für einen Moment. Stark und verletzlich zugleich. Ich ließ meine Finger sanft über seine Brust gleiten, spürte die Wärme seiner Haut und das leichte Kribbeln unter meinen Fingerspitzen. Seine Muskeln spannten sich unter meiner Berührung an und ich konnte das leise Stöhnen hören, das aus seiner Kehle kam. Ich konnte mich nicht erinnern, wann mich ein Mann zuletzt so begehrt hatte. Normalerweise hatte ich Hemmungen, mich einem Mann vollständig hinzugeben.

Doch meine Unsicherheiten wegen meines Körpers waren wie weggefegt. Es war ein überwältigendes Gefühl, zu wissen, dass dieser wunderbare Mann mich genauso begehrte wie ich ihn. Meine Hand wanderte weiter nach unten über seinen festen Bauch. Jeder Muskel war perfekt definiert und ich konnte die Kraft in seinem Körper spüren. Die Endorphine in mir explodierten bei dem Gedanken daran, wie es sein würde, ihn nah bei mir zu haben. Er stöhnte leise und legte seine Hände auf meine Hüften. Der Druck gegen seine Hose war deutlich sichtbar und es machte mich an zu wissen, dass ich diesen Effekt auf ihn hatte. Er erhob sich kurz, um sich das Hemd vollständig auszuziehen. Im gedämpften Licht des Schlafzimmers konnte ich sehen, wie seine Muskeln sich bei jeder Bewegung anspannten und entspannten. Im selben Atemzug entledigte er sich komplett seiner Hose und der Unterwäsche. Der Anblick seiner völligen Nacktheit ließ mein Verlangen weiter wachsen. Ich konnte die Intensität seiner Erregung sehen. Miles ging zu seinem Nachttisch. Ich hörte ein leises Knistern aus seiner Schublade. Mein Herz schlug schneller vor Aufregung. Meine Gedanken drehten sich, während ich versuchte, mich auf den Moment zu konzentrieren. Ich betrachtete ihn. Jeder Muskel und jede Linie seines Körpers war perfekt. Mein Atem beschleunigte sich und in meinem Unterleib flatterten Dutzende Schmetterlinge. Die Vorfreude war fast unerträglich. Er lächelte sanft und kam zurück zu mir aufs Bett. Ich schaute erwartungsvoll zu Miles. Ich dachte, er würde sich ein Kondom überziehen, aber stattdessen sah er es vor, mich noch weiter zu quälen. Er kniete sich zwischen meine Beine und verteilte sanfte Küsse an meinem Hals. Seine Lippen waren warm und weich und jeder Kuss schickte kleine Schauer der Erregung durch meinen Körper. Als er meine Brüste erreichte, konnte ich das Kribbeln in meinem Unterleib kaum ertragen. Seine Zunge umkreiste sanft eine meiner Brustwarzen, bevor er sie leicht zwischen seine Lippen nahm und daran saugte. Ein leises Stöhnen entwich mir und ich spürte, wie sich mein Körper unter seiner Berührung anspannte. Meine Fingernägel vergruben sich in dem Laken unter mir, während ich versuchte, mich an diesem überwältigenden Gefühl festzuhalten. Miles liebkoste meinen Körper weiter mit seinen Lippen und erkundete jede Kurve mit einer Mischung aus Zärtlichkeit und Leidenschaft. Sein Mund wanderte weiter nach unten. Er legte sich meine Beine über die Schultern und verteilte sanfte Küsse an den Innenseiten meiner Oberschenkel. Jeder Kuss schickte Wellen der Erregung durch meinen Körper und reizte meine Lust ins Unermessliche. Ich

344

stöhnte jedes Mal auf. Seine Lippen wanderten weiter nach oben. Immer näher an den meine Mitte heran. Mein Atem ging schneller und mein Herz schlug wild in meiner Brust. Mein ganzer Körper spannte sich vor Erwartung an. Als seine Lippen mein Zentrum erreichten, konnte ich das intensive Gefühl der Erregung nicht mehr ertragen. Seine Zunge bewegte sich sanft über meine Perle und ein tiefes Stöhnen drang aus meiner Kehle. Meine Hände griffen nach seinen Haaren, während ich diesen Moment genoss. Ich stöhnte lauter und hob meine Hüften leicht an, um ihm näher zu sein. Er verstand sofort, verstärkte seine Berührungen und schob einen Finger in mich hinein. Mein gesamter Körper spannte sich vor Verlangen an. Jeder seiner Bewegungen war voller Zärtlichkeit und doch so unglaublich erregend. Er lächelte gegen meine Haut und fügte dann einen zweiten Finger hinzu. Die Kombination aus seinen Fingern in mir und seiner Zunge auf meiner Knospe war überwältigend. Mein Atem ging schneller.

«Lass dich fallen», murmelte er mit tiefer Stimme.

Seine Worte waren wie ein Befehl, dem ich mich nicht widersetzen konnte. Ich ließ mich vollkommen in seine Berührungen fallen, gab mich dem Gefühl der Erregung hin, das durch meinen Körper strömte. Mein Herz schlug wild in meiner Brust und die Spannung in meinem Körper baute sich immer weiter auf. Er verstärkte seine Bewegungen. Seine Finger und seine Zunge fanden den perfekten Rhythmus. Die Intensität der Erregung war so heftig, dass ich dachte, ich könnte explodieren. Und dann kam der Moment. Der Moment des völligen Loslassens. Ein kleiner Schrei entwich meiner Kehle, als die Wellen des Orgasmus durch meinen Körper rollten. Er lächelte sanft und zog seine Finger langsam aus mir heraus. Seine Lippen fanden erneut meine und ich konnte mich selbst schmecken.

Kapitel 42
Miles

Ella lag unter mir. Ihr Körper bebte von den Nachwirkungen ihres Orgasmus. Ihr Gesicht war ein Bild der Zufriedenheit und des Glücks. Ich beugte mich über sie und verteilte kleine zarte Küsse auf ihren Wangen. Ihre Augen öffneten sich langsam und sie sah mich mit einem Blick an, der voller Zuneigung war. Es war ein Anblick, der mein Herz schneller schlagen ließ. In diesem Moment fühlte ich eine tiefe Verbundenheit mit ihr. Eine Verbindung, die über das Physische hinausging. Während ich weiterhin sanfte Küsse auf ihre Wangen verteilte, wandte sich Ella leicht unter mir. Ihr Körper rutschte hin und her, als ob sie nach mehr Nähe suchte. Ich konnte das Kribbeln in mir spüren. Es machte mich stolz, dass ich ihr dieses Gefühl geben konnte. Ich ließ meine Lippen weiter über ihr Gesicht wandern, küsste ihre Stirn, ihre Nase und wieder ihren

Mund. Ich richtete mich langsam auf. Neben mir im Bett lag das Kondom, das ich vorsorglich bereitgelegt hatte. Mit zitternden Händen nahm ich es und streifte es über. Ich konnte es kaum erwarten, in sie einzutauchen. Ich kniete ich mich zwischen ihre Beine und sah sie fragend an. Ihr Blick war voller Erwartung und Begierde. Sie nickte leicht und öffnete ihre Schenkel weiter für mich. Ihre Hände griffen nach meinen Schultern. Dann hielt sie sich an ihnen fest. Ich konnte die Hitze ihres Körpers spüren, die sich mit meiner eigenen vermischte. Langsam bewegte ich mich auf ihren Eingang zu und drang sanft in sie ein. Ein tiefes Stöhnen entwich mir. Ihre feuchte Wärme brachte mich um den Verstand. Ella keuchte leise und schlang ihre Beine um meine Hüften. Ihre Berührung verstärkte meine Erregung. Ich bewege mich in ihr und fand einen Rhythmus, der uns beiden Vergnügen bereitete. Ellas Hände glitten über meinen Rücken. Ihre Fingernägel hinterließen leichte Spuren auf meiner Haut. Ihr Atem ging schnell und unregelmäßig, während sie sich unter mir wandte. Jeder ihrer Bewegungen trieb mich weiter an den Rand des Wahnsinns. Ich stöhnte gegen ihren Hals. Ihre Antwort war ein weiteres tiefes Stöhnen, das direkt aus ihrer Kehle kam. Sie hob ihre Hüften leicht an, um mir näher zu sein. Unsere Körper verschmolzen ineinander in einem Tanz der Leidenschaft. Jeder Stoß brachte uns beide näher an den Höhepunkt. Ich konnte fühlen, wie sich die Spannung in meinem Körper immer weiter aufbaute. Ich verstärkte die Bewegungen. Und dann kam der Augenblick. Der Moment des völligen Loslassens. Ein Schrei entschlüpfte aus Ellas Mund, als sie erneut kam. Ihr ganzer Körper bebte unter mir. Kurz darauf folgte ich ihr in den Abgrund der Ekstase. Ein tiefes Stöhnen entwich meiner Kehle, als die Wellen des Höhepunkts durch meinen Körper rollten. Atemlos verweilten wir in diesem Moment. Wir waren eng aneinandergeschmiegt. Der Raum war erfüllt von der Wärme unserer Leidenschaft und dem leisen Nachhall unserer keuchenden Atemzüge. Ellas Herzschlag schlug gegen meine Brust. Ein beruhigender Rhythmus, der mich daran erinnerte, wie tief unsere Verbindung war. Langsam hob ich meinen Kopf und sah sie an. Ihre Augen schimmerten wie Smaragde. Es war ein Blick voller Zuneigung und Dankbarkeit. Ein stilles Versprechen, dass dieser Moment nur der Anfang von vielen weiteren sein würde. Ein sanftes Lächeln breitete sich auf ihren Lippen aus und sie hob eine Hand, um über mein Gesicht zu streichen. Ihre Berührung war leicht wie eine

Feder, aber sie hinterließ einen tiefen Eindruck in meinem Herzen.

«Das war wunderschön», hauchte sie heiser.

Ich konnte die Ehrlichkeit in ihren Worten verspüren und es gab mir das Gefühl der Erfüllung. In diesem Moment wusste ich, dass alles richtig war. Dass wir beide genau dort waren, wo wir sein sollten. Langsam zog ich mich aus ihr zurück und legte mich neben sie. Unsere Körper blieben eng aneinandergeschmiegt, während wir uns gegenseitig ansahen. Es gab keine Notwendigkeit für Worte. Unsere Blicke sagten alles. Ich strich eine Haarsträhne aus ihrem Gesicht. Sie zog mich näher zu sich. Wir lagen einfach da und genossen die Nähe des anderen. Wir ließen den Moment auf uns wirken. Es war ein Gefühl der völligen Zufriedenheit.

Ich stand langsam auf. Meine Beine waren wie Wackelpudding. Mit einem letzten liebevollen Blick auf Ella verließ ich das Bett und ging ins Badezimmer, um das Kondom zu entsorgen und mich sauber zu machen. Das Licht im Bad war zu grell und ich kniff meine Augen zusammen. Ich ließ das Wasser laufen und spritzte mir etwas ins Gesicht. Während ich mich säuberte, konnte ich nicht anders, als über den Moment nachzudenken. Es war mehr als nur körperliche Erfüllung. Es hatte sich ein emotionales Band zwischen uns gewebt, was uns fest zusammenhielt. Ein leises Rascheln ließ mich herumfahren. In der Tür des Badezimmers stand Ella, ihre Augen huschten unsicher umher wie die eines scheuen Rehs. Ein zartes Lächeln spielte auf ihren Lippen, während sie in ihrer Verletzlichkeit eine atemberaubende Schönheit ausstrahlte. Es war erstaunlich, wie es jemand so einfach zum Schmelzen bringen konnte.

«Hey», sagte ich sanft. «Komm her.»

Ella zögerte einen Moment, dann trat sie langsam näher. Ich streckte meine Hand nach ihr aus und zog sie behutsam an mich. Meine Finger glitten über ihre Haut, die sich wie Samt anfühlte und eine angenehme Wärme ausstrahlte. Mit jedem Atemzug nahm ich den zarten, vertrauten Duft auf, der von ihr ausging und mich umhüllte.

«Alles in Ordnung?», flüsterte ich und strich ihr eine Haarsträhne aus dem Gesicht. Ich musste schmunzeln, als ich ihre völlig zerzausten Haare bemerkte. Sie nickte und legte ihre Hände auf meine Brust.

«Ja», antwortete sie ebenso leise.

Diese einfachen Worte ummantelten mich mit Glückseligkeit. Es war das Wichtigste für mich, dass sie sich sicher und geborgen fühlte. Dass sie in meiner Nähe sein wollte.

«Ich bin froh, dass du hier bist», sagte ich und drückte sie näher an mich. Ella wusch sich ebenfalls und ich beobachtete sie dabei. Ihre Augen wanderten unsicher zu Boden und ein Hauch von Rot stieg in ihre Wangen. Um ihr Raum zu geben, drehte ich mich um und trat leise aus dem Badezimmer.

«Ich bin gleich wieder da», flüsterte ich und schenkte ihr ein Lächeln. Sie nickte dankbar und ich trat hinaus ins Schlafzimmer. Sobald die Tür ins Schloss fiel, schlug mir ein dichter, schwerer Duft entgegen. Eine Mischung aus Schweiß und Sex. Ich ging zum Fenster, schob es auf und ließ die kühle Brise hereinströmen. Die frische Winterluft verdrängte den stickigen Geruch, füllte meine Lungen und brachte Klarheit in meinen Kopf. Mein Mund fühlte sich staubtrocken an. In der Küche griff ich nach zwei Wasserflaschen aus dem Kühlschrank. Ich drehte die Kappe ab und nahm einen langen Schluck. Das Wasser rann kühl meine Kehle hinunter und löschte meinen Durst sofort. Mit den beiden Flaschen in der Hand schlenderte ich zurück ins Schlafzimmer. Als ich die Tür öffnete, sah ich Ella auf dem Bett sitzen. Sie hatte sich in eine Decke gehüllt und sah mich mit einem sanften Lächeln an.

«Hier», sagte ich und reichte ihr eine der Flaschen. «Ich dachte, du könntest etwas Wasser gebrauchen.»

Verschmitzt sah sie mich an und kicherte.

«Danke», antwortete sie. Röte schoss ihr in die
Wangen und sie nahm die Flasche entgegen.

Kapitel 43
Ella

Verschlafen blinzelte ich und versuchte, meine Augen an das Morgenlicht zu gewöhnen, das durch die Vorhänge drang. Für einen kurzen Moment war ich desorientiert und wusste nicht, wo ich mich befand. Die Zimmerdecke über mir, der Geruch des Raumes. Alles schien fremd und doch vertraut. Dann dämmerte es mir. Ich lag in Miles Bett. Eine Wärme umschloss mich, als die Erinnerungen an die letzte Nacht langsam zurückkehrten. Ein Lächeln breitete sich über mein Gesicht aus, während ich an die Momente dachte, die wir geteilt hatten. Die Art und Weise, wie er mich angesehen hatte. Voller Zuneigung. Die Erinnerung bescherte mir ein Prickeln. Ich erinnerte mich an seine zärtlichen Berührungen und wie er mir das Gefühl gegeben hatte, die einzige Frau auf der Welt zu sein. Ich drehte meinen Kopf zur Seite und sah Miles neben mir liegen.

Ein Glucksen entschlüpfte mir beim Betrachten seines Gesichts. Er sah so friedlich aus. Ein leises Schnarchen entwich seinen Lippen. Ich streckte meine Hand aus und strich ihm über die Wange. Sein Bart erzeugte dabei ein kratzendes Geräusch. Die letzte Nacht hatte mir gezeigt, wie tief meine Gefühle für Miles waren. Ich erinnerte mich an die Gespräche, die wir bis weit in die Nacht geführt hatten. Während ich ihn weiterhin beobachtete, versprach ich mir selbst, jeden kostbaren Moment mit ihm zu schätzen. Langsam zog ich meine Hand zurück und kuschelte mich wieder unter die Decke. Ich wollte diesen friedlichen Morgenmoment ein wenig länger genießen. Miles regte sich neben mir. Er murmelte etwas Unverständliches im Schlaf und rückte näher an mich heran. Seine Arme legten sich um meinen Körper und ich konnte seine Brust an meinem Rücken spüren. Ein wohliger Schauer lief über meine Haut. Plötzlich spürte ich seine Erektion an meinem Hintern. Mein Plus erhöhte sich und eine Welle der Erregung überkam mich. Die Nähe von Miles fühlte sich unglaublich gut an. Ich drehte meinen Kopf ein wenig zur Seite und sah ihn über meine Schulter hinweg an. Sein Gesicht war entspannt und ein sanftes Lächeln umspielte seinen Mund. Ich wollte nichts anderes, als mich seinen Berührungen hingeben. Ich drückte mich leicht gegen ihn und spürte seine Reaktion darauf. Ein erneutes leises Murmeln entwich seinen Lippen, während er sich enger an mich schmiegte. Meine eigene Erregung wuchs mit jedem Herzschlag. Ich ließ meine Hand träge über seinen Arm gleiten, der um meinen Körper gelegt war. Plötzlich spürte ich, wie Miles Hand in aller Ruhe nach unten wanderte. Sie glitt sanft über meinen Bauch und dann weiter hinab zu den Schenkeln. Gänsehaut kroch über meine Beine. Seine Finger strichen liebevoll über meine Oberschenkel. Ich seufzte auf. Er verteilte sanfte Küsse auf meiner Schulter. Jeder Kuss hinterließ eine feuchte warme Spur auf der Haut. Sein Mund strich langsam von meiner Schulter hinauf zu meinem Nacken. Seine Hand streichelte weiterhin meinen Oberschenkel. Mit einer fließenden Bewegung ließ er seine Hand weiter nach oben gleiten. Seine Hand massierte sanft meinen Hintern. Ein weiteres leises Stöhnen entwich meinen Lippen, als sein Griff fester wurde. Die Kombination aus seinen Küssen und seinen Berührungen ließ meine Sehnsucht, ihn zu spüren, ins Unermessliche steigen. Ich drehte meinen Kopf ein wenig mehr zur Seite und suchte seinen Blick. Unsere Augen trafen sich für einen Moment voller unausgesprochener Worte. Miles drehte mich dann ein wenig zur Seite, sodass ich halb auf dem Rücken lag. Seine Hände glitten sanft über meine Hüften hinunter zu meiner empfindlichen Mitte. Als seine Finger mich dort berührten, durchzuckte mich ein intensives Gefühl der Lust. Er streichelte zärtlich meine Mitte und tauchte immer wieder in mich ein, was meine Lust nur mehr entfachte. Mein Atem ging schneller. Währenddessen beugte er sich vor und nahm eine meiner Brustwarzen in den Mund. Das Gefühl seiner warmen Lippen an meinen Brustwarzen ließ mich erzittern. Er saugte sanft daran, während seine Zunge spielerisch darüber strich. Die Kombination aus seinen Fingern in meiner Hitze und seinem Mund an meiner Brust trieb mich fast in den Wahnsinn. Jeder Nerv meines Körpers schien unter seiner Berührung zu erzittern. Seine Bewegungen wurden intensiver. Jeder Stoß seiner Finger brachte mich näher an den Rand des Abgrunds der Lust. Mein Atem wurde flacher und schneller. Mein Körper spannte sich unter seiner Berührung an wie eine Saite kurz vorm Reißen. Und dann geschah es. Eine Welle der Ekstase brach über mir zusammen wie ein Sturm auf offener See. Mein ganzer Körper bebte unter dem Höhepunkt. Jeder Muskel zog sich zusammen in einem Anstieg purer Lust. Ein lautes Stöhnen entwich meinen Lippen. Mein Kopf fiel zurück aufs Kissen, während mein Körper unter

Miles Händen erbebte. Ein süffisantes Grinsen kam über seine Lippen. Er beugte sich über mich und nahm ein Kondom aus der Schublade. Mit einer geschmeidigen Bewegung zog er es über und seine Finger glitten sanft über meine Haut. Er drehte mich zur Seite und plötzlich spürte ich einen spielerischen Klaps auf meinem Hintern. Ein überraschter Laut entfuhr mir, als Miles mit einem tiefen Stöhnen in mich eindrang.

Nachdem die Wellen langsam abgeklungen waren, lagen wir eine Weile eng umschlungen im Bett. Die Stille des Morgens umhüllte uns wie eine weiche Decke. Ich genoss jeden Moment in Miles Armen. Schließlich löste ich mich aus seiner Umarmung und setzte mich auf die Bettkante. Ich spürte seine Hand über meinen Rücken streichen, bevor er sich ebenfalls aufrichtete.

«Guten Morgen», murmelte er mit einem verschlafenen Lächeln. Ich musste lachen.

«Guten Morgen», flüsterte ich und beugte mich vor, um ihm einen zärtlichen Kuss zu geben. Dann stand ich auf und schlenderte ins Badezimmer. Ich drehte den Wasserhahn auf und ließ das Wasser in die Dusche laufen. Während es sich aufheizte, bemerkte ich, dass Miles eine Jogginghose und ein Shirt für mich zurechtgelegt hatte. Ein Lächeln huschte über mein Gesicht. Ich trat unter die Dusche und ließ das Wasser über meinen Körper strömen. Es fühlte sich unglaublich erfrischend an nach der intensiven Nacht und dem Morgen voller Leidenschaft. Die Art, wie er mich berührte, erhob mich in den siebten Himmel. Nachdem ich geduscht hatte, trocknete ich mich ab und zog die Jogginghose und das Shirt an. Zaghaft vergrub ich meine Nase darin und konnte den blumigen Duft des Waschmittels riechen. Ich öffnete den Schrank unter dem Waschbecken und fand eine Gästezahnbürste. Während ich meine Zähne putzte, sah ich in den Spiegel vor mir. Mein Gesicht war leicht gerötet von der Hitze der Dusche. Oder von etwas anderem. Ich spülte meinen Mund aus und stellte die Zahnbürste ins Glas neben dem Becken. Dann atmete ich tief durch und lächelte meinem Spiegelbild zuversichtlich entgegen. Nachdem ich das Badezimmer verlassen hatte, schlurfte Miles an mir vorbei ins Bad und schenkte mir ein verschlafenes Lächeln. Ich tappte zurück ins Schlafzimmer und griff nach meinem Handy. Ein kurzer Blick zeigte mir, dass ich ein paar Nachrichten von Kunden und meiner Mutter bekommen hatte, aber es war nichts Dringendes. Ich legte das Handy wieder weg und nutzte die Gelegenheit, um das Penthouse zu erkundigen.

Ich trat aus dem Schlafzimmer in den langen Flur hinaus. Die Wände waren mit geschmackvollen Kunstwerken dekoriert und der Boden war aus poliertem Holz. Während ich den Flur entlangging, blieb ich an einer offenen Tür stehen. Ein kurzer Blick hinein verriet mir sofort, dass es sich um Graces Kinderzimmer handeln musste. Die Wände waren in sanften Pastellfarben gestrichen und mit niedlichen Tiermotiven verziert. Ein Bett stand in der Ecke des Raumes, umgeben von Plüschtieren und bunten Kissen. Es war ein liebevoll eingerichteter Raum. Doch ich wollte ihre Privatsphäre respektieren und ging weiter den Flur entlang. Schließlich betrat ich das weitläufige Wohnzimmer und blieb staunend an der großen Fensterfront stehen. Der Ausblick auf Manhattan war atemberaubend. Die Skyline erstreckte sich vor mir in all ihrer Pracht. Die Wolkenkratzer funkelten im Morgenlicht, während die Stadt zum Leben erwachte. Ich trat näher ans Fenster heran und ließ meinen Blick über die Straßen und Gebäude schweifen. Es war ein beeindruckender Anblick, der mich daran erinnerte, wie klein wir Menschen doch im Vergleich zu dieser riesigen Metropole waren. Das Wohnzimmer selbst war elegant eingerichtet. Moderne Möbel in neutralen Farben bildeten einen harmonischen Kontrast zu den lebhaften

Kunstwerken an den Wänden. Eine große Couch lud zum Verweilen ein, während ein Kamin in einer Ecke des Raumes eine gemütliche Atmosphäre schuf. Nachdem ich den atemberaubenden Ausblick auf Manhattan ausgiebig genossen hatte, wandte ich mich der modernen, in Schwarz gehaltenen Küche zu. Mein Blick fiel auf die hochmoderne Kaffeemaschine, die auf der Arbeitsplatte stand. Ein Grinsen huschte über mein Gesicht. Ein guter Kaffee war genau das, was wir jetzt brauchten. Ich trat näher heran und machte mich mit den verschiedenen Knöpfen und Einstellungen vertraut. Während ich darauf wartete, dass die Maschine aufheizte, ließ ich meinen Blick durch die Küche schweifen. Alles war ordentlich und gut organisiert. Auf der Küchentheke lag ein Stapel Papiere, der meine Neugier weckte. Ich trat näher heran und bemerkte sofort etwas Vertrautes auf dem Deckblatt. Der Stadtteil, in dem auch meine Konditorei lag, war eingekreist. Mein Herz hämmerte wild gegen meine Rippen. Was hatte das zu bedeuten? Mit zitternden Händen nahm ich das oberste Blatt vom Stapel und betrachtete es genauer. Es handelte sich um Pläne und Notizen zu einem Bauprojekt. Beim Weiterlesen stellte ich fest, dass es genau das Gebäude betraf, in dem meine Konditorei lag. Mein Magen zog sich zusammen, als mir die Bedeutung dieser Dokumente bewusst wurde. Es ging um eine umfassende Renovierung oder sogar um einen Abriss des Gebäudes. Meine Gedanken rasten. Was hieß das für meine Konditorei? Würde ich gezwungen sein, umzuziehen oder gar zu schließen? Ich konnte nicht fassen, was ich las. Die Worte verschwammen vor meinen Augen und die Tränen rollten unaufhaltsam über meine Wangen. All die harte Arbeit und Liebe, die ich in meine Konditorei gesteckt hatte. All das könnte bald verloren sein. Ich stützte mich auf den Küchentresen und versuchte, durchzuatmen. Wie konnte das passieren? Warum wusste ich nichts davon? Meine Gedanken wanderten zurück zu all den frühen Morgenstunden und späten Nächten in meiner kleinen Konditorei. Die Freude meiner Kunden beim ersten Bissen eines frisch gebackenen Croissants oder das wohlige Aufseufzen beim Kosten einer warmen Zimtschnecke. All das könnte bald der Vergangenheit angehören. Ich fühlte mich betrogen und allein gelassen in diesem Moment der Erkenntnis. Wie sollte ich Miles gegenübertreten? Wie konnte er so eiskalt die Nacht mit mir verbringen, wenn er an diesem Vorhaben beteiligt war?

Kapitel 44
Miles

Das Handtuch locker um meine Hüften gewickelt, trat ich aus dem Badezimmer und erwartete, Ella im Schlafzimmer vorzufinden. Doch das Bett war leer. Schade. Ich hatte gehofft, sie noch einmal in meinen Armen zu halten, bevor wir uns Kampf des Alltags stellten. Die Nacht mit Ella war magisch gewesen. Ihre Nähe, ihr Lachen, die Art, wie sie mich ansah. All das hatte mich tiefer berührt, als ich es je für möglich gehalten hätte. Alles war perfekt gewesen. Ich fragte mich, wo sie hingegangen sein könnte. Vielleicht war sie in die Küche gegangen? In Gedanken versunken schlenderte ich in die Küche. Während ich durch den Flur ging, spürte ich eine leichte Unruhe in mir aufsteigen. Etwas fühlte sich anders an. Als ob eine unsichtbare Spannung in der Luft lag. Ich betrat Küche und sah ich Ella am Küchentresen stehen. Ihr Rücken war mir zugewandt, ihre

Schultern bebten. Ich war verwirrt. Hatte ich ihr wehgetan?

«Ella?», rief ich vorsichtig und trat näher heran. Sie drehte sich langsam um. Ihre Augen waren gerötet und feucht. Spuren von Tränen schimmerten auf ihren Wangen. In ihren Händen hielt sie einen Stapel Papiere. Papiere, die mir nur allzu vertraut waren. Mein Magen verkrampfte sich. Ich wusste sofort, was sie gefunden hatte. Die Pläne für das Bauprojekt, das auch ihre Konditorei betraf.

«Ella …», sagte ich schonend und versuchte, meine Stimme ruhig zu halten. «Ich wollte es dir sagen …»

Ihre Augen waren schmerzerfüllt.

«Warum hast du nichts gesagt?», flüsterte sie mit brüchiger Stimme. Ich seufzte.

«Ich wollte dich nicht beunruhigen, bevor ich alle Fakten kannte», erklärte ich. «Ich habe versucht, herauszufinden, ob es eine Möglichkeit gibt, deine Konditorei zu schützen.»

Ihre Tränen flossen unaufhaltsam weiter und mein Herz brach bei ihrem Anblick. Die Nacht und der Morgen schienen so weit entfernt. Als ob sie einem anderen Leben angehörten. Ich legte meine Hände auf ihre Schultern, doch ich spürte, wie sie unter ihnen erstarrte. Sie wich einen Schritt zurück und ihre Augen loderten vor Zorn. Eine Welle der Angst durchfuhr mich.

«Miles», sagte sie mit bebender Stimme, «wie konntest du das tun? Wie konntest du mir das antun?»

Ich öffnete den Mund, um zu antworten, aber sie ließ mich nicht zu Wort kommen. Ihre Worte kamen wie ein Sturm über mich hinweg.

«Du hast das Gebäude ausspioniert! Du hast alles gewusst und mir nichts gesagt! Hast du mich die ganze Zeit manipuliert? War das alles nur ein Spiel für dich?»

Mit jedem Satz wurde ihre Stimme lauter und ihre Worte schnitte sich immer tiefer ins Fleisch. Ich fühlte mich wie gelähmt. Die Vorwürfe trafen mich und ließen mein Herz schwer werden.

«Ella, bitte … es ist nicht so, wie du denkst», versuchte ich zu erklären, doch sie hörte mir nicht zu. Ich merkte, wie kläglich ich klang.

«Nicht so, wie ich denke?», keifte sie. «Was soll ich denn denken? Du hast diese Pläne hier liegen lassen! Du wusstest genau, was passieren würde!»

Sie warf die Unterlagen nach mir. Die Papiere prallten dumpf an mir ab und flogen in alle Richtungen. Tränen liefen über ihre Wangen, während sie mich weiterhin anklagte.

«Du hast mein Vertrauen missbraucht! Ich dachte, dass wir etwas Besonderes hatten!»

Jeder ihrer Vorwürfe fühlte sich an wie ein Messerstich in meiner Brust. Ich wollte ihr erklären, dass ich versucht hatte, eine Lösung zu finden und dass ich sie niemals absichtlich verletzen wollte. Aber ihre Wut war so überwältigend, dass meine Worte im Nichts verhallten.

«Ella», wisperte ich verzweifelt, «Ich wollte dich schützen.»

Ihre Augen verengten sich bei meinen Worten. «Schützen? Das nennst du Schutz? Du hast mich belogen und hintergangen!»

Ich konnte den Schmerz in ihrer Stimme hören und es zerriss mich innerlich.

«Es tut mir leid», flüsterte ich und Tränen brannten in meinen Augen. «Ich habe einen Fehler gemacht.»

Doch meine Entschuldigung schien keine Wirkung auf sie zu haben. Sie drehte sich abrupt um und verließ die Küche, ohne ein weiteres Wort zu sagen. Ich blieb allein zurück, umgeben von den verstreuten Papieren und dem Echo ihrer wütenden Worte. Meine Schuldgefühle erdrückten mich und meine Verzweiflung zog mich in einen endlosen Abgrund. Ich konnte Ella im Schlafzimmer hören. Alles zog sich schmerzhaft zusammen, als mir klar wurde, dass sie ihre Sachen packte. Die Realität traf mich mit voller Wucht. Ich wollte zu ihr gehen und wollte ihr erklären, dass ich alles tun würde, um es wieder gutzumachen. Aber meine Füße waren wie festgewachsen. Schließlich hörte ich das Rascheln ihres Mantels und das Klacken ihrer Stiefel auf dem Holzboden. Sie steuerte direkt auf die Wohnungstür zu. Panik ergriff mich. Ich konnte sie nicht so gehen lassen.

«Ella, bitte», rief ich verzweifelt und eilte ihr nach. «Lass uns reden. Wir können das klären.»

Doch sie drehte sich nicht einmal um. Ihre Schultern waren gestrafft und ihre Schritte entschlossen. Sie streckte ihre Hand zur Türklinke aus, doch bevor sie meine Wohnung verlassen konnte, ergriff ich ihren Arm.

«Ella, bitte», flehte ich erneut und versuchte, ihren Blick einzufangen. Sie drehte sich abrupt um und stieß mich mit einer Kraft zurück, die mich überraschte. Ihre Augen blitzen vor Wut.

«Fass mich nicht an!», schrie sie und ich hörte, wie ihre Stimme brach. Ein Wimmern kam ihr über die Lippen. Ich stolperte einen Schritt zurück und hob beschwichtigend die Hände.

«Es tut mir leid», murmelte ich, aber meine Worte schienen, keine Wirkung auf sie zu haben. Ohne ein weiteres Wort öffnete sie die Tür und trat hinaus in den Flur des Apartmentgebäudes. Ich stand da und sah ihr nach, unfähig etwas zu tun oder zu sagen. Die Tür fiel hinter ihr ins Schloss und hinterließ eine bedrückende Stille in der Wohnung. Ich hatte das Gefühl, in meiner Schuld zu ersticken. Mir wurde erst jetzt richtig bewusst, was geschehen war. Ich ließ mich langsam gegen die Wand sinken und vergrub mein Gesicht in meinen Händen. Meine Augen füllten sich mit brennenden heißen Tränen. Ich ließ sie über meine Wangen laufen. Ella war gegangen. Und es war meine Schuld. Ich wusste nicht, ob es einen Weg gab, dies wieder gutzumachen oder ob Ella mir jemals verzeihen wird. Ich wusste, dass ich bereit war, alles zu tun, um ihr Vertrauen zurückzugewinnen. Auch wenn es bedeutete, dass ich mich selbst ändern musste. Ich schlurfte zurück in die Küche und hob die Unterlagen auf. Ich marschierte in mein Arbeitszimmer und ließ mich auf den Bürosessel nieder. Die Schriftstücke legte ich vor mich hin. Fieberhaft suchte ich nach einer Lösung. Ich stützte meinen Kopf in die Hände, spürte das Gewicht der Gedanken, die mich bedrückten. Erst als ein kühler Luftzug meine Haut streifte, wurde mir bewusst, dass ich noch immer nur das Handtuch locker um meine Hüften geschlungen hatte. Ein kurzer Moment der Verwundbarkeit überkam mich, bevor ich entschlossen ins Schlafzimmer zurücklief. Dort angekommen, blieb ich stehen und ließ meinen Blick durch den Raum schweifen. Jeder Winkel schien von Ella durchdrungen zu sein. Sogar ihr Duft hing noch in der Luft. Eine Welle von Erinnerungen der vergangenen Nacht überrollte mich und ich musste schwer schlucken, um den Kloß in meinem Hals zu lösen. Doch mitten in diesem emotionalen Chaos blitzte plötzlich eine Idee auf. Ein Plan formte sich in meinem Kopf. Ein Weg, das Gebäude zu retten. Die Erkenntnis traf mich mit einer solchen Klarheit, dass ich für einen Moment alles andere vergaß. Hoffnung keimte in mir auf und verdrängte die Schwere des Augenblicks.

Kapitel 45
Ella

Der Tag verging zäh und schleppend. Sobald ich zuhause angekommen war, hatte ich sofort Miles Kleidung ausgezogen und in die Tonne geschmissen. Jeder Stofffetzen erinnerte mich an ihn, an seine Berührungen, an die Momente, die wir geteilt hatten. Und jetzt fühlten sich all diese Erinnerungen wie ein Verrat an. Es war geplant, den Vormittag im Büro der Konditorei zu verbringen und ein wenig Papierkram abzuarbeiten. Doch jedes Mal, wenn ich daran dachte, das Haus zu verlassen, umklammerte mich eine Lethargie. Ich konnte mich nicht überwinden loszufahren. Stattdessen saß ich schluchzend auf dem Sofa. Die Tränen schienen nicht versiegen zu wollen. Mein Herz fühlte sich wie ein Stein an. Wie hatte er mir das antun können? Wieso hatte er all das vor mir verborgen? Ich zog die Knie an meine Brust und umklammerte sie fest mit den Armen.

Die Stille in meiner Wohnung war bedrückend und ließ mich in meinen Gedanken ertrinken. Immer wieder spielten sich die Ereignisse des Morgens in meinem Kopf ab. Seine Worte. Seine Versuche, mich aufzuhalten. Meine eigene Wut und Verzweiflung. Ich wollte ihm glauben, wirklich. Ein Teil von mir sehnte sich danach, dass alles nur ein Missverständnis war. Dass es eine Erklärung gab, die all diesen Schmerz lindern konnte. Aber die Realität war unbestreitbar. Er hatte gewusst, was passieren würde, und es hatte mit Absicht vor mir verheimlicht. Es gab keine Entschuldigung, er war der verdammte Geschäftsführer. Als wisse er nicht genau, was für Projekte sein Unternehmen annahm. Die Stunden zogen sich wie Kaugummi. Ich fühlte mich verloren und wusste nicht, wie ich weitermachen sollte. Die Konditorei war mein Lebenstraum gewesen. Etwas, das ich mit harter Arbeit und Hingabe aufgebaut hatte. Und jetzt stand alles auf dem Spiel. Ich wischte mir die Tränen aus dem Gesicht und atmete tief durch. Irgendwie musste ich einen Weg finden, stark zu bleiben. Für mich selbst und für das Winters Delight. Aber es fühlte sich alles überwältigend an. Ich griff nach meinem Handy und starrte auf den Bildschirm. Mehrmals öffnete ich den Nachrichtenverlauf mit Miles. Aber jedes Mal legte ich es wieder weg, ohne eine Nachricht zu schreiben. Ich ließ meinen

Kopf gegen die Sofalehne sinken. Die Erschöpfung übermannte mich und meine Augen fielen zu. Ich wusste nicht, was die Zukunft bringen würde. Oder ob es jemals möglich sein würde, Miles zu verzeihen. Alles, was ich wusste, war, dass dieser Tag einer der schwersten meines Lebens gewesen war. Voller Schmerz, aber auch einer leisen Hoffnung, dass irgendwann alles wieder gut werden würde.

Mit verkrampftem Körper und Nackenschmerzen wachte ich auf dem Sofa auf. Meine Augen fühlten sich geschwollen an. Auf meinen Wangen waren noch Spuren getrockneter Tränen. Für einen Moment starrte ich benommen in den Raum, unfähig zu begreifen, wo ich war oder wie viel Zeit vergangen war. Dann fiel mir ein, dass ich zum Abendessen mit meinen Eltern verabredet war. Sie hatten sich schon seit Ewigkeiten auf dieses Wochenende gefreut. Wir hatten geplant, dass ich diesmal zu ihnen fuhr, um den Abend dort zu verbringen. Ich sollte erst morgen nach dem Mittagessen wieder nachhause fahren. Der Gedanke daran drückte auf meine Brust, aber ich durfte sie nicht enttäuschen. Ächzend stemmte ich mich vom Sofa hoch und schleppte mich ins Schlafzimmer. Der Kleiderschrank knarrte beim Öffnen leise. Ich nahm die Reisetasche und warf achtlos ein paar Kleidungsstücke hinein. Jeder Handgriff fühlte sich an, als würde ich durch zähen Schlamm waten. Während ich packte, kämpfte ich darum, meine Gedanken zu ordnen. Vielleicht würde die Zeit mit meiner Familie helfen, Abstand zu gewinnen. Nachdem die Tasche gepackt war, ging ich ins Badezimmer und spritzte mir kaltes Wasser ins Gesicht. Der Spiegel zeigte mir eine fremde Person. Rote, geschwollene Augen und ein blasses, müdes Gesicht starrten mich an.

«Du schaffst das», flüsterte ich mir selbst zu und versuchte, zu lächeln. Es fühlte sich gezwungen an, aber es war besser als nichts. Ich zog meinen Mantel an, schnappte mir meine Tasche und die Autoschlüssel. Die Sonne hing tief am Horizont, als ich mich in den dichten Verkehr von Manhattan einreihte. Die Straßen waren noch immer belebt und die Lichter der Stadt spiegelten sich auf dem nassen Asphalt wider. Ein leichter Schneefall hatte eingesetzt und die Flocken tanzten im Scheinwerferlicht wie winzige Kristalle. Vorsichtig lenkte ich den Wagen durch das Gewirr aus Taxis und Bussen, während ich die Brücke überquerte, die mich aus der Stadt hinausführte. Der Himmel färbte sich in einem sanften Violett, das langsam in die Dunkelheit überging. Die Geräusche der Stadt verblassten allmählich hinter mir, ersetzt durch das gleichmäßige Summen des Motors und das leise Rauschen der Heizung. Als ich die städtische Hektik hinter mir ließ, öffnete sich vor mir die Weite des Hudson Valley. Die Landschaft war mit einer dünnen Schneeschicht bedeckt, die unter dem schwindenden Licht glitzerte. Die Straße schlängelte sich durch sanfte Hügel und vorbei an kahlen Bäumen, deren Äste wie schwarze Silhouetten gegen den Abendhimmel standen. Nach etwa anderthalb Stunden Fahrt tauchten die ersten Lichter von Beacon am Horizont auf. Ich fuhr durch die ruhigen Straßen, vorbei an Reihen von Einfamilienhäusern, deren Fenster warmes Licht ausstrahlten. Rauch stieg aus Schornsteinen auf und vermischte sich mit der kalten Luft. Ich versuchte mich, darauf zu konzentrieren, was vor mir lag. Ein Abendessen mit meiner Familie, Gespräche über alltägliche Dinge und sogar ein wenig Ablenkung von all dem Schmerz. Ich parkte vor dem Haus meiner Eltern. Ein Gefühl von Nostalgie kam in mir hoch. Hier hatte ich so viele glückliche Momente erlebt. Im Haus nebenan hatten meine Großeltern bis zu ihrem Tod gewohnt. Da ich nicht hier wohnen konnte, weil meine Konditorei in der Stadt lag, wurde es vermietet. Ich stieg aus dem Auto und latschte zur Haustür. Die funkelenden Weihnachtslichter entlocken mir ein Schmunzeln. Das Highlight war der blinkende Santa Claus neben der Eingangstür. Meine Eltern hatten mir eindeutig die Begeisterung für Weihnachten vererbt. Bevor ich klingelte, sammelte mich noch einmal. Dann drückte ich entschlossen auf den Klingelknopf. Die Tür öffnete sich fast sofort und das warme Lächeln meiner Mutter begrüßte mich.

«Ella! Wie schön dich zu sehen!», rief sie und zog mich in eine Umarmung, die sich wie ein warmer Kokon anfühlte. Ihre Arme hielten mich länger und fester als sonst. Vielleicht wusste ihr Mutterinstinkt, dass etwas mit mir nicht stimmte. Sie ließ mich los und ihre Augen suchten mein Gesicht ab. Ihre Stirn war leicht gerunzelt.

«Alles in Ordnung?», fragte sie und legte eine Hand an meine Wange. Ich zwang meine Lippen zu einem Lächeln und nickte hastig.

«Ja, alles in Ordnung, Mom. Es ist nur viel zu tun. Besonders jetzt kurz vor Weihnachten.»

Sie schien nicht überzeugt zu sein, aber sie beließ es erst einmal dabei.

«Komm rein», sagte sie und führte mich ins Wohnzimmer. Der vertraute Duft von frisch gebackenem Brot und Weihnachtsplätzchen erfüllte die Luft und erfreute mein Herz ein bisschen. Mein Vater saß im Sessel und las die Zeitung. Er legte sie beiseite und stand auf, um mich ebenfalls zu begrüßen.

«Schön dich zu sehen», sprach er mit einem breiten Lächeln und schloss mich in eine Umarmung.

«Hi Dad», antwortete ich leise und versuchte, mein Lächeln aufrechtzuerhalten. Wir setzten uns zusammen ins Wohnzimmer und meine Mutter brachte Tee und Kekse. Die Gespräche drehten sich um alltägliche Dinge. Die Vorbereitungen für Weihnachten, Neuigkeiten aus der Nachbarschaft und Pläne für das kommende Jahr. Ich gab mir Mühe mitzuhalten, aber meine Gedanken schweiften ab. Immer wieder bemerkte ich die besorgten Blicke meiner Mutter. Mir ist es noch nie gelungen, sie mit meiner Fassade zu täuschen. Aber ich wollte nicht über Miles reden. Nicht jetzt, nicht hier. Wir aßen zu Abend und es war das erste Mal, dass ich meine Sorgen ein bisschen loslassen konnte. Anschließend half ich meiner Mutter dabei, die Küche aufzuräumen. Mein Vater ging nach draußen, um frisches Holz für den Kamin zu holen. Beim Abwasch konnte meine Mutter ihre Besorgnis nicht mehr zurückhalten.

«Ella», sprach sie vorsichtig, «wenn irgendetwas ist ... du weißt doch, dass du mit uns darüber reden kannst.»

Ich hielt inne und starrte auf den Teller in meinen Händen. Mein Körper verkrampfte sich und ein Kloß bildete sich in meinem Hals. Ich wollte meine Mutter nicht belügen. Sie verdiente die

Wahrheit. Aber ich schämte mich. Meine Gedanken umkreisten mich. Sollte ich ihr von Miles erzählen? Von dem Verrat und der Enttäuschung? Würde es mir helfen, darüber zu sprechen, oder würde es den Schmerz nur noch realer machen? Ich atmete tief durch und versuchte, meine Gefühle zu kontrollieren. Die Tränen brannten hinter meinen Augenlidern, aber ich kämpfte dagegen an. Meine Mutter hatte immer einen Weg gefunden, mich zu trösten, egal wie schlimm die Situation war. Vielleicht würde es diesmal auch so sein. Ich seufzte und stellte den Teller vorsichtig ins Abtropfgestell.

«Mom», äußerte ich zögernd, «es gibt etwas, das ich dir erzählen muss.»

Meine Mutter zog mich sanft zu einem Stuhl und setzte sich neben mich. Ihre Augen waren voller Mitgefühl und Verständnis.

«Was ist los?», fragte sie leise. Ich konnte hören, dass mein Vater wieder hereingekommen war. Ich saß mit dem Rücken zur Tür, aber ich konnte seine Anwesenheit spüren. Ich sammelte all meinen Mut und erzählte die ganze Geschichte.

«Es geht um Miles Harrington», sagte ich stockend. «Er kam vor ein paar Wochen in die Konditorei, weil er nach einem Cateringunternehmen für seine Weihnachtsfeier gesucht hatte.»

Meine Mutter nickte verständnisvoll, während ich fortfuhr.

«Ich habe den Auftrag angenommen und wir haben angefangen zusammenzuarbeiten. Während dieser Zeit hat sich etwas zwischen uns entwickelt. Ich fühlte mich zu ihm hingezogen.»

Die Erinnerungen an unsere gemeinsamen Momente vermischten sich zu einem bittersüßen Schmerz. «Er war charmant, aufmerksam und wir hatten ähnliche Interessen», fuhr ich fort. «Es fühlte sich einfach richtig an.»

Meine Mutter drückte meine Hand fest, als ob sie mir Kraft geben wollte weiterzusprechen.

«Er lud mich zu dem Firmenevent ein, für das der Auftrag war», sagte ich mit zitternder Stimme. «Wir verbrachten den Abend zusammen und es war magisch. Wir tanzten, lachten und genossen die Zeit.»

Ich hielt kurz inne, um meine Gedanken zu ordnen. «Nach der Feier haben wir die Nacht miteinander verbracht», gestand ich flüsternd. Meine Mutter sah mich liebevoll an und wartete geduldig darauf, dass ich weitersprach.

«Am nächsten Morgen», fuhr ich fort, «wollte ich ihm eine Überraschung machen und Frühstück vorbereiten. Dabei stieß ich zufällig auf einige Unterlagen, die offen auf dem Küchentresen lagen.»

Ich musste aufpassen, dass meine Stimme nicht zusammenbrach.

«Es waren Pläne für den möglichen Abriss des Gebäudes, in dem das Winters Delight liegt», hauchte ich. «Seiner Familie gehört die Harrington Group. Ihr wisst schon, dieses riesige Unternehmen in Manhattan, das Gebäude renoviert oder für neue, moderne Gebäude abreißt.»

Meine Mutter klappte der Mund auf.

«Oh Ella», flüsterte sie.

«Ich konfrontierte ihn damit», murmelte ich. «Und er gab es zu. Er wusste es ganze Zeit über.»

Die Worte kamen stockend aus mir heraus, so als müssten sie sich ins Freie kämpfen.

«Ich weiß nicht mehr, ob ich ihm jemals wieder vertrauen kann», äußerte ich verzweifelt.

Meine Mutter zog mich in ihre Umarmung und hielt mich fest.

«Das muss schwer für dich sein», sagte sie sanft.

Ich nickte stumm und ließ die Tränen fließen. Es fühlte sich befreiend an, die Wahrheit auszusprechen. Mit einem Mal fühlten sich meine Schultern leichter an.

«Manchmal müssen wir schwierige Entscheidungen treffen», sagte meine Mutter leise. «Aber egal, was passiert. Du bist stark genug, um das durchzustehen.»

Ihre Worte gaben mir Hoffnung. Vielleicht würde ich einen Weg finden können, mit all dem umzugehen. Der Rest des Abends verlief angenehm. Wir spielten Karten, lachten über alte Geschichten und genossen die gemeinsame Zeit. Für einen Moment konnte ich den Schmerz vergessen und mich auf das hier und jetzt konzentrieren. Als ich später in mein altes Kinderzimmer ging und mich ins Bett legte, fühlte ich eine Mischung aus Erleichterung und Traurigkeit. Es tat gut, bei meinen Eltern zu sein. Aber gleichzeitig wusste ich, dass die Realität meiner Situation noch immer auf mich wartete. Doch für diese Nacht erlaubte ich mir, dankbar zu sein für die Liebe meiner Familie. Und vielleicht würde morgen ein neuer Tag neue Hoffnung bringen.

Kapitel 46
Miles

Der Duft von frisch gebrühtem Kaffee und warmen Brötchen erfüllte die Küche meiner Eltern, aber ich konnte mich nicht entspannen. Mein Vater tigerte immer wieder hin und her, nachdem ich soeben meine Pläne für das Projekt offenbart hatte. Das Projekt, das Winters Delight betreffend.

«Das ist ein enormes finanzielles Risiko, Miles», sagte er und blieb stehen, um mich anzusehen. Seine Stirn war in tiefe Falten gelegt und seine Augen verrieten seine Besorgnis. «Hast du wirklich alle Aspekte bedacht?»

Ich nickte langsam.

«Ja, Dad. Ich habe alles durchgerechnet und die Chancen abgewogen. Es ist eine großartige Gelegenheit für uns.»

Meine Mutter saß still am Tisch und beobachtete das Gespräch mit skeptischem Blick.

«Es geht nicht nur um Zahlen», fuhr mein Vater fort und wanderte erneut auf und ab. «Es geht um eine riesige Investition, um Kredite, die zurückgezahlt werden müssen. Was passiert, wenn der Markt einbricht? Wenn die Kosten explodieren?»

Ich schluckte schwer und sah auf meine Hände hinunter.

«Ich weiß, dass es Risiken gibt», murmelte ich.

Mein Vater schnaubte.

«Und du glaubst, dass das ausreicht? Und dass du alle Eventualitäten bedacht hast?»

Ich fühlte mich plötzlich klein unter seinem durchdringenden Blick.

«Ich hoffe es», antwortete ich lahm. «Ich will niemanden enttäuschen.»

Meine Mutter sah mich mit einem wissenden Lächeln an.

«Es geht dir um die Bäckerin», sprach meine Mutter die Wahrheit aus. Ich stockte und starrte sie an. «Eure Anziehungskraft war nicht zu übersehen, als ihr miteinander auf dem Firmenevent getanzt habt. Jeder hat es gemerkt», fügte sie hinzu. Ich musste schlucken und mein Vater sah mich empört an.

«Du stürzt die Firma in eine große finanzielle Investition wegen einer Frau?», fragte mich mein Vater. Mein Kopf senkte sich zu Boden. Mein Vater machte eine übertriebene Handgeste in der

Luft und murmelte Unverständliches. Ich schwieg.

«Was hat sie überhaupt damit zutun?», wollte mein Vater ein wenig sanfter wissen. Ich kaute auf meiner Unterlippe herum.

«Das Winters Delight befindet sich im Erdgeschoss des Gebäudes», sagte ich. Mein Vater seufzte.

«Kanntest du sie schon vor der Beauftragung?», wollte er wissen. Ich schüttelte den Kopf.

«Wir sind uns nähergekommen, als wir zusammengearbeitet haben», erklärte ich. Meine Mutter lächelte mich an.

«Ich finde es schön, wenn du wieder jemanden hast. Das mit Juliana ist so hässlich auseinandergegangen», flüsterte sie und ließ die Schultern hängen.

«Nein Mom, ich habe eben niemanden. Ich habe es versaut, denn ich habe ihr das Projekt verschwiegen. Sie hat es gestern in der Früh in meiner Küche gefunden», sagte ich. Mein Vater runzelte die Stirn.

«Warum war sie in deiner Küche?», fragte er verwirrt und stützte sich am Tisch ab. Meine Mutter seufzte genervt.

«James», sagte sie eine Spur schärfer. Meine Eltern wechselten einen Blick miteinander und ich konnte sehen, wie es im Kopf von meinem Vater klick machte. Peinlich berührt starrte er auf die Tischplatte.

«Oh, natürlich», murmelte er und wandte sich ab. Meine Mutter verzog das Gesicht und schüttelte den Kopf. Ein Schmunzeln huschte über mein Gesicht und sie verdrehte die Augen in meine Richtung, sodass es mein Vater nicht sehen konnte.

«Alte Männer», murmelte sie leise. Mein Vater wanderte von einem Ende des Esszimmers zum anderen. Er blieb stehen und sah mich lange an, bevor er seufzte und sich wieder an den Tisch setzte.

«Miles», sagte er sanfter als zuvor, «ich verstehe dich. Aber manchmal muss man die realistischen Seiten der Dinge betrachten.»

Seine Worte trafen mich wie ein Pfeil. Ich hatte viel Zeit damit verbracht, die finanziellen Aspekte des Projekts zu analysieren, dass ich vergessen hatte, wie riskant es sein könnte.

«Deshalb wollte ich zuerst mit dir sprechen», gestand ich. «Bevor ich die Details mit dem Rest des leitenden Teams bespreche.»

Mein Vater schwieg und guckte mich lange an. Stumm erwiderte ich seinen Blick. Meine Mutter schaute zwischen meinem Vater und mir hin und her. Meine Eltern tauschten lange Blicke aus. Sie schienen stumm miteinander zu kommunizieren.

«Komm», sagte er zu mir. «Lass uns in mein Arbeitszimmer gehen und das Whiteboard benutzen. Ich möchte die Details deiner Pläne genauer sehen.»

Mir fiel ein Stein vom Herzen. Ich nickte und folgte meinem Vater. Meine Mutter erhob sich ebenfalls und lächelte mich sanft an.

«Ich bringe euch gleich eine Tasse Tee», sagte sie.

Wir liefen den Flur entlang zum Teil des Gebäudes, in dem das Arbeitszimmer meines Vaters lag. Der Raum war voller Bücherregale. In der Mitte stand ein gigantischer Schreibtisch aus Kirschholz. An der Wand stand ein Whiteboard, an dem er schon viele Präsentationen gehalten hatte. Schon als Kind hatte ich mir einige mit angesehen. Mein Vater nahm einen Marker zur Hand und drehte sich zu mir um.

«Also», sprach er. «Erklär mir Schritt für Schritt, wie du dir das vorstellst.»

Ich atmete tief durch und skizzierte die verschiedenen Phasen des Projektes. Von der anfänglichen Planung über die Finanzierung bis hin zur Umsetzung und Fertigstellung. Mein Vater hörte aufmerksam zu und machte gelegentlich Notizen auf dem Whiteboard.

«Und hier», sagte ich, als ich auf einen Punkt zeigte, «haben wir eine Rücklage für unvorhergesehene Ausgaben eingeplant.»

Mein Vater nickte langsam.

«Das ist gut», murmelte er. «Aber was ist mit den langfristigen Risiken? Was passiert, wenn die Marktbedingungen sich ändern?»

Ich öffnete den Mund, um zu antworten, aber in diesem Moment kam meine Mutter mit einem Tablett herein. Sie stellte es vorsichtig auf dem Schreibtisch ab und reichte uns beiden eine dampfende Tasse.

«Danke, Mom», sagte ich und nahm einen Schluck. Der warme Tee beruhigte meine Nerven ein wenig. Mein Vater nahm ebenfalls einen Schluck und setzte sich dann wieder hin.

«Miles», sagte er mit gerunzelter Stirn. «Ich sehe, dass du Arbeit in diesen Plan gesteckt hast. Aber ich möchte sicherstellen, dass du die langfristigen Risiken im Blick hast.»

Ich nickte.

«Das tue ich, Dad. Ich habe verschiedene Szenarien durchgespielt und bin bereit, Anpassungen vorzunehmen, falls nötig.»

Er lehnte sich zurück und betrachtete das Whiteboard einmal eingehend.

«Gut», sagte er. «Dann lass uns weiter daran arbeiten und sicherstellen, dass wir alle Eventualitäten abgedeckt haben.»

Wir verbrachten den Rest des Vormittags damit, die Pläne weiter zu verfeinern und mögliche Risiken zu analysieren. Es war anstrengend, aber unglaublich wertvoll. Als wir fertig waren, fühlte ich mich erleichtert und gestärkt durch die Unterstützung meines Vaters.

«Jetzt musst du das Ganze nur deinem leitenden Team vorschlagen und anschließend den Vorstand überzeugen. Mich hast du im Boot», sagte mein Vater. Dankbar klopfte ich ihm auf die Schulter. Wir gingen in den Eingangsbereich der Villa und ich zog meine Jacke an. Meine Mutter hatte den Vormittag damit verbracht, eine Einkaufsliste für die bevorstehende Familienweihnachtsfeier zu erstellen.

«Du wirst doch hoffentlich Heiligabend kommen und die Weihnachtstage hier verbringen, oder?», fragte sie mich, als sie mich zum Abschied umarmte. Weihnachten war schon am Dienstag. Ich hatte nur morgen Zeit, das Team zu involvieren und anschließend den Vorstand zu überzeugen.

«Natürlich. Kommen der Rest dieses Jahr wieder?», fragte ich sie und während ich sie noch immer im Arm hielt. Sie nickte eifrig.

«Diesmal kommen all deine Geschwister. Sogar Josh mit Clarissa und dem Baby», sagte sie fröhlich. Josh war der älteste unter uns und war vor einem halben Jahr Vater geworden. Er leitete den Standort in Nashville. Meine Eltern hatten Josh und sein Kind nur einmal kurz nach der Geburt besucht. Ich lächelte meine Mutter an und verließ das Haus. Ich lief gerade auf mein Auto zu, als mein Vater mich nochmal rief.

«Miles», rief er. Ich drehte mich fragend zu ihm um. Er hat einen Arm um meine Muter gelegt. «Ich hoffe, Ms. Jennings ist es wert.»

Ich guckte ihn an und nickte nur. Das hoffte ich auch. Aber noch mehr hoffte ich, dass Ella mir verzieh.

Kapitel 47
Ella

Die halbe Nacht lag ich wach und wälzte mich von einer Seite auf die andere. Meine Gedanken kreisten unaufhörlich um die Konditorei, die Rechnungen und den Papierkram, der sich auf meinem Schreibtisch stapelte. Irgendwann gegen halb eins gab ich es auf, Schlaf zu finden. Völlig gerädert stand ich auf und fuhr in den Laden. Die Straßen waren um diese Uhrzeit menschenleer und das leise Brummen des Motors war das einzige Geräusch, das die Stille durchbrach. Als ich beim Winters Delight ankam, schloss ich die Tür auf und trat ein. Der vertraute Duft von Mehl und Hefe empfing mich sofort und legte sich wie Balsam um meine Seele. Ich ging direkt in das Büro. Der Stapel Papierkram schien sich noch höher zu türmen, als am Tag zuvor. Seufzend setzte ich mich an den Schreibtisch, sortierte die Rechnungen und überprüfte die Buchhaltung. Die Stunden

verging wie im Flug, während ich mich durch die endlosen Zahlenkolonnen arbeitete. Ich beschloss, eine kurze Pause einzulegen und mir einen weiteren starken Kaffee zu kochen. Der Laden war still. Aber Caleb und Emily würden innerhalb der nächsten halben Stunde ebenfalls erscheinen. Ich genoss diesen Moment der Einsamkeit, auch wenn er aus Schlaflosigkeit geboren war. Es gab mir Zeit zum Nachdenken. Während ich an dem Kaffee nippte, ließ ich meinen Blick über den Verkaufsraum schweifen. Ich dachte an all die Menschen, die täglich hier einkauften. Einige Stammkunden kamen seit Jahren, andere nur Gelegenheitsbesucher. Ich seufzte tief und kehrte an meinen Schreibtisch zurück. Es gab so viel zu tun, aber zumindest hatte ich jetzt einen kleinen Vorsprung gewonnen. Vielleicht würde dieser frühe Start mir helfen, den Tag besser zu bewältigen. Ich war so vertieft in meine Arbeit, dass gar nichts um mich herum mitbekam. Plötzlich ging die Tür auf und ich fiel fast vom Stuhl. Caleb steckte seinen Kopf herein.

«Ella? Wieso sitzt du um diese Zeit im Büro», fragte er mit geweiteten Augen. Ich atmete tief durch, um meinen Herzschlag zu beruhigen, und lächelte müde. Ich rieb mir kurz die Augen.

«Guten Morgen, Caleb. Ich konnte nicht schlafen und dachte, ich nutze die Zeit sinnvoll.»

Er trat ein und sah sich um. Sein Blick musterte den Papierkram auf meinem Schreibtisch.

«Wie lange bist du schon hier? Die Teige sind auch schon zubereitet», fragte er verwirrt.

«Seit etwa halb eins», antwortete ich und nahm einen weiteren Schluck von meinem kalten Kaffee. Es war bereits der Vierte, den ich trank. Caleb schüttelte den Kopf und setzte sich mir gegenüber.

«Ella, das ist verrückt. Du kannst doch nicht die halbe Nacht durcharbeiten.»

Ich zuckte mit den Schultern.

«Es musste halt erledigt werden. Außerdem hat es mich abgelenkt.»

Er sah mich besorgt an.

«Du musst besser auf dich achten. Die Konditorei läuft nicht weg, aber deine Gesundheit ist wichtig.»

Seine Worte trafen mich ins Mark. Natürlich konnte er nicht wissen, dass das Winters Delight kurz vor dem Aus stand und das dieses Gebäude bald abgerissen werden würde. Ich wusste, dass er Recht hatte, aber es fühlte sich an, als würde alles zusammenbrechen, wenn ich nur einen Moment losließ.

«Ich weiß», flüsterte ich. «Aber manchmal fühlt es sich an, als wäre das hier alles, was ich habe.»

Caleb legte eine Hand auf meine Schulter und drückte sie sanft.

«Das stimmt nicht, Ella. Du hast Freunde und Familie, die dich unterstützen wollen. Du musst uns nur lassen.»

Ich nickte halbherzig und Tränen brannten in meinen Augen. Es war schwer, zuzugeben, dass ich Hilfe brauchte. Dass ich nicht alles alleine schaffen konnte.

«Danke», flüsterte ich.

Er lächelte aufmunternd.

«Ich schiebe die ersten Sachen in den Ofen und anschließend sichte ich die heutigen Aufträge», sagte er.

«Okay», sagte ich nur. Ich raffte die Papiere zusammen und stellte die Ordner zurück in den Schrank. Dann tapste ich ebenfalls in die Küche. Emily holte soeben einige Tortenstücke aus der Kühlung, um sie in die Theken auszustellen.

«Guten Morgen», murmelte sie. Ich erwiderte ihren Gruß. Während ich so da stand, wusste ich, dass ich mich wahnsinnig glücklich schätzen konnte, Caleb und Emily an meiner Seite zu haben. Ich wusste nicht, was ich ohne sie tun würde. Ich musste ihnen sagen, dass die Konditorei bald geschlossen wird. Aber ich konnte es nicht. Nicht jetzt. Morgen war Heiligabend und ich wusste, dass sie beide über Weihnachten zu ihren Familien fuhren. Ich konnte ihnen nicht das Weihnachtsfest mit dem Gedanken vermiesen, dass sie ihre Jobs verlieren würden. Ich biss fest die Zähne zusammen und scrollte durch das iPad, um die heutigen Aufträge durchzugehen. Es gab einiges Zutun. Viele Kunden und Lieferer würden am Nachmittag kommen. Sie holten die bestellten Stücke ab, damit sie morgen bei den Kunden an Heiligabend auf dem Tisch stehen würden. Es war Caleb und Emilys letzter Arbeitstag, bevor sie ihren Weihnachtskurzurlaub antraten. Über die Weihnachtstage war die Konditorei nicht für Laufkundschaft geöffnet. Ich suchte mir den nächsten Auftrag heraus. Es war eine große Bestellung für Weihnachtsgebäck. Plätzchen, Lebkuchen und Stollen. Ich holte das Rezeptbuch hervor und blätterte zu den entsprechenden Seiten.

«Ich werde mit den Plätzchen anfangen», sagte ich zu Caleb, er die Arbeitsflächen abwischte.

Er nickte zustimmend. «Klingt gut. Ich kümmere mich um den Teig für die Lebkuchen.»

Ich ging zum Vorratsschrank und suchte die Zutaten heraus. Ich brauchte Mehl, Zucker, Butter, Eier, Vanillezucker und sämtliche Weihnachtsgewürze. Mit geübten Handgriffen wog ich alles ab und stellte es in kleinen Schüsseln bereit. Beim Arbeiten ließ ich meine Gedanken schweifen. Weihnachten war immer eine hektische

Zeit in der Bäckerei, aber eine der schönsten. Der Duft von Zimt und Nelken erfüllte bald den Raum und weckte Erinnerungen an vergangene Jahre. An fröhliche Kunden, die mit leuchtenden Augen ihre Bestellungen abholten, an Kinderlachen und festliche Musik.

Ich verlor mich in diesen Gedanken und merkte gar nicht, wie schnell die Zeit verging. Bald hatte ich den Teig für die Plätzchen fertiggestellt und rollte ihn aus. Caleb kam herüber und half mir dabei, verschiedene Formen auszustechen. Bald war die Backstube voller Sterne, Herzen und Tannenbäume.

«Das sieht schon richtig gut aus», äußerte er.

Ich lächelte dankbar.

«Ja, es macht Spaß. Und es erinnert mich daran, warum ich diesen Job liebe.»

Gemeinsam legten wir die ausgestochenen Plätzchen auf Backbleche und schoben sie in den Ofen. Während sie backten, bereiteten wir den Teig für den Stollen vor. Die Arbeit ging leicht von der Hand. Das hatte ich nicht erwartet. Vielleicht lag es daran, dass Caleb da war. Als der erste Schwung Plätzchen fertig gebacken war und wir sie aus dem Ofen holten, huschte mir ein Lächeln übers Gesicht. Sie sahen perfekt aus. Goldbraun und duftend nach Weihnachten.

Kapitel 48
Miles

Ich saß im Konferenzraum und schaute auf die Uhr. Es war kurz vor neun. Ich hatte eine dringende Besprechung mit dem Projektteam für Ellas Gebäude einberufen. Mir tat diese Dinglichkeit leid, weil ein paar der Mitarbeiter sich eigentlich ab heute im Urlaub befanden. Als die ersten Teammitglieder eintrafen, nickte ich ihnen zur Begrüßung zu. Jeder nahm seinen Platz am großen Konferenztisch ein. Bald war der Raum mit dem leisen Murmeln von Gesprächen und dem Rascheln von Papier gefüllt.

«Okay Leute», sagte ich, nachdem alle im Raum waren. «Danke, dass ihr so kurzfristig kommen konntet. Wir haben einiges zu besprechen.»

Ich öffnete meinen Laptop und projizierte die aktuellen Pläne und Berichte an die Wand.

«Wie ihr wisst, gibt es einige offene Punkte für das Projekt.»

Ich wurde durch ein Räuspern unterbrochen.

«Tut mir leid für die kurze Störung. Aber wieso machen wir das heute? Das Projekt wurde uns zugeteilt und es hieß, wir beginnen mit dem konkreten Konzept erst im neuen Jahr. Der Eigentümer ist im Ausland und für uns gar nicht erreichbar», wandte eine Mitarbeiterin ein.

Ich machte eine Pause und sah in die Runde.

«Dieses Projekt ist mir eine Herzensangelegenheit», sagte ich dann. «Mein Vater, James, hat mit dem Eigentümer Kontakt aufgenommen und mit ihm dieses Konzept besprochen. Er hat zugestimmt. Ihm ist es relativ egal, was mit dem Gebäude geschieht, solange er Gewinn daraus erzielen kann», fügte ich hinzu.

Ich bemerkte die wissenden Blicke, die meine Mitarbeiter austauschten, und ein verhaltenes Grinsen breitete sich am Tisch aus. Sie wussten genau, wie viel mir dieses Projekt bedeutete. Oder besser gesagt, wer mir etwas bedeutete. Von einem Angestellten hatte ich heute Morgen gehört, dass es sich herumgesprochen hatte, dass ich den ganzen Abend lang beinahe nur mit Ella gesprochen hatte. Viele hatten unseren Tanz beobachtet.

«Also», fuhr ich fort und tat so, als würde ich ihre Reaktionen nicht bemerken. Ich zeigte auf den Bildschirm hinter mir und begann meine Präsentation vor dem Team. Es wurden einige Fragen gestellt, die ich gewissenhaft beantwortete. Einige Teammitglieder schauten sich verschwörerisch an und grinsten in sich hinein. Ich konnte sehen, dass sie bereit waren, mich zu unterstützten. Meine Leidenschaft schien sie anzustecken.

«Das Wichtigste und Schwierigste kommt jedoch noch», sagte ich dann und ließ die Schultern hängen. Mein Team warf mir überraschte Blicke zu. «Wir müssen noch heute Mittag den Vorstand überzeugen. Ich habe eine Sitzung einberufen. Einige sind anwesend und einige werden per Video zugeschaltet.»

Ich hörte, wie meine Mitarbeiter scharf die Luft einzogen.

«Noch heute?», quiekte Magdalena nervös. Ich nickte.

«Ich möchte euch dabeihaben. Es könnte für euch eine Möglichkeit sein, sich vor dem Vorstand zu beweisen», sagte ich. Das Team tauschte Blicke aus und ich wusste, dass jeder von ihnen die Chance ergreifen wird.

Wir hatten den Vorstand überzeugt. Es hatte uns alles abverlangt und es schien so, als prallten unsere Argumente gegen die Wand. Die älteren Mitglieder waren bis zum Schluss dagegen gewesen. Sie hatten zu mir gesagt, ich sei ein törichter Narr. Nur aufgrund der Unterstützung meines

Vaters und weil der Gebäudeinhaber seine Zustimmung gegeben hatte, hatten sie im Endeffekt nachgegeben. Seufzend ließ ich mich in meinem Bürostuhl nieder und streckte meine Beine aus. Ich dachte an Ella. Ich musste ihr von meinen Plänen erzählen. Ich wusste nicht, was ihre Reaktion sein würde. Sie könnte es negativ oder aber auch positiv aufnehmen. Ganz gleich, was ihre Reaktion sein würde. Ich musste sie unterrichten. Seit sie überstürzt meine Wohnung verlassen hatte, versuchte ich vergebens sie anzurufen. Sie ignorierte meine Anrufe und auf meine Nachrichten ging sie ebenfalls nicht ein. Ich wusste nicht einmal, wo sie wohnte. Irgendwas sträubte sich mir, einfach in der Konditorei zu erscheinen. An ihrem Arbeitsplatz wollte ich sie definitiv nicht belästigen. Ihr eine Whatsapp-Nachricht zu schicken, um sie über meine Pläne zu unterrichten, fand ich nicht angemessen. Ein Anruf riss mich aus meinen Gedanken. Juliana. Ich verzog das Gesicht.

«Hi», sagte ich knapp. Wir hatten seit dem Vorfall auf dem Firmenevent nicht mehr miteinander gesprochen.

«Miles», antwortete sie zögerlich. «Wie geht es dir?»

«Ganz gut», log ich. Meine Stimme zitterte.

«Ich habe davon erfahren. Das mit Ella Jennings und dir», sagte sie ruhig.

«Okay», sagte ich knapp. Juliana atmete hörbar aus. «Sonst noch was?», fragte ich gereizter als beabsichtigt. Sofort verfluchte ich mich dafür.

«Ich wollte dir nur sagen, dass es mir leidtut. Ich möchte, dass du glücklich bist», wisperte sie.

«Hmm. Danke», sagte ich. Ich wusste selbst nicht, warum ich so genervt war. Aber ich konnte Juliana gerade nicht gebrauchen. «Steht dein Flug für morgen früh nach Los Angeles noch?», fragte ich sie stattdessen.

«Ja, ich fliege morgen früh», sagte sie.

«Gut. Dann hole ich Grace heute Abend bei dir ab. Pack ihr bitte Schneesachen an. Wir werden Weihnachten bei meinen Eltern sein», sagte ich. Nicht nur Josh und ich hatten Kinder. Zwei meiner anderen Geschwister waren ebenfalls Eltern und die Kinder waren fast im selben Alter wie Grace. Auch wenn mir unbehaglich zumute war, Weihnachten bei meiner Familie zu verbringen, sie alle liebten dieses Fest. Das erzwungene Beisammensein und den unnötigen Konsum. Aber meiner Mom und Grace Zuliebe kam ich an Weihnachten und ließ diese Fröhlichkeit über mich ergehen.

«Mach ich», antwortete sie kurz angebunden. Ich konnte leises Stimmengemurmel im Hintergrund hören. Ob Sebastian bei ihr war? In meinem ehemaligen Haus? Schlagartig bemerkte ich, dass es mir nicht mehr diesen schmerzhaften Stich versetzte, wie zuvor.

«Ich muss dann auflegen», sagte ich. Wir verabschiedeten uns und ich starrte eine Weile auf das Handy in meiner Hand. Ich bemerkte, dass ich mich insgemein freute, dass Juliana wieder glücklich war.

Kapitel 49
Ella

Es war später Nachmittag an Heiligabend. Draußen war es dunkel geworden. Die Lichter der Stadt funkelten durch die Fenster der Konditorei. Der Duft von frisch gebackenen Plätzchen und Kuchen erfüllte den Raum, doch heute konnte er meine Stimmung nicht heben. Ich hatte beschlossen, nicht zu meinen Eltern zu fahren. Es gab so viele Aufträge zu erledigen und ich hatte mir eingeredet, dass es besser wäre, hierzubleiben und alles fertigzustellen. Vielleicht würde ich am zweiten Weihnachtstag zum Mittagessen zu ihnen fahren. Wenn ich mich bis dahin besser fühlte. Während ich eine Schicht Zuckerguss auf einen Lebkuchenmann auftrug, schweiften meine Gedanken unweigerlich zu Miles ab. Der Verrat fühlte sich wie Brandblasen auf der Haut an. Ich hatte ihm vertraut. Warum hatte er mich hintergangen? Was hatte ihn dazu

gebracht, diese Entscheidungen zu treffen? Diese Fragen drehten sich unaufhörlich in meinem Kopf und hielten mich gefangen. Ich legte den Lebkuchenmann zur Seite und wischte mir eine Träne aus dem Augenwinkel. Es war unmöglich, sich auf die Arbeit zu konzentrieren, wenn mein Herz so schwer war. Die Erinnerungen an unsere Gespräche und gemeinsame Erlebnisse kamen immer wieder hoch. Meine Kehle schnürte sich zu und das Atmen fiel mir schwer. Wie konnte jemand, dem ich all mein Vertrauen geschenkt hatte, es zu Boden werfen und mit seinen dreckigen Stiefeln darauf herumtreten? Ich seufzte und versuchte mich wieder auf die Arbeit zu konzentrieren.

«Hach, es hat keinen Sinn», moserte ich. Meine Gedanken kehrten immer wieder zu Miles zurück. Hatte er jemals etwas für mich empfunden? Oder war ich für ihn nur ein Spielzeug gewesen? Ich schlurfte zum Fenster und schaute hinaus in die festlich geschmückten Straßen. Überall hingen Lichterketten und Weihnachtsdekorationen herum. Früher, wenn ich Trost brauchte, musste ich sie nur kurz ansehen und war wieder fröhlich. Aber jetzt konnten sie meine Traurigkeit nicht vertreiben. Weihnachten sollte eine Zeit des Friedens und der Freude sein. Für mich fühlte es sich anders an. Einsam und voller Kummer. Nachdem ich die Tür der Konditorei hinter mir abgeschlossen hatte, spürte ich die kalte Nachtluft auf meiner Haut. Die Straßen waren still und leer. Nur das leise Summen der Weihnachtsbeleuchtung war zu hören. Ich zog meinen Mantel enger um mich und überquerte die Straße zu dem kleinen italienischen Restaurant gegenüber. Es war ein gemütlicher Ort, den ich oft besuchte, wenn ich keine Zeit oder Energie hatte, selbst zu kochen. Ein warmes Licht und der verlockende Duft von Oregano hießen mich willkommen. Der Besitzer, Luigi, erkannte mich sofort und lächelte freundlich.

«Buonasera, Ella! Was darf es heute sein?»

«Buonasera, Luigi», antwortete ich und zwang mich zu einem Lächeln. «Ich nehme eine Portion Spaghetti Carbonara zum Mitnehmen.»

«Kommt sofort», sagte er und verschwand dann in der Küche. Während ich wartete, ließ ich meinen Blick durch das Restaurant schweifen. Die Tische waren festlich gedeckt und einige wenige Gäste saßen zusammen und genossen ihr Abendessen. Es war eine warme, einladende Atmosphäre. Genau das Gegenteil von dem Gefühl der Einsamkeit, das mich umgab. Luigi kehrte zurück und reichte mir eine Tüte mit meinem Essen.

«Frohe Weihnachten, Ella», sagte er herzlich.

«Danke, Luigi. Frohe Weihnachten», erwiderte ich. Zurück in meinem Büro setzte ich mich an meinen Schreibtisch und öffnete die Tüte. Der Duft der Pasta stieg mir in die Nase und weckte meinen Appetit. Ich nahm ein paar Bissen und spürte, wie die Wärme des Essens sich in meinem Magen ausbreitete. Gesättigt räumte ich die Reste beiseite und griff nach einem Stapel Unterlagen auf meinem Schreibtisch. Ich prüfte sie und heftete sie sorgfältig ab. Die Stille im Büro wurde nur durch das gelegentliche Rascheln von Papier unterbrochen. Doch trotz meiner Bemühungen konnte ich den Schmerz nicht abschütteln. Schließlich legte ich die Unterlagen zur Seite und lehnte mich erschöpft in meinem Stuhl zurück. Mir fielen fast die Augen zu. Mein Blick fiel auf das Fenster. Vielleicht würde es Zeit brauchen. Zeit, um zu heilen. Zeit, um herauszufinden, was passiert war. Aber eines wusste sicher. Ich würde nicht zulassen, dass dieser Verrat mich zerstörte.

Kapitel 50
Miles

Die Stimmung war ausgelassen. Ich saß mit meiner gesamten Familie im Wohnzimmer unseres Elternhauses und feierte Heiligabend. Meine fünf Geschwister waren samt Partnern und Kindern anwesend. Mein jüngster Bruder, Logan, saß stumm in einer Ecke. Mein Vater musste ihn aus seinem Zimmer schleifen, weil er lieber für sich bleiben wollte. Wäre ich in einer anderen Stimmung gewesen, hätte ich mich zu ihm gesetzt und mir seine Teenager-Probleme angehört. Aber es fiel mir schwer, meine eigene Gefühlswelt unter Kontrolle zu halten. Mein schrulliger und uralter Großonkel hatte sich ebenfalls zu uns gesellt. Überall hörte man Lachen und fröhliche Gespräche, doch ich konnte mich nicht dazu durchringen, daran teilzunehmen. Die Kinder hatten sich im ersten Stock vor dem Fernseher versammelt und sahen sie sich Weihnachtsfilme

an. Ihre quietschenden Stimmen drangen gelegentlich zu uns herunter, begleitet vom Rascheln der Süßigkeitenverpackungen. Ich hoffte, Grace würde nicht wieder Plätzchen und Schokokugeln erbrechen. Im Wohnzimmer saßen die Erwachsenen bei einem Glas Wein oder Whisky zusammen und genossen die festliche Atmosphäre. Vor mir stand ein Glas Whisky, doch ich hatte keinen Tropfen davon angerührt. Obwohl es ein edler Balvenie war. Meine Gedanken waren weit weg von der Feierlichkeit des Abends. Immer wieder kehrten sie zu Ella zurück. Ich starrte in das goldene Getränk vor mir und fragte mich, wie alles aus dem Ruder laufen konnte. Ich hatte nie die Absicht gehabt, Ella zu verletzen. Ich hatte geglaubt, dass wir auf dem richtigen Weg waren. Doch irgendetwas war passiert. Etwas, das ich selbst nicht ganz verstand.

«Hey Miles, alles in Ordnung?»

Die Stimme meines Bruders Tom riss mich aus meinen Gedanken. Er setzte sich neben mich und musterte mich besorgt.

«Ja, alles gut», log ich und zwang mich zu einem Lächeln. «Nur ein bisschen müde.»

Tom nickte langsam, aber ich konnte sehen, dass er mir nicht glaubte.

«Wenn du reden willst, bin ich hier», flüsterte er, bevor er wieder aufstand und sich den anderen anschloss. Ich seufzte auf und nahm endlich einen Schluck von meinem Whisky. Die Wärme des Alkohols breitete sich in meiner Kehle aus, doch es löste den Knoten in meinem Hals nicht. Wie konnte ich Ella erklären, was passiert war? Hatte sie überhaupt verstanden, dass meine Entscheidungen nicht gegen sie gerichtet waren? Oder war es zu spät? Die Gespräche um mich herum wurden lauter. Mein Bruder Josh erzählte eine lustige Geschichte aus der Kindheit und alle lachten herzhaft. Ich stand auf und ging zum Fenster. Draußen blinkten die Lichter der Hauseinfahrt. Sie warfen ihre bunten Farben in den Schnee. Übertrieben kitschig. Ella würde es lieben. Ein weiteres Seufzen entwich meinen Lippen, während ich versuchte, einen klaren Kopf zu bekommen. Ich drehte mich um und sah meine Familie an. Ihre fröhlichen Gesichter erinnerten mich daran, was wichtig war. Ehrlichkeit. Vertrauen. Liebe. Plötzlich fasste ich einen Entschluss. Ich musste mit Ella sprechen. Jetzt sofort! Ohne weiter darüber nachzudenken, griff ich nach meinem Handy und suchte Simones Nummer heraus. Simone war Ellas Freundin. Sie würde wissen, wo Ella wohnte. Das Telefon klingelte nur einmal, bevor Simone abhob.

«Hallo Mr. Harrington», sagte sie überrascht.

«Simone, es tut mir leid für den späten Anruf», sagte ich hastig. «Aber es ist wichtig. Kannst du mir Ellas Adresse geben? Ich muss dringend mit ihr sprechen.»

Es herrschte einen Moment lang Stille am anderen Ende der Leitung.

«Was ist los? Warum brauchst du ihre Adresse?»

«Es ist kompliziert», erklärte ich ihr. «Ich habe Mist gebaut und muss es wieder gutmachen. Bitte, Simone.»

Nach einem weiteren Moment des Zögerns gab sie mir die Adresse durch.

«Danke», sagte ich erleichtert. «Ich schulde dir was.»

«Hmm» erwiderte sie trocken und legte auf.

Ich steckte mein Handy weg und stand auf. Mein Herz galoppierte vor Aufregung und Nervosität. Ich ging in die Küche. Dort befand sich meine Mutter. Sie platzierte Kekse auf einen Teller.

«Mum», wisperte ich und trat näher heran.

Sie drehte sich um und sah mich besorgt an.

«Was ist los?»

«Ich muss nochmal weg», erklärte ich hastig. «Es gibt da etwas Wichtiges, das ich erledigen muss.»

Meine Mutter musterte mich einen Moment lang schweigend, dann nickte sie langsam.

«In Ordnung», sagte sie sanft. «Pass auf dich auf.»

«Werde ich», sagte ich dankbar und gab ihr einen schnellen Kuss auf die Wange. Mit diesen Worten verließ ich die Küche und schnappte mir meinen Mantel vom Haken neben der Tür. Während ich hinaus in die kalte Nachtluft trat, fühlte ich, wie die Angst mich ummantelte. Ich wusste nicht genau, was mich bei Ella erwarten würde. Ob sie bereit sein würde zuzuhören oder ob sie mich abweisen würde. Trotzdem ließ ich mich nicht von meinem Entschluss abbringen. Ich stieg in mein Auto und startete den Motor. Die Kälte des Abends hatte die Scheiben beschlagen und ich musste einen Moment warten, bis die Heizung sie freigab. Ich nutzte die Autofahrt, um mich auf das Gespräch mit Ella vorzubereiten. Während ich durch die verschneiten Straßen fuhr, gingen mir unzählige Szenarien durch den Kopf. Was würde ich sagen? Wie würde sie reagieren? Würde sie mir überhaupt zuhören? Ich hatte immer noch ihr enttäuschtes Gesicht vor Augen. Ihr Blick hatte sich bei mir eingebrannt und fühlte sich an wie ein Amboss auf meinen Schultern. Trotzdem musste ich es versuchen. Die Lichter New Yorks kamen allmählich näher und der Verkehr wurde dichter. Ich lenkte mein Auto durch die vertrauten Straßen von New York City und kämpfte gegen meine

Nervosität. Schließlich erreichte ich Ellas Adresse. Ein kleines Apartmentgebäude in einer ruhigen Seitenstraße. Ich parkte das Auto und stieg aus. Die kalte Luft biss in mein Gesicht, als ich zur Haustür ging. Beim Drücken des Klingelknopfes flatterte mein Herz wie ein Vogel in den Krallen einer Katze. Geduldig wartete ich auf Antwort der Gegensprechanlage. Es vergingen einige Sekunden, dann eine Minute. Nichts. Keine Antwort. Ich drückte erneut den Knopf und lauschte angestrengt auf ein Lebenszeichen aus dem Inneren des Gebäudes. Doch es blieb still.

«Verdammt!», fluchte ich und trat einen Schritt zurück. Ich sah zu den Fenstern des Gebäudes hoch und versuchte zu erraten, welches zu Ellas Wohnung gehörte. Alle waren dunkel. Kein Lichtstrahl verriet mir ihre Anwesenheit. Vielleicht war sie nicht zuhause? Oder vielleicht ignorierte sie nur das Klingeln? Ich stand einen Moment unschlüssig vor dem Gebäude. Aufgeben kam nicht infrage! Ich stieg in mein Auto und startete den Motor. War sie zu ihren Eltern gefahren? Ich hatte keinen blassen Schimmer, wo ihre Familie wohnte. Dann fiel es mir ein. Die Konditorei. Sie liebte es, dort Zeit zu verbringen, besonders wenn sie nachdenken oder sich beruhigen musste. Es war ihr Rückzugsort, ein Ort der Ruhe und des Trostes. Vielleicht würde ich sie dort finden. Mit neuer

Hoffnung lenkte ich das Auto durch die nächtlichen Straßen der Stadt. Es war kaum Verkehr um diese Uhrzeit. Die Lichter der Stadt spiegelten sich auf dem nassen Asphalt wider. Nach einer kurzen Fahrt erreichte ich das Winters Delight. Mein Herz machte einen Sprung, denn es brannte Licht im Laden. Ich parkte das Auto am Straßenrand und stieg aus. Mit eiligen Schritten lief ich auf das Gebäude zu. Ich hatte das Gefühl eines Déjà-vu.

Kapitel 51
Ella

Verwirrt schaute ich auf, als ich ein leises Klopfen an der Scheibe hörte. Es war spät und ich erwartete niemanden. Mit einem Seufzen legte ich das Messer zur Seite, mit dem ich einen Kuchen dekoriert hatte, und schlurfte in den Verkaufsraum. Als ich näherkam, erkannte ich die Gestalt vor der Tür. Mein Herz setzte einen Schlag aus. Es war Miles. Er stand dort, die Hände tief in den Taschen vergraben und sah mich durch das Fenster an. Meine Füße verwurzelten sich mit dem Fußboden und hinderten mich daran, weiterzugehen. Was sollte ich tun? Die letzten Tage waren schwer gewesen. Die Enttäuschung und der Schmerz hatten sich wie Peitschenhiebe angefühlt und ich hatte versucht, mich in meiner Arbeit zu vergraben, um nicht ständig meine Striemen denken zu müssen. Doch jetzt stand er hier, direkt vor mir. Ich sog die Luft in meine Lungen und tapste

zur Tür. Meine Hand zitterte, als ich den Schlüssel drehte und die Tür öffnete. Die kalte Nachtluft strömte herein und ließ mich frösteln.

«Miles», flüsterte ich und merkte, dass meine Stimme heiser klang. Er antwortete nicht. Stattdessen trat er ein und schloss die Tür hinter sich. Die Wärme des Ladens hüllte uns beide ein, doch die Spannung zwischen uns blieb spürbar. Seine Augen schauten mich erleichtert an. Doch ich sah noch etwas anderes in seinem Blick. Reue? Unser Schweigen umschloss uns in peinlicher Stille. Keiner wusste, was er sagen sollte oder wie das Gespräch beginnen sollte. Ich brach den Blickkontakt ab und ging zurück zur Theke.

«Es ist spät», hauchte ich. «Was machst du hier? Ich dachte, du bist bei deiner Familie.»

Er schlich mir hinterher, aber er sagte immer noch nichts. Seine Anwesenheit fühlte sich überwältigend an. All die unausgesprochenen Dinge hingen zwischen uns wie eine Wand. Ich stand da und wartete, während Miles nach den richtigen Worten suchte.

«Ella», wisperte er. «Es tut mir leid. Es tut mir so leid, dass ich dir den Auftrag verschwiegen habe.»

Ich schüttelte nur leicht den Kopf und sah ihn an.

«Warum, Miles? Warum hast du es mir nicht gesagt?»

Er seufzte tief und fuhr sich mit einer Hand durch die Haare.

«Ich weiß es nicht», gab er zu. «Vielleicht hatte ich Angst. Vielleicht wollte ich dich nicht belasten. Aber das war ein Fehler. Ein großer Fehler.»

Ich spürte die Tränen in meinen Augen brennen, aber ich zwang mich, stark zu bleiben. «Du hast mein Vertrauen missbraucht», zischte ich. «Das kann nicht vergessen werden.»

«Ich weiß», flüsterte er und trat einen Schritt näher. «Aber ich will versuchen, es wieder gutzumachen. Wenn du mir eine Chance gibst.»

Ich schüttelte stumm den Kopf.

«Ich habe das Gebäude gekauft. Die Harrington Group hat das Gebäude gekauft», platze es plötzlich aus ihm heraus. Ich erstarrte. Nicht fähig mich zu bewegen oder einen klaren Gedanken und fassen.

«Du ... was?», stammelte ich fassungslos. Miles sah zu Boden.

«Ich habe es gekauft, um es vor dem Abriss zu bewahren. Es sind nicht alle Formalitäten geklärt und einen Termin dafür haben wir noch nicht, aber der Eigentümer ist insgeheim froh darüber, das Gebäude loszuwerden. Die Harrington Group wird es kaufen. Es wird nicht abgerissen, aber wir müssen es modernisieren und renovieren.

Das Dach ist undicht und die Fassade bröckelt ...»,
erklärte er mir. Ich starrte ihn fassungslos an.

«Warum hast du das getan?», unterbrach ich ihn.
Er kam auf mich zu. Seinen warmen großen Finger umschlossen meine kalten Hände.

«Ich habe es für dich getan. Damit du dein Lebenstraum Winters Delight fortführen kannst.
Damit diese wundervolle Konditorei mit ihrer bezaubernden Chefin nicht schließen muss», sagte
Miles und Tränen schimmerten in seinen Augen.
Ich trat ein Schritt näher und sah ihn mit aufgeklapptem Mund an. Ich stand da, meine Hände in
seinen und ließ die Worte auf mich wirken. Die
Tränen überfluteten meine Wangen, aber diesmal
waren es Tränen der Erleichterung und des Verstehens.

«Miles», wisperte ich, «ich weiß nicht, was ich sagen soll.»

Er schmunzelte und drückte meine Hände zärtlich.

«Du musst nichts sagen, Ella. Ich wollte nur,
dass du weißt, dass du mir wichtig bist und ich es
bereue, dir nichts von diesem Projekt erzählt zu
haben. Ich wurde selbst kurz vor dem Event damit überrumpelt.»

Die Wärme seiner Berührung und die
Aufrichtigkeit in seinen Augen gaben mir das
Gefühl, dass doch Hoffnung für uns bestand. Es

war keine Liebe. Noch nicht. Aber es war ein Anfang. Ein Anfang, der auf Ehrlichkeit und dem Wunsch basierte, Dinge wieder gut zu machen.

«Ich schätze deinen Mut», sagte ich. «Und ich danke dir dafür, dass du das Winters Delight gerettet hast.»

Er nickte langsam. «Es ist dein Zuhause», antwortete er sanft. «Und ich wollte nicht zulassen, dass es zerstört wird.»

Für einen Moment standen wir nur da und sahen uns an. Die Stille zwischen uns war jetzt nicht mehr unangenehm. Sie war voller unausgesprochener Versprechen und neuer Möglichkeiten. Langsam trat ich einen Schritt näher an ihn heran und legte meinen Kopf an seine Brust. Er zögerte kurz, dann legte er seine Arme um mich und hielt mich fest. Er vergrub seine Nase in meinen Haaren. Er fühlte sich sicher an. Wie ein Ort, an dem ich wieder Hoffnung finden konnte.

«Wir haben einen langen Weg vor uns», flüsterte ich gegen sein Hemd.

«Ich weiß», raunte er in meine Haare hinein. Seine Stimme klang dumpf. «Aber wir werden ihn gemeinsam gehen.»

Ich hob den Kopf und sah in seine Schokoladensoufflé-Augen. In diesem Moment wusste ich, dass wir beide bereit waren, es zu versuchen. Schritt für Schritt, Tag für Tag. Schmunzelnd hob ich meinen Blick zur Zimmerdecke und deutete nach oben. Dort hing ein Mistelzweig. Miles folgte meinem Blick und grinste mich schief an. Langsam beugte er sich vor und unsere Lippen trafen sich in einem sanften Kuss. Er war zart wie ein Schmetterling. Voller Hoffnung und dem Versprechen eines Neuanfangs. Als wir uns voneinander lösten, blieb er nah bei mir stehen und hielt meine Hand fest.

«Lass uns von vorne anfangen», wisperte Miles.

Ich nickte zustimmend. Eine einzelne Träne stahl sich aus meinem Augenwinkel. Miles wischte sie mit einer zärtlichen Geste weg.

«Ja», antwortete ich mit einem Schmunzeln. «Lass uns von vorne anfangen.»

Und so standen wir dort. Zwei Menschen mit gebrochenen Herzen, die bereit waren, sie Stück für Stück wieder zusammenzusetzen. Es würde Zeit brauchen. Vertrauen musste wachsen und Zusammenhalt musste aufgebaut werden. Aber Heiligabend war die Nacht der Hoffnung und Vergebung und sie gehörte allein uns…

Ellas No Bake Zimtstern - Bratapfel Torte

Zutaten für eine 26er Springform

Für den Tortenboden

200 g	Butter
250 g	Butterkekse
50 g	Zimtsterne

Für die Bratapfelfüllung

580 g	Geschälte Äpfel
1,5 TL	Zitronensaft
60 g	Brauner Zucker
2,5 TL	Zimt
175 ml	Milch, optional Wasser
20 g	Stärke

Für die Zimtstern - Sahnecreme

230 g	Schmand
468 g	Sahne
7 TL	Sanapart oder Sahnesteif
120 g	Zimtsterne

Für die Deko

14 Stück Zimtsterne
Nach belieben Zuckerperlen

1. Die Kekse und die Zimtsterne mit einem Mixer oder Pürierstab fein mixen.

2. Die Butter in einem Topf auf mittlerer Stufe schmelzen.

3. Den Topf vom Herd nehmen und die Keksbrösel mit der Butter verrühren.

4. Den Tortenboden mit Backpapier auslegen oder etwas fetten, dann die Keksmasse an den Boden festdrücken und für 30 Minuten in den Kühlschrank stellen.

5. In der Zwischenzeit die Äpfel schälen und entkernen. Sie sollten im geschälten und entkernten Zustand 580 g wiegen.

6. Die Äpfel in kleine Würfel schneiden, dann mit Zimt, Zucker und Zitronensaft verfeinern 3-4 Minuten auf mittlerer Stufe anbraten.

7. Anschließend die Apfelmasse mit einem Pürierstab pürieren.

8. Die Milch mit der Speisestärke verrühren.

9. Die Milch in die Apfelmasse geben und verrühren, bis sie eindickt.

10. Die Apfelmasse auf dem Keksboden verstreichen, dann alles für 30 Minuten in den Kühlschrank stellen.

11. Den Schmand und die Sahne in eine Rührschüssel geben und 30 Sekunden aufschlagen. Dann Sanapart oder Sahnesteif hinzugeben und die Sahne so lange schlagen, bis sie Steif ist.

12. 2-3 EL für die Deko abheben.

13. Die Zimtsterne zerkleinern und unter die Sahne heben.

14. Die Sahnecreme auf der Torte verteilen und mit Sahnetuffs verzieren. Zum Schluss mit den Perlen und den Zimtsternen verzieren.

Created by Michayas Engelsküche/ Engelsbäckerei
https://www.michayaangel.de/engelskueche/
www. michayaangel.de

Danksagung

Liebe Alle,

ich möchte euch von Herzen danken, dass ihr mein Buch gelesen habt. Ich hoffe, dass ihr euch genauso in Miles und Ella verliebt habt wie ich.

Ein riesiges Dankeschön geht auch an alle Unterstützer und Blogger, die meine Reise begleitet haben. Eure Begeisterung und euer Engagement sind unbezahlbar.

Besonders bedanken möchte ich mich bei meiner wunderbaren Lektorin Michaela Ofitsch vom Lektorat Engelsfeder. Die harmonische Zusammenarbeit mit dir war eine wahre Freude. Ein großes Dankeschön auch an deine Engelsbäckerei für das fantastische Rezept von Ella – ich werde es so oft nachbacken, bis meine Familie genug von Äpfeln hat!

Und schließlich ein ganz besonderer Dank an meinen Partner Ivan (Amo) für seine unermüdliche Unterstützung. Danke, dass du mir beim Verpacken der Bloggerboxen geholfen hast und die Geduld hattest, dich auch bei meinem dritten Buch vollquatschen zu lassen – selbst wenn du meistens immer noch keine Ahnung hattest, wovon ich eigentlich rede.

Eure Unterstützung macht all das möglich und dafür bin ich unendlich dankbar.

Mit viel Liebe,

Weiteres von der Autorin Lea Böttcher ist im Selfpublishing erschienen…..

Die „Daughter of Darkness"-Trilogie

Die sechzehnjährige Liana wird von verstörenden Alpträumen geplagt, die sich als finstere Omen ihrer verborgenen Identität entpuppen. Als sie das Geheimnis ihrer Träume lüftet, findet sie sich plötzlich in den nebelverhangenen Karpaten Rumäniens wieder, umgeben von Vampiren. Liana erfährt, dass sie zu einem alten Herrschergeschlecht gehört und muss sich in einem Konflikt zwischen ihrem Volk und den grausamen Vampyris behaupten. Als ein Freund in Gefahr gerät, entscheidet sich Liana zum Handeln.

Wird sie ihre Liebsten retten können

oder selbst zum Opfer werden?

Band 1 und 2 sind überall erhältlich, wo es Bücher gibt. Der finale Band 3 erscheint voraussichtlich im Frühjahr 2025